곰돌이 푸 전집

Winnie-the-Pooh
The House at Pooh Corner

Coloured-Up Illustrations by E. H. Shepard
Copyright under The Berne Convention

Korean translation copyright © 2025 by Hyundaejisung
Korean translation rights arranged with Curtis Brown Group Limited
through EYA Co.,Ltd

이 책의 한국어판 저작권은 EYA Co.,Ltd를 통해 Curtis Brown Group Limited와 독점계약한 현대지성이 소유합니다. 저작권법에 의하여 한국 내에서 보호를 받는 저작물이므로 무단전재 및 복제를 금합니다.

THE COMPLETE TALES OF POOH

곰돌이 푸 전집

푸, 피글렛, 티거와 함께 떠나는 숲속 모험

앨런 알렉산더 밀른 지음 | 어니스트 하워드 셰퍼드 그림
이종인 옮김

현대
지성

✦✦ 주요 등장인물 ✦✦

곰돌이 푸

이 책의 주인공으로 본명은 '위니 더 푸'. 매사에 느긋하고 낙천적이며 천진난만하다. 취미는 시와 노래 짓기이며, 가장 좋아하는 것은 벌꿀이다. 기억력이 나쁘고 영어 철자를 잘 몰라서 종종 무시당하지만, 친구들을 진심으로 사랑하는 다정한 곰이다.

크리스토퍼 로빈

숲속 동물들의 유일한 인간 친구. 특유의 똘똘함으로 푸와 친구들이 곤란에 처할 때마다 해결해 주는 숲속 해결사다. 무리에서 대장 역할을 한다.

피글렛

푸의 가장 친한 친구인 돼지. 아주 소심하고 겁이 많지만 은근히 나서기를 좋아한다. 몸집이 매우 작아서 친구들에게 놀림을 받곤 한다.

이요르

푸와 정반대로 매사에 부정적인 늙은 당나귀. 늘 우울하고 체념한 듯한 모습을 하고 있지만, 친구들의 작은 관심에도 금방 행복해지는 순수한 면모를 지녔다.

아울

글을 읽을 줄 아는 똑똑한 올빼미. 다만 쓰기는 아직 부족하다. 아는 게 많은 만큼 뽐내는 것을 좋아해서 어려운 단어를 섞어가며 늘 수다스럽게 혼자 떠들곤 한다.

래빗

숲속 친구들 사이에서 가장 현실적이고 상식적인 면모를 지닌 토끼. 졸졸 따라다니는 친구들과 친척들이 매우 많다.

캥거&루

이름 그대로 캥거루 가족. 엄마인 캥거와 아들 루의 이름을 합치면 캥거루가 된다. 숲에 처음 이사 왔을 때는 동물들의 경계를 샀지만, 캥거와 루의 온화한 성격 덕분에 곧 모두와 친해진다.

티거

어느 날 숲에 나타난 통통 튀어대는 아기 호랑이. 천방지축에 활기찬 성격으로 가끔 다른 동물들을 곤란하게 만들 때가 있다. 캥거와 루네 집에서 함께 살게 된다.

◆◆ 차례 ◆◆

1권 위니 더 푸

서문 14

1 * 위니 더 푸를 소개합니다 19

2 * 욕심 많은 푸가 구멍에 끼인 날 45

3 * 푸와 피글렛이 함께 사냥을 떠나다 63

4 * 이요르의 잃어버린 꼬리를 찾다 77

5 * 피글렛, 태어나서 처음으로 헤팔럼을 만나다 93

6 * 생일날 특별한 선물을 받은 이요르 117

7 * 숲의 새로운 식구, 캥거와 아기 루 145

8 * 크리스토퍼 로빈이 이끄는 북극 탐험 177

9 * 홍수에 갇힌 피글렛 구출 대작전 209

10 * 푸를 위한 파티 그리고 마지막 인사 233

2권 푸 모퉁이에 있는 집

반문 260

1 * 이요르의 집이 사라지다　263
2 * 티거의 아침밥을 찾아서　291
3 * 피글렛이 다시 헤팔럼을 만날 뻔한 날　319
4 * 티거는 나무를 타지 않는다는 사실　345
5 * 크리스토퍼 로빈이 아침마다 하는 일　373
6 * 푸, 새로운 놀이를 만들다　401
7 * 통통 튀지 않는 티거 만들기 대작전　429
8 * 용감한 피글렛, 아주 멋진 일을 해내다　457
9 * 이요르가 찾아준 아울의 새집　483
10 * 푸, 이제는 우리 모두 어른이 되어야 해　505

저자 소개　530
작품 해설　536
옮긴이의 글　547

일러두기

1. 이 책은 1926년에 출간된 『Winnie-the-Pooh』와 1928년에 출간된 『The House at Pooh Corner』를 한 권에 담은 것입니다.
2. 하단의 각주는 역자 주입니다.
3. 이야기에 등장하는 우즐, 헤팔럼은 현실에 없는 상상 속 동물입니다.
4. 100에이커 숲의 면적은 약 40만 제곱미터(약 12만 평)입니다.

1권
위니 더 푸

그녀에게

손을 맞잡고 크리스토퍼 로빈과 제가 가요.

이 책을 당신 무릎 위에 놓아주려고요.

놀랐나요?

마음에 드나요?

당신이 정말로 바라던 것인가요?

이 책은 당신을 위한 거예요.

우리는 당신을 사랑하니까요.

서문

여러분이 크리스토퍼 로빈이 등장하는 다른 책을 읽은 적 있다면 로빈이 한때 백조를 데리고 있었고(아니면 반대로 백조가 로빈을 데리고 있었거나), 그 백조를 푸라고 불렀던 것을 기억할지도 모르겠어요. 그건 오래전의 일이지요. 우리는 백조와 헤어지면서 백조가 더 이상 푸라는 이름을 원하지 않을 거라고 생각해 그 이름을 돌려받았어요.

그 후 에드워드 베어가 자기도 아주 멋진 이름을 갖고 싶다고 했을 때, 크리스토퍼 로빈은 망설이지 않고 그 자리에서 위니 더 푸Winnie-the-Pooh라는 이름을 붙여주었지요. 그렇게 에드워드 베어는 위니 더 푸가 되었어요! 왜 '푸'가 되었는지는 설명했으니 이제부터는 이름의 나머지 부분인 '위니'에 대해서 이야기할게요.

런던에서 오래 지내다 보면 누구나 한번은 동물원*에 갈 기회가 있어요. 대부분의 사람들은 입구에서 시작해 출구에 도착할 때까지 될 수 있는 한 잽싸게 모든 우리를 둘러봅니다. 하지만 정말로 즐길 줄 아는 사람들은 곧바로 가장 좋아하는 동물이 있는 곳으로 달려가 그곳에서 한참 동안 머무르지요.

크리스토퍼 로빈도 그래요. 동물원에 가면 곧장 북극곰을 찾아요. 그리고 왼쪽에서 세 번째에 있는 사육사에게 다가가 귓속말로 부탁하면 사육사가 문을 열어주지요. 컴컴한 통로를 더듬더듬 지나가 가파른 계단을 오르면 마침내 그 특별한 동물 우리에 도착합니다. 닫힌 우리가 열리고 갈색 털이 북실북실한 무언가가 터벅터벅 걸어 나오면, 크리스토퍼 로빈은 "곰아!"라고 행복한 탄성을 지르며 곰의 품에 뛰어들지요.

이 곰의 이름이 위니예요. 곰의 이름치고는 아주 근사하지요? 그런데 우습게도 푸라고 부르다가 어느 순간부터 위니라고

---

* 세계에서 가장 동물이 많기로 손꼽히는 곳 중 하나인 런던동물원을 일컫는다.

부르기 시작한 건지, 아니면 처음에 위니라고 부르다가 푸라고 부르기 시작한 건지는 도무지 기억이 나지 않아요.˙ 한때는 알고 있었지만 잊어버리고 말았군요.

여기까지 쓰고 나니, 피글렛이 나를 빤히 올려다보면서 특유의 꽥꽥대는 소리로 물어보네요.

"내 이야기는요?"

"사랑스러운 피글렛, 이 책이 다 네 이야기야."

"푸에 관한 이야기잖아요."

여러분은 피글렛이 왜 이러는지 아시겠지요? 지금 피글렛은 푸가 서문을 독차지하고 있다고 생각해 질투하고 있어요. 물론 푸가 가장 사랑받는 친구라는 건 누구도 부정할 수 없지요.

하지만 피글렛에게는 푸에게 없는 많은 장점이 있답니다. 이를테면 푸를 학교에 데려가면 모두가 푸의 존재를 쉽게 알아채지만, 피글렛은 아주 작아서 주머니 속에 쏙 넣어 데려갈 수 있어요. 또 7 곱하기 2가 12인지 22인지 헷갈릴 때 피글렛을 만

• '위니'는 1914~1934년까지 런던동물원에서 가장 인기가 많았던 미국 불곰의 이름이다. 크리스토퍼 로빈과 친구들이 동물원에 가서 위니를 처음 보았을 때, 냄새에 예민한 한 아이가 코를 싸쥐고 "푸"라고 소리친 데에서 위니 더 푸라는 이름이 유래했다고 한다.

지작거리면 한결 마음이 편안해져요. 가끔 피글렛은 주머니에서 빠져나와 잉크병을 유심히 관찰하기도 하더군요. 이런 식으로 피글렛은 푸보다 훨씬 더 많은 것을 배울 수 있었어요.

그렇지만 푸는 신경 쓰지 않아요. 푸는 똑똑한 사람이 있으면 아닌 사람도 있는 법이라고 말해요. 그건 사실이지요.

아, 이제는 다른 친구들도 전부 달려들어 묻기 시작하는군요.
"그럼 우리는요?"

아무래도 이쯤에서 소개를 마치고 얼른 이야기로 들어가는 게 좋겠어요.

앨런 알렉산더 밀른

1

위니 더 푸를
소개합니다

쿵, 쿵, 쿵.

에드워드 베어가 크리스토퍼 로빈의 뒤를 따라 뒤통수를 찧으며 계단을 내려오고 있어요. 에드워드 베어가 아는 한, 이건 계단을 내려오는 유일한 방법이에요. 잠깐이라도 머리를 부딪히지 않고 궁리할 수 있다면 좋은 대책을 찾을지도 모르지요. 물론 그러다가 그런 건 없다고 결론을 내릴 수도 있고요. 어쨌든 이제 계단을 다 내려왔고, 여러분에게 소개할 준비가 되었네요. 바로 위니 더 푸랍니다.

이름을 처음 듣고 여러분과 똑같은 의문이 들어 이렇게 물었어요.

"그 곰은 남자아이인 줄 알았는데?"

크리스토퍼 로빈이 말했어요.

"맞아요."

"그럼 위니'라고 부르면 안 되잖아?"

"위니라고 말한 적 없는데요."

"하지만 네가……."

"위니가 아니고 위니 더 푸예요. '더'가 무슨 뜻인지 모르세요?"

"아, 그래, 이제 알겠구나."

나는 재빨리 대답했어요. 여러분도 그러는 게 좋을 거예요. 우리가 들을 수 있는 설명은 이게 다일 테니까요.

위니 더 푸는 아래층으로 내려오면 게임을 하고 싶어 하거나, 가끔은 난로 앞에 얌전히 앉아 이야기를 듣고 싶어 해요. 마치 오늘 저녁처럼요.

- '위니'는 여자 이름인 '위니프레드Winifred'의 애칭이다.

"오늘의 이야기는 뭐예요?"

크리스토퍼 로빈이 말했어요.

"무슨 이야기?"

내가 물었어요.

"위니 더 푸에게 재미있는 이야기를 들려주실 수 있어요?"

"그럼, 물론이지. 위니 더 푸는 어떤 이야기를 좋아하니?"

"자기 이야기요. 위니 더 푸는 그런 곰이거든요."

"아, 그렇구나."

"그러니까 아주 재미있게 들려주셔야 해요?"

"그래, 한번 해볼게."

그렇게 이야기는 시작되었답니다.

옛날 옛적, 지금으로부터 아주아주 오래전, 그러니까 지난 금요일쯤에 말이야. 위니 더 푸는 '샌더스 씨Mr. Sanders'라는 문패를 걸고 어떤 숲속에서 혼자 살고 있었어.

──"문패를 건다는 게 무슨 말이에요?"

크리스토퍼 로빈이 물었어요.

"그건 위니 더 푸의 집 문 위에 황금색 글씨로 쓴 팻말이 달려 있다는 뜻이야."

"푸가 모르는 것 같아서 대신 물어본 거예요."

크리스토퍼 로빈이 이렇게 말하자, 옆에서 작게 투덜거리는 소리가 들려왔어요.

"이젠 잘 알아."

내가 말했어요.

"그럼 이야기를 계속할게."—

어느 날, 위니 더 푸는 집을 나와 돌아다니다가 숲속 한가운데에 있는 빈터에 이르렀어. 그곳에는 커다란 떡갈나무 한 그루가 있었는데, 꼭대기에서 윙윙거리는 소리가 들렸어.

푸는 나무 밑동에 앉아 앞발로 얼굴을 괴고 고민하기 시작했지.

처음에는 이렇게 혼잣말을 했어.

"저기서 윙윙거리는 소리가 난다는 건 무언가가 있다는 뜻이야. 아무 이유도 없이 윙윙, 또 윙윙, 계속 윙윙 소리가 날 리가 없어. 윙윙 소리가 나는 건 누군가 윙윙 소리를 내고 있다는 거고, 내가 아는 한 윙윙 소리가 나는 유일한 이유는 저 위에 꿀벌이 있어서야."

그리고 푸는 곰곰이 생각하더니 이렇게 덧붙였어.

"꿀벌이 있다는 건 저기 꿀이 있다는 거지."

푸는 벌떡 일어섰어.

"저기 꿀이 있다는 건 나더러 그 꿀을 먹으라는 말이고!"

푸는 나무를 기어 올라가기 시작했어. 나무를 오르고, 또 오르고, 계속 기어 올라가면서 노래도 흥얼거렸어.

이런 노래였지.

재미있지 않아?
곰은 어쩜 그렇게 꿀을 좋아할까?
윙! 윙! 윙!
벌은 왜 그렇게 윙윙거릴까?

푸는 높이…… 조금씩 높이…… 아주 조금씩 높이 올라갔어. 그러는 동안 또 다른 노래도 떠올렸어.

정말 웃기는 상상이지만,
곰이 꿀벌이라면
나무 밑동에 집을 지었을 거야.
만약 그랬더라면,
이렇게 힘들게 올라가지 않아도 될 텐데.

이때 즈음 푸도 지친 나머지 투덜거리는 노래를 만들어 불렀던 거야. 이제 거의 다 왔어. 나뭇가지 위에 올라서기만 하면…….
우지직!
"으악, 살려줘!"

3미터 아래에 있는 나뭇가지로 떨어지면서 푸가 외쳤어.

"올라오지 말걸!"

그리고 그 가지에서도 튕겨 나와 6미터 아래에 있는 나뭇가지로 떨어지고 말았어.

"그러니까 내가 하려고 했던 건……."

푸는 곤두박질치면서 실수를 변명하려다가, 다시 9미터

아래에 있는 나뭇가지에 부딪혔어.

"그러니까……."

푸는 눈 깜짝할 사이에 나뭇가지 여섯 개를 연달아 미끄러져 내려갔어.

"그러니까, 이게 다……."

푸는 마지막 나뭇가지에 작별 인사를 고하고, 빙그르르 세 번을 돌더니 가시덤불 속으로 사뿐히 파묻혔어.

"이게 다 내가 벌꿀을 너무 좋아해서 그래. 으악, 제발 살려줘!"

푸는 가시덤불 속에서 기어 나와 코에 박힌 가시들을 털어내고, 다시 곰곰이 생각에 잠겼어. 가장 먼저 생각난 사람은 크리스토퍼 로빈이었지.

―"저였다고요?"

크리스토퍼 로빈이 도저히 믿어지지 않는다는 듯이 물었어요.

"그래, 너였어."

크리스토퍼 로빈은 아무 말도 하지 않았지만, 눈이 점점 커다래졌고 얼굴이 발갛게 물들었어요.―

푸는 크리스토퍼 로빈을 찾아갔어. 크리스토퍼 로빈은 숲의 맞은편, 초록색 문이 달린 집에서 살고 있었지.

"안녕, 크리스토퍼 로빈."
"안녕, 위니 더 푸."
"혹시 너에게 풍선 같은 게 있을까?"

"풍선?"

"응, 난 여기 오면서 내내 '크리스토퍼 로빈에게 풍선이 있을까?'라고 중얼거렸어. 그냥 혼잣말한 거야. 풍선이 생각났는데, 궁금해서."

"풍선으로 뭘 하려고?"

네가 물었어.

푸는 누가 엿듣고 있지는 않을까 조심하며 주변을 두리번거리더니, 앞발을 입에 대고 정말로 조용하게 속삭였어.

"꿀!"

"풍선으로 꿀을 딸 수는 없어!"

"난 할 수 있어."

너에게는 마침 바로 전날에 피글렛네 집에서 열린 파티에 갔다가 가져온 풍선 두 개가 있었어. 원래 커다란 초록 풍선을 받았는데 래빗네 친척 꼬마가 자기 몫의 커다란 파란 풍선을 놔두고 가버렸던 거야. 파티에 참석하기에는 너무 어렸던 거지. 그래서 네가 초록 풍선이

1장 · 위니 더 푸를 소개합니다 ··· 33

랑 파란 풍선을 둘 다 집으로 가져왔어.

"어떤 풍선이 좋아?"

네가 푸에게 물었어.

푸는 앞발 사이에 얼굴을 묻고 아주 신중하게 고민했어.

"그건 이거랑 비슷한 거야.˚ 풍선으로 꿀을 딸 때는 벌들이 눈치채지 못하도록 해야 해. 그러니까 초록 풍선에 매달려 있으면 벌은 나를 나무의 일부라고 생각해서 알아보지 못할 테고, 파란 풍선에 매달려 있으면 하늘의 일부라고 생각해서 알아보지 못할 거야. 문제는 이거지, 어느 쪽이 더 비슷할까?"

"벌이 풍선에 매달려 있는 널 못 알아볼까?"

"알아볼 수도 있고, 못 알아볼 수도 있지. 벌들이란 전혀 종잡을 수가 없으니까."

푸는 잠시 생각하더니 말했어.

"난 작은 먹구름처럼 꾸밀래. 그러면 꿀벌들을 속일 수 있을 거야."

• '좋아하다'와 '비슷하다'는 둘 다 영어로 'like'다. 크리스토퍼 로빈과 푸는 같은 단어를 저마다 다른 뜻으로 쓰고 있다.

그러자 네가 말했지.
"그럼 파란 풍선을 가지고 가는 게 낫겠다."
이렇게 해서 파란 풍선으로 결정되었어.

그래, 너희 둘은 파란 풍선을 들고 나갔어. 혹시 무슨 일이 생길 수도 있으니 너는 언제나처럼 총을 챙겨 길을 나섰어. 푸는 전부터 알고 있던 진흙탕으로 가서 온몸이 새카맣게 될 때까지 뒹굴고 또 뒹굴었어. 그런 다음에 풍선이 더는 커지지 못할 만큼 크게, 아주 크게 불었지. 그 풍선 줄을 너랑 푸가 함께 꼭 쥐고 있다가 네가 갑자기 손을 놓으니까 푸가 하늘 높이 두둥실 떠올랐어. 그리고 나무 꼭대기만큼 올라가 6미터쯤 간격을 두고 멈추었어.

"만세!"

네가 소리쳤어.

푸도 아래에 있는 너에게 외쳤어.

"정말 멋지지 않아? 내가 어떻게 보여?"

"풍선에 매달려 있는 곰처럼 보여."

푸는 전전긍긍하며 물었어.

"파란 하늘에 떠 있는 작은 먹구름이 아니고?"

"별로 그렇게 보이지는 않는데."

"흠, 그래도 여기 위에서는 다르게 보일지도 몰라. 내가 말했잖아. 벌들은 전혀 종잡을 수 없다고."

하지만 나무 가까이로 데려다줄 바람이 한 점도 불지 않아서 푸는 그 자리에 가만히 떠 있어야만 했어. 바로 앞에 꿀이 보이고 냄새도 풍기는데 도대체 닿을 수가 없는 거야.

조금 있다가 푸가 아래에 있는 너를 향해 제법 큰 소리로 속삭였어.

"크리스토퍼 로빈!"

"응, 나 여기 있어!"

"벌들이 의심하는 것 같아!"

"뭘?"

"나도 몰라. 하지만 벌들이 뭔가를 눈치챈 예감이 들어!"

"네가 꿀을 훔치러 왔다고 생각하는 거 아니야?"

"그럴지도 몰라. 벌들이란 전혀 종잡을 수가 없으니까."

잠깐 또 침묵이 흐르고 푸가 다시 소리쳤어.

"크리스토퍼 로빈!"

"응?"

"집에 우산 있니?"

"있을걸."

"그럼 우산을 가지고 와봐. 그리고 이 밑에서 왔다 갔다 하면서 가끔 나를 올려다보고 '쯧쯧, 비가 올 것 같네'라고 해줘. 그렇게 하면 벌들도 우리 작전에 속아 넘어갈 거야."

그 말을 들은 넌 속으로 웃었단다. '바보 같은 곰돌이!'라면서 말이야. 하지만 넌 푸를 너무 좋아했기 때문에 겉으로 말하지는 않았어. 그리고 우산을 가지러 집으로 갔지.

"드디어 왔구나!"

네가 돌아오자마자 푸가 소리쳤어.

"슬슬 걱정하던 참이었거든. 벌들이 정말로 의심하는 것 같아."

"우산을 펼까?"

"응, 그런데 잠깐만 기다려봐. 이왕 할 거면 제대로 해야지. 우리가 속여야 할 벌은 여왕벌이야. 어떤 벌이 여왕벌인지 밑에서 알아볼 수 있겠어?"

"아니."

"저런. 어쨌든, 네가 우산을 들고 왔다 갔다 하면서 '쯧쯧, 비가 올 것 같네'라고 말하면 나는 내 일을 할게. 구름이 부를 만한 간단한 구름 노래를 부를 거야. ……자, 한다!"

너는 왔다 갔다 하면서 비가 올 것 같다고 중얼거렸고, 푸는 노래를 부르기 시작했어.

구름이 된다는 건 정말 기분 좋은 일이야.
파란 하늘에 두둥실 떠 있다니!

꼬마 구름은 모두
언제나 큰 목소리로 노래해.

구름이 된다는 건 정말 기분 좋은 일이야.
파란 하늘에 두둥실 떠 있다니!
꼬마 구름이 된다는 건
정말 자랑스러운 일이야.

 벌들은 수상하다는 듯이 다른 때보다 훨씬 더 크게 윙윙거렸어. 사실 몇 마리는 벌써 벌집에서 나와서 2절을 부르기 시작한 구름의 주위로 몰려들었고, 그중 한 마리는 구름의 코 위에 잠깐 앉았다 가기도 했어.

"크리스토퍼…… 아야!…… 로빈!"
구름이 소리를 질렀어.
"응?"
"방금 막 떠올랐는데,
나 아주 중요한 결정을 내렸어. 아무래도
이 벌들은 이상한 벌들인 것 같아."
"벌들이?"

"아주 이상해. 그러니까 이 벌들은 아주 이상한 꿀을 만들었을 거야.
안 그래?"

"그런가?"

"응, 그래서 말인데, 난 내려가야겠어."

"어떻게?"

네가 물었어.

푸는 거기까지는 미처 생각하지 못했어. 아마 줄을 놓으면 '쿵!' 하고 떨어질 테고, 그런 방법은 별로 마음에 들지 않았지. 푸는 한참을 생각해보더니 입을 열었어.

"크리스토퍼 로빈, 네가 총을 쏴서 풍선을 맞춰줘. 총은 가지고 왔지?"

"물론이지. 하지만 그럼 풍선이 망가질 텐데."

"네가 총을 쏘지 않으면 내가 풍선을 놓아야 하는데, 그럼 내가 망가져버릴 거야."

너는 그제야 푸가 한 말을 이해했어. 그리고 풍선을 향해 조심스레 총을 겨눴고, 방아쇠를 당겼어.

"아야!"

푸가 소리를 질렀어.

"맞혔어?"

네가 물었어.

"맞히긴 맞혔는데, 풍선은 못 맞혔어."

"정말 미안해."

너는 다시 총을 쐈고 이번에는 풍선에 명중했어. 풍선의 공기가 천천히 빠지면서 푸는 사뿐히 땅으로 내려앉았지.

하지만 푸는 하늘에 떠 있는 내내 풍선 줄을 잡고 있느라 그만 팔이 뻣뻣하게 굳어버렸어. 그래서 일주일 넘게 팔을 번쩍 들어 올린 채 지내야만 했지. 파리가 날아와서 코 위에 앉기라도 하면 입으로 '푸' 하고 불어 날려야 했단다. 내 생각에는 말이야, 확실하지 않지만 이 곰을 "푸"라고 부르는 이유가 이것 때문인 것 같아.

"그게 끝이에요?"

크리스토퍼 로빈이 물었어요.

"이 이야기는 이게 다야. 물론 다른 이야기가 또 있지."

"푸랑 제 이야기인가요?"

"피글렛과 래빗 그리고 너희 모두가 등장하는 이야기야. 기억 안 나니?"

"기억나요. 하지만 떠올리려고 하면 까먹어버리는 걸요."

"그날 말이야, 푸와 피글렛이 헤팔럼을 잡으려고 했던 날……."

"못 잡았을 거예요, 그렇죠?"

"그래."

"푸는 잡을 수가 없어요. 머리가 진짜 나쁘니까요. 저는 헤팔럼을 잡았어요?"

"글쎄, 이야기를 들어보면 알 거야."

크리스토퍼 로빈은 고개를 끄덕였어요.

"전 정말 기억나요. 푸가 기억을 못할 뿐이죠. 그래서 이야기로 다시 만들어 들려주면 좋아할 거예요. 그러면 그저 기억나는 게 아니라 진짜 이야기가 될 테니까요."

"나도 그렇게 생각한단다."

크리스토퍼 로빈은 한숨을 폭 내쉬더니 곰의 한쪽 다리를 잡고 문으로 걸어갔어요. 푸는 크리스토퍼 로빈 뒤에서 질질 끌려갔지요.

로빈이 문 앞에서 돌아서더니 물었어요.

"저 목욕하는 거 보러 오실래요?"

"그럴까?"

"제가 쏜 총 때문에 푸가 다치지는 않았겠죠?"

"전혀."

크리스토퍼 로빈은 고개를 끄덕이고 방을 나갔어요. 잠시 후 쿵, 쿵, 쿵 하고 푸가 로빈의 뒤에서 계단을 올라가는 소리가 들려왔답니다.

· 2 ·

욕심 많은 푸가
구멍에 끼인 날

친구들에게 위니 더 푸, 또는 줄여서 그냥 푸라고 불리는 에드워드 베어가 어느 날 의기양양하게 콧노래를 흥얼거리면서 숲을 걸어가고 있었어.

바로 그날 아침, 푸가 거울 앞에서 튼튼 체조를 하면서 간단한 노래를 만들었지. 최대한 위로 팔을 뻗어 올리면서 "트랄 랄 라, 트랄 랄 라"라고 한 다음, 손끝을 발가락에 닿게 하려고 애쓰면서 "트랄 랄 라, 트랄 랄, 으악, 곰 살려! 라"라고 하는 식이었지. 아침을 먹고 나서도 다 외울 때까지 몇 번이나 흥얼거렸더니, 마침내 완벽하게 부를 수 있었어. 바로 이런 노래야.

트랄 랄 라, 트랄 랄 라,

트랄 랄 라, 트랄 랄 라,

럼 텀 티들 엄 텀.

티들 이들, 티들 이들,

티들 이들, 티들 이들,

럼 텀 텀 티들 엄.

푸는 노래를 흥얼거리며 신나게 걸어갔어. 다른 친구들은 무얼 하고 있을지, 자기가 다른 누군가로 바뀌어 산다면 어떤 기분일지 상상하면서 말이야. 그러다가 갑자기 모래언덕을 맞닥뜨렸어. 모래언덕에는 커다란 구멍이 나 있었지.

푸가 흥얼흥얼하며 말했어.

"아하! 럼 텀 티들 엄 텀! 내가 아는 게 있다면, 이 구멍은 래빗이 있다는 뜻이야. 래빗은 내 친구고, 친구 사이에는 음식을 나누어 먹고 노래를 들어주곤 해. 럼 텀 텀 티들 엄!"

푸는 몸을 굽혀서 머리를 구멍 속에 들이밀고 소리쳤어.

"아무도 없니?"

구멍 안에서 부스럭부스럭하는 소리가 나더니 곧 잠잠해

졌어.

푸는 다시 큰 소리로 외쳤어.

"그러니까 내 말은, 아무도 없냐고?"

어떤 목소리가 들려왔어.

"없어!"

그리고 이렇게 덧붙였지.

"그렇게 빽빽 소리 지를 필요 없어. 처음부터 아주 잘 들렸으니까."

"뭐야! 정말로 아무도 없단 말이야?"

"없다니까."

푸는 구멍에서 머리를 빼고 잠깐 고민했어.

"분명 누군가 있어. 방금 안에서 누가 '없다니까'라고 말했으니까."

푸는 다시 머리를 구멍 속으로 집어넣었어.

"여보세요, 래빗, 너 아니니?"

래빗이 이번에는 조금 전과 다른 목소리로 대답했어.

"아닌데."

푸가 물었지.

"하지만 래빗의 목소리 같은데?"

"아닐걸. 난 래빗의 목소리를 내려고 하지 않았으니까."

"아!"

푸는 구멍에서 머리를 빼고, 한 번 더 고민했어. 그리고 또다시 구멍 속으로 머리를 들이밀었지.

"그러면 래빗이 어디 있는지 좀 알려줄래?"

"래빗은 곰돌이 푸를 만나러 갔어. 래빗이랑 가장 친한 친구지."

푸는 화들짝 놀라서 말했어.

"그게 바로 난데!"

"나라니, 무슨 말이야?"

"곰돌이 푸 말이야."

래빗은 푸보다 더욱 놀라서 말했어.

"확실해?"

"물론, 정말이고말고."

"오, 그럼 어서 들어와."

푸는 구멍 속으로 몸을 밀어 넣고, 또 넣고, 다시 밀어 넣어서 마침내 안으로 들어갈 수 있었어.

"네 말이 맞았네!"

래빗이 푸를 찬찬히 훑어보더니 다시 말했어.

"정말 너구나. 이렇게 보니 반갑다!"

"그럼 누군 줄 알았어?"

"글쎄, 잘 모르겠어. 숲이 어떤 곳인지 알잖아. 집에 아무나 들여서는 안 되니까. 언제나 조심해야지. 그나저나 뭐라도 먹을래?"

푸는 언제나 아침 11시가 되면 뭔가 작은 것을 먹길 좋아했어. 그래서 래빗이 접시와 머그잔을 꺼내는 모습을 보고 뛸 듯이 기뻤지. 래빗이 "빵에 꿀이나 연유 중에 어떤 걸 발라줄까?"라고 묻자, 푸는 흥분해서 "둘 다!"라고 대답했어. 그리고 너무 욕심부리는 것처럼 보일까 봐 "아, 빵은 안 줘

도 괜찮아"라고 덧붙였고 말이야. 그 후 한동안 푸는 아무 말도 안 하고 있다가 마침내 끈적해진 목소리로 콧노래를 흥얼거리며 자리에서 일어났어. 그리고 다정하게 래빗의 앞발을 잡고 흔들면서 이제 그만 가봐야겠다고 말했지.

래빗이 공손하게 물었어.

"벌써 가려고?"

"글쎄, 좀 더 있어도 괜찮은데, 만약에…… 그러니까, 만약에 네가……."

푸가 래빗의 찬장을 빤히 쳐다보며 말했어.

"아, 그게 말인데."

래빗이 말했어.

"사실 나도 막 나가려던 참이야."

"아, 그래. 그럼 난 가볼게. 안녕."

"잘 가. 정말로 더 안 먹어도 괜찮다면 말이야."

푸는 잽싸게 물었어.

"먹을 게 더 있어?"

래빗이 접시 뚜껑을 열면서 말했어.

"아니, 없네."

푸는 알고 있었다는 듯이 고개를 끄덕였어.

"그럴 줄 알았어. 그럼 안녕. 난 정말로 가봐야겠어."

푸가 구멍 밖으로 기어올라가기 시작했어. 앞발로 땅을 당기고 뒷발로는 땅을 밀면서 말이야. 그러다가 푸의 코가 밖으로 나왔어. 그다음에는 귀, 그다음에는 앞발, 그다음에는 어깨, 그리고……

"으악, 도와줘!"

"다시 들어가는 게 낫겠어!"

"아니야, 그냥 앞으로 나가야겠어."

"아, 꼼짝도 못 하겠어. 살려줘! 이게 무슨 꼴이람!"

바로 그때, 산책을 나가려고 했던 래빗이 꽉 막혀 있는 앞문을 발견하고는 뒷문으로 돌아 나와 푸에게 다가갔어. 그리고 푸를 빤히 쳐다보았지.

"푸, 몸이 끼었니?"

푸가 심드렁하게 대답했어.

"아, 아니. 그냥 쉬면서 혼자 생각도 하고 노래도 부르고 그러는 중이야."

래빗이 말했어.

"자, 한쪽 앞발을 내밀어봐."

푸가 앞발을 내밀자, 래빗이 그 발을 잡아당기고, 잡아당기고, 또 잡아당겼어…….

"아야! 아프잖아!"

푸가 울상을 지었어.

래빗이 말했지.

"낀 게 맞잖아."

푸가 심통이 나서 대답했어.

"이게 다 입구가 작아서 그래."

그러자 래빗이 딱 잘라 말했어.

"이게 다 네가 너무 많이 먹어서 그래. 이런 말하긴 좀 그렇지만, 난 아까 우리 둘 중에 누군가 너무 많이 먹고 있다고 생각했어. 그 누군가가 내가 아니라는 것은 당연하고. 어쨌든 가서 크리스토퍼 로빈을 불러와야겠어."

래빗은 숲의 맞은편에 살고 있는 크리스토퍼 로빈과 함께 돌아왔어. 로빈이 구멍 밖으로 몸이 반만 튀어나와 있는 푸를 보더니 이렇게 말했어.

"바보 같은 곰돌이."

그 목소리는 정말로 다정해서, 모두가 안도감을 느꼈어.

푸가 코를 살짝 훌쩍거리며 말했어.

"지금 막 생각났는데, 래빗네 앞문이 완전히 망가질지도 몰라. 그건 싫은데."

래빗이 말했어.

"나도 마찬가지야."

크리스토퍼 로빈이 말했어.

"앞문 말이야? 래빗은 앞문을 다시 쓸 수 있을 거야."

래빗이 말했어.

"다행이다."

"우리가 널 끌어내지 못하면 말이야, 푸. 우린 널 다시 안으로 밀어 넣어야 할 것 같아."

크리스토퍼 로빈이 말했어. 그러자 래빗이 콧수염을 어루만지면서 생각에 잠기더니 하나하나 짚어보기 시작했어. 일단 푸를 안으로 밀어 넣고, 자기도 집으로 들어가면, 푸를 집에서 다시 만나 누구보다 기쁘겠지만, 그게 그러니까, 누군가 나무에서 살면 누군가는 땅속에서 사는 법이고…….

푸가 말했어.

"내가 영영 집 밖으로 나갈 수 없을까 봐 그래?"

래빗이 대답했어.

"내 말은, 여기까지 빠져나왔는데 다시 밀어 넣기 아깝다는 거야."

크리스토퍼 로빈이 고개를 끄덕였어.

"그럼 방법은 하나야. 푸, 네가 살이 빠질 때까지 기다려야겠다."

푸는 걱정스레 물었어.

"날씬해지려면 얼마나 걸릴까?"

크리스토퍼 로빈이 대답했어.

2장 · 욕심 많은 푸가 구멍에 끼인 날 … 57

"한 일주일 정도?"

"하지만 이대로 일주일이나 있을 수는 없어!"

"할 수 있어, 바보 같은 곰아. 지금 너를 빼내는 일이 더 어려운걸."

래빗이 명랑하게 말했어.

"우리가 책을 읽어줄게. 눈이 내리지 않아야 할 텐데. 참, 네가 지금 우리 집 공간을 너무 많이 차지하고 있어서 말이야, 그러니까…… 네 뒷다리를 수건걸이로 써도 괜찮을까? 내 말은, 네 뒷다리가 거기에 그냥 있는 것보다 수건을 걸어 두면 아주 편리할 것 같아서."

"일주일이라니!"

푸가 침울하게 물었어.

"그럼 밥은?"

크리스토퍼 로빈이 대답했어.

"안됐지만 밥은 안 돼.

빨리 날씬해져야 하니까. 그동안 우리가 책을 읽어줄게."

푸는 한숨을 내쉬려다가 이내 한숨을 내쉬기도 어렵다는 사실을 깨달았어. 몸이 너무 꽉 끼여 있었거든. 눈에서 눈물 한 방울이 또르륵 굴러떨어졌어.

"그럼 엄청나게 꽉 조이는 구멍에 끼어버린 곰에게 도움이 되고 위로가 되는 책을 읽어줄래? 힘이 되어주는 책 말이야."

그렇게 해서 일주일 동안 크리스토퍼 로빈은 푸의 북쪽 방향에서 책을 읽어주었고, 래빗은 푸의 남쪽 방향에서 빨래를 널었어……

그 사이 구멍에 낀 곰은 몸이 점점 홀쭉해지는 것을 느꼈어. 딱 일주일이 되는 날에 크리스토퍼 로빈이 외쳤어.

"자, 지금이야!"

로빈이 푸의 앞발을 잡고, 래빗이 로빈을 잡고, 래빗의 친구들과 친척들이 줄줄이 래빗을 잡아서 다 함께 끌어당겼지.

그러는 동안 푸의 입에서는 "아야!"라는 소리밖에 나오지 않았어.

그러다가 "아!" 하더니…….

어느 순간 갑자기 푸에게서 '뽁!' 하는 소리가 났어. 코르크 병마개가 뽑힐 때 나는 그 소리 말이야.

크리스토퍼 로빈과 래빗, 그리고 래빗의 친구
들과 친척들이 모두 뒤로 나자빠졌는데…… 그 위
로 자유의 몸이 된 푸가 떨어졌어!

푸는 친구들에게 고맙다고 고개를 끄덕여 보이고는, 위
풍당당하게 콧노래를 부르며 숲속으로 걸어갔어. 크리스토
퍼 로빈은 푸를 사랑스럽게 바라보며 중얼거렸어.

"정말 바보 같은 곰이라니까!"

· 3 ·

푸와 피글렛이
함께 사냥을 떠나다

피글렛은 너도밤나무 밑동 한가운데에 자리한 아주 웅장한 집에 살았어. 너도밤나무는 숲속 한가운데에 있었고, 피글렛은 바로 나무 한가운데에서 살고 있었던 거지. 피글렛네 집 옆에는 "트레스패서스 더블유Trespassers w"라고 적힌 부서진 나무 팻말이 있었어. 크리스토퍼 로빈이 그게 무슨 뜻이냐고 묻자 피글렛이 자기 할아버지 이름이자 오랫동안 집안 대대로 이어져 내려온 이름이라고 대답했어. 크리스토퍼 로빈이 사람을 트레스패서스 더블유라고 부를 수는 없다고 말했지만, 피글렛은 자기 할아버지 이름이었으니까

• 영어로 '무단 침입 금지'를 의미하는 'Trespassers will be prosecuted'에서 w 뒤의 글자들이 떨어져나갔다.

당연히 그럴 수 있다고 우겼어. 트레스패서스 더블유가 트레스패서스 윌Will을 줄인 말이고, 트레스패서스 윌은 트레스패서스 윌리엄William을 줄인 말이라나. 피글렛네 할아버지는 이름을 잃어버릴까 봐 두 개의 이름을 썼대. 할아버지 삼촌의 이름을 딴 트레스패서스랑 그 뒤에 있는 윌리엄 말이야.

피글렛의 말을 듣고 있던 크리스토퍼 로빈이 무심결에 말했어.

"나도 이름이 두 개인데."

그러자 피글렛이 대꾸했어.

"그래, 거 봐. 말 되잖아."

어느 맑은 겨울날에 피글렛이 집 앞에 쌓인 눈을 쓸다가 무심코 고개를 들었더니, 그곳에 푸가 있었어. 푸는 생각에 잠긴 채 빙글빙글 원을 그리며 걷고 있었는데, 어찌나 집중했던지 피글렛이 부르는데도 멈추지 않고 계속 돌았어.

피글렛이 물었어.

"푸, 안녕! 너 지금 뭐 하고 있어?"

"뒤쫓고 있어."

"뒤쫓아?"

돌아온 푸의 대답은 마치 수수께끼 같았어.

"뭔가를 쫓는 중이야."

피글렛이 바짝 다가섰어.

"뭘 쫓는데?"

"그게 바로 내가 묻고 싶었던 거야. 난 무엇을 쫓고 있는 걸까?"

"넌 뭐라고 생각하는데?"

푸가 바로 앞의 땅바닥을 가리키며 말했어.

"잡아야 알 수 있을 것 같아. 저기 좀 봐봐. 뭐가 보여?"

피글렛이 말했어.

"발자국이 보여. 짐승의 발자국."

그러더니 피글렛이 흥분해서 조그맣게 찍찍거렸어.

"세상에, 푸! 혹시 이거 우, 우, 우즐은 아닐까?"

"그럴 수도 있지. 그럴 수도 있고, 아닐 수도 있고. 발자국만으로는 알기 어려우니까."

푸는 다시 발자국을 쫓기 시작했고, 피글렛은 그 자리에서 1~2분쯤 푸를 쳐다보다가 푸를 뒤쫓아 달려갔어. 그때 푸가 갑자기 멈추더니 허리를 굽혀 발자국을 들여다보고는 의아해했어.

피글렛이 물었어.

"무슨 일이야?"

푸가 말했어.

"아주 이상하긴 한데, 갑자기 두 마리가 된 것 같아. 그게 뭐든지 간에 발자국 하나가 다른 발자국을 만나서 이제 둘

이 같이 가고 있어. 피글렛, 나랑 같이 가줄래? 혹시 위험한 동물일지도 모르잖아."

피글렛은 아무렇지도 않게 귀를 긁으면서 어차피 금요일까지는 딱히 할 일도 없는데다, 발자국의 주인이 정말로 우즐일지도 모르니까 기꺼이 함께 가겠다고 대답했어.

그러자 푸가 말했어.

"그러니까, 그 동물이 우즐 두 마리여도 같이 가주겠다는 거지?"

피글렛은 어쨌든 금요일까지 할 일이 없으니 따라가겠다고만 했어. 그렇게 둘은 함께 떠나게 되었단다.

바로 앞에는 작은 낙엽송 덤불이 있었는데, 우즐 두 마리가, 그러니까 그게 정말 우즐이었다면 말이야, 덤불을 돌아서 간 것처럼 보였어. 그래서 푸와 피글렛도 그 뒤를 따라 덤불을 돌았어. 덤불을 돌면서 피글렛은 트레스패서스 더블유 할아버지가 사냥을 하고 나서 굳은 근육을 어떻게 풀었는지, 좀 더 나이가 들어서는 호흡장애 때문에 얼마나 고생했는지 같은 여러 재미있는 이야기를 들려주었어. 푸는 할아버지란 대체 어떤 사람인지, 만약에 지금 쫓는 게 할아버지라면 그중 한 분을 집에 데려가 같이 지내도 괜찮을지, 그러면 크리스토퍼 로빈이 뭐라고 말할지 궁금해했어. 여전히 발자국은 둘 앞에서 이어지고 있었고…….

갑자기 푸가 멈추어 서더니, 흥분하며 앞을 가리켰어.

"봐!"

피글렛은 깜짝 놀라 팔짝 뛰었지.

"뭐야?"

그러고 나서 겁먹어서 뛴 게 아니라는 듯이, 마치 운동이라도 하는 것처럼 한두 번 더 팔

3장 · 푸와 피글렛이 함께 사냥을 떠나다 … 71

짝팔짝 뛰었어.

푸가 말했어.

"발자국을 봐! 두 마리에서 세 마리로 늘었어!"

"푸! 우즐이 한 마리 더 나타난 거야?"

"아니, 발자국이 달라. 어쩌면 두 마리는 우즐이고 다른 한 마리가 위즐이거나, 어쩌면 두 마리가 위즐이고 한 마리는 우즐일 수도 있어. 계속 따라가보자."

그래서 일단 둘은 계속 걸었는데, 어쩐지 걱정되기 시작했어. 앞서간 동물 세 마리가 위험한 동물일지도 모르니까. 피글렛은 트레스패서스 더블유 할아버지가 여기에 있었으면 좋겠다고 생각했고, 푸는 문득 아주 우연히 크리스토퍼 로빈을 만난다면 얼마나 좋을까 하고 생각했어. 다른 이유 때문이 아니라, 자기가 그만큼이나 크리스토퍼 로빈을 좋아하기 때문이라고 괜히 변명처럼 덧붙이면서 말이야. 그런데 갑자기 푸가 다시 멈추어 서더니 코끝을 핥았어. 이건 마음을 가라앉힐 때 하는 행동이었어. 평생 이만큼 초조하고 두근거렸던 적은 없었을 거야. 발자국이 세 마리에서 네 마리로 늘어났거든!

"피글렛, 보여? 이 발자국들을 봐! 내 생각에, 셋은 우즐

이고 다른 하나는 위즐이야. 우즐 한 마리가 늘어났어!"

정말 그런 것 같았어. 발자국들이 이쪽에서 서로 엇갈리고 저쪽에서 서로 겹쳐지기도 했지만, 네 쌍인 것은 확실하게 알아볼 수 있었지.

"저기 있잖아."

피글렛은 푸를 따라 코끝을 핥았는데도 좀처럼 마음이 놓이질 않았어.

"나 방금 뭔가 생각났어. 어제 했어야 했는데 깜빡 잊어버린 일이 있는데 말이야, 내일로 미룰 수는 없는 일이거든? 그래서 난 이만 돌아가야 할 것 같아."

"오늘 오후에 하면 돼. 내가 도와줄게."

피글렛은 잽싸게 말했어.

"오후에 할 수 있는 일이 아니야. 꼭 오전에 해야 하는 일이고, 가능하면, 그러니까 특히 몇 시쯤 해야 하냐면…… 혹시 지금 몇 시지?"

푸는 해를 한번 쳐다보고 대답했어.

"12시쯤."

"딱 내가 말하려고 했던 게 그거야. 그 일은 12시와 12시 5분 사이에 해야 돼. 그래서 말인데, 푸. 내 친구야, 미안하지만 괜찮다면…… 아니, 저게 뭐야?"

푸가 하늘을 올려다보았어. 그때 휘파람 소리가 다시 들려와서 커다란 떡갈나무의 가지를 쳐다보았어. 그제야 그곳에 앉아 있는 친구를 알아보았지.

푸가 말했어.

"크리스토퍼 로빈이다!"

"아, 그럼 이제 괜찮겠다. 로빈과 같이 있으면 안전할 테니까. 난 이만 갈게."

피글렛은 모든 위험에서 벗어났다는 사실이 너무나 기뻐서 될 수 있는 대로 날쌔게 집으로 뛰어갔어.

크리스토퍼 로빈이 천천히 나무에서 내려왔어.

"바보 곰돌아, 지금까지 뭘 하고 있었던 거야? 처음엔 덤불 주변을 혼자 두 바퀴 돌더니, 피글렛이 따라와서 같이 돌고, 이제 네 바퀴째 돌려고 하고……."

푸가 앞발을 들고 말했어.

"잠깐만."

푸는 그 자리에 주저앉아
온갖 집중력을 끌어모았어.

할 수 있는 한 최대한 깊게 생각했지. 그러고 나서 푸는 앞에 있는 발자국 하나에 자기 앞발을 대보고…… 코를 두 번 긁적이더니 일어섰어.

그리고 뭔가를 깨달았다는 듯이 말했어.

"그래, 이제 알겠어."

푸가 계속 말했어.

"난 멍청이야. 깜빡 속기나 하고. 난 정말 머리가 나쁜 곰이야."

크리스토퍼 로빈이 그런 푸를 달래주었어.

"넌 이 세상에서 최고로 멋진 곰이야."

푸는 잔뜩 희망에 부풀어 물었어.

"정말?"

푸의 얼굴이 금세 환해졌어.

"그나저나 점심시간이 다 됐네."

그렇게 푸는 밥을 먹으러 집으로 갔단다.

· 4 ·

이요르의 잃어버린 꼬리를 찾다

늙은 회색 당나귀 이요르는 엉겅퀴가 무성한 숲 한구석에 우울한 얼굴로 혼자 서 있었어. 앞발을 널찍이 벌리고 고개를 갸우뚱하면서 이런저런 생각을 하는 중이었지. 가끔은 '왜?'라고 생각했고, 때로는 '무엇 때문에?'라고 생각했고, 또 어떤 때는 '무슨 이유로?'라고 생각했어. 그럴 때면 스스로도 무슨 생각을 하고 있는지 확실히 알 수 없었어. 푸가 터벅터벅 걸어오는 걸 발견했을 때 이요르는 생각을 잠시

멈출 수 있어서 매우 반가웠어. 그리고 힘없는 목소리로 "안녕, 푸"라고 말을 건넸단다.

푸도 인사했어.

"응, 너도 안녕하지?"

이요르는 고개를 가로저었어.

"아니, 별로. 난 오랫동안 좀처럼 안녕하지 못한 것 같아."

"저런, 저런. 안됐다. 어디 한번 봐봐."

이요르는 우뚝 선 채 침울하게 땅바닥을 내려다보고 있었고, 푸는 그런 이요르 주위를 한 바퀴 돌았어. 그러다가 무언가를 발견하고 깜짝 놀라서 물었어.

"아니, 꼬리에 무슨 일이 생긴 거야?"

"무슨 일이라니?"

"꼬리가 없잖아!"

"확실해?"

"꼬리라는 건 있거나 없거나 둘 중 하나야. 그걸 틀릴 수는 없어. 네 꼬리가 안 보여!"

"그럼 뭐가 있는데?"

"아무것도 없어."

"어디 한번 보자."

이요르는 아마도 조금 전까지 꼬리가 있었을 자리를 향해 느릿느릿 고개를 돌렸지만 도저히 볼 수가 없다는 걸 깨달았어. 고개를 반대편으로 돌려보아도 마찬가지였지. 이요르는 다리 사이로 머리를 넣어서 꼬리가 있었던 자리를 쳐다보더니 서글픈 한숨을 푹 내쉬었어.

"네 말이 맞는 것 같아."

"그렇다니까."

이요르는 우울하게 말했어.

"이제 알 것 같아. 왜 그랬는지 모두 설명이 되네. 이상할 것 없어."

푸가 말했어.

"어디 다른 곳에 두고 왔을 거야."

"아니, 틀림없이 누군가가 가져간 거야."

이요르는 한참 동안 묵묵히 있다가 이렇게 덧붙였어.

"정말 그놈들이란."

4장 · 이요르의 잃어버린 꼬리를 찾다 ... 81

푸는 무언가 도움이 될만한 말을 하고 싶었지만 도무지 떠오르지 않았어. 그래서 대신에 무언가 도움이 되는 일을 해야겠다고 결심했지.

푸는 엄숙하게 말했어.

"이요르, 나 위니 더 푸가 너에게 꼬리를 되찾아주겠어."

"고마워, 푸. 넌 내 진정한 친구야. 그 녀석들과는 달라."

그렇게 푸는 이요르의 꼬리를 찾으러 떠났단다.

푸가 길을 나선 건 숲에 봄기운이 널리 퍼진 어느 아침이었어. 조그만 뭉게구름이 파란 하늘에서 해를 골려주려는 듯이 가끔씩 막아서기도 하고, 다른 구름에게 차례를 넘기기라도 하듯 후다닥 비켜가면서 신나게 놀고 있었지. 해는 그런 구름 사이로 씩씩하게 햇살을 비추고 있었어. 그 아래에서 일 년 내내 같은 옷을 걸치고 있는 전나무가 초라해 보일 만큼, 너도밤나무들이 빛나는 초록빛 새 이파리를 반짝이며 뽐내고 있었어. 푸는 그런 나무들 사이를 행진했어. 가시금작화˚와 히스 꽃˚˚이 가득 덮인 널따란 비탈을 내

• 프리지아와 비슷하게 생긴 노란 꽃으로, 완두콩 형태의 줄기에 나는 잎이 선인장 가시처럼 매우 뾰족하다.

려가, 바닥이 울퉁불퉁한 시냇물을 건넌 다음, 가파른 사암 언덕을 올라가고, 다시 히스가 무성한 들판에 다다랐지. 배가 고프고 지쳐갈 무렵 푸는 마침내 100에이커 숲에 도착했어. 아울이 100에이커 숲에 살고 있었거든.

푸는 혼잣말을 했어.

"누군가 뭔가에 대해 알고 있다면 그 친구는 바로 아울일 거야. 내 말이 틀렸다면 내가 위니 더 푸가 아니다! 하지만 내 이름은 위니 더 푸가 맞잖아? 어쨌든 자, 다 왔다."

아울은 퍽 매력적이고 고풍스러운 밤나무 저택에서 살고 있었는데, 다른 누구의 집보다도 아주 웅장했어. 적어도 푸에게는 그렇게 보였어. 왜냐하면 그 집에는 현관문을 노크할 때 문을 두드릴 수 있는 문고리와 줄을 잡아당기면 초인종이 울리는 장치까지 달려 있었거든. 문고리 밑에는 이런 안내문이 붙어 있었어.

    대다비 피료하면 초인종을 울리세요.

•• 히스는 '황무지'라는 뜻으로, 히스 꽃은 척박하고 외진 지역에서도 잘 자라는 특징이 있다. 작은 꽃과 잎이 줄기에 매우 좁고 촘촘하게 나며 덤불처럼 군락을 이룬다.

줄 밑에는 이런 안내문이 붙어 있었고.

대다비 피료 업스면 녹끄를 하세요.

안내문은 이 숲속에서 유일하게 글자를 아는 크리스토퍼 로빈이 쓴 거였어. 아울도 읽고 쓸 줄 알고, 자기 이름의 철자도 '우알'이라고 쓸 만큼 똑똑했지만, '홍역'이라든지, '버터를 바른 토스트'처럼 까다로운 단어는 완전히 뒤죽박죽으로 만들어놓곤 했거든.

푸는 그 안내문들을 처음에는 왼쪽에서 오른쪽으로, 그다음에는 혹시 빼먹고 읽지 않은 말이 있을까 봐 다시 오른쪽에서 왼쪽으로 차근차근 읽었어. 그리고 확실히 하려고 문고리를 한번 잡아당겼다가 두드리고, 줄도 똑같이 한번 잡아당겼다가 두드려보았어.

그러고 나서는 아주 큰 소리로 외쳤어.

"아울! 있으면 대답해! 나 푸야!"

문이 열리고 아울이 밖을 내다보았어.

"안녕, 푸, 어떻게 지내?"

"속상하고 슬퍼. 왜냐하면 내 친구 이요르가 꼬리를 잃어버렸거든. 그래서 지금 아주 우울해하고 있어. 어떻게 하면 이요르의 꼬리를 찾을 수 있는지 네가 가르쳐줄래?"

"그래, 이런 경우에 취할 수 있는 관례적인 절차가 있지."

푸가 물었어.

"관내적인 전차가 뭐야? 난 너처럼 똑똑하지 않아서 그런 말은 잘 몰라."

"해야 할 일이라는 뜻이야."

푸는 겸손하게 말했지.

"아하, 그런 뜻이라면 나도 알겠다."

"해야 할 일은 다음과 같아. 첫째, 현상금을 공시한다. 둘째……."

푸는 앞발을 들어 올렸어.

"잠깐만, 그러니까 우리가 해야 할 일이…… 뭐라고? 네가 재채기하는 바람에 못 들었어."*

"난 재채기한 적 없어."

"아니야, 아울. 했어."

"미안하지만 푸, 난 하지 않았어. 재채기를 했다면 내가 모를 리 없잖아."

"네가 분명 재채기를 했는데 모른다고 할 수는 없어."

"내가 방금 한 말은 '첫째, 현상금을 공시한다'였어."

푸가 안타깝다는 듯이 말했어.

"봐, 너 방금 또 재채기했잖아."

아울은 소리를 빽 내질렀어.

"현상금이라니까! 이요르의 꼬리를 찾아준 사람에게 뭔가 큰 걸 준다고 써서 내다 붙이는 거야."

푸가 고개를 끄덕였어.

---

* 아울이 말한 '공시하다'는 영어로 '이슈issue'인데, 푸가 이 말을 "이추" 하는 재채기 소리로 잘못 알아들은 것이다.

"아, 알겠다. 이제 알겠어."

그러고는 꿈꾸는 듯한 목소리로 덧붙여 말했지.

"뭔가 큰 거란 말이지. 난 이맘때쯤이면, 그러니까 아침에 이 시간 즈음만 되면 보통 뭔가 작은 것을 먹는데."

푸는 아울의 응접실 한쪽 구석에 있는 찬장을 아련한 눈으로 쳐다보았어.

"연유 딱 한 입만 먹고 싶다. 아니면 꿀 한 입도 좋고……."

아울이 말했어.

"그래, 그럼 벽보를 만들어서 숲 이곳저곳에 붙이자."

푸는 혼자 중얼거렸어.

"꿀 한 입…… 아니, 안 되면 어쩔 수 없지."

푸는 한숨을 푹 내쉬고는 아울이 하는 말을 알아들으려고 애썼어.

하지만 아울은 점점 더 복잡한 단어로 주절주절하더니, 마침내 처음에 한 말로 되돌아갔어. 그리고 크리스토퍼 로빈이 벽보를 써야 한다고 말했어.

"우리 집 문 앞에 붙어 있는 안내문을 써준 사람도 크리스토퍼 로빈이야. 푸, 아까 봤지?"

사실 푸는 아까부터 눈을 감고서 아울이 하는 이야기마

다 "응"과 "아니"로 번갈아 대답하고 있었어. 직전에 "응, 그래"라고 말했기 때문에 이번에는 "아니, 전혀"라고 대답할 차례였지. 아울이 무슨 이야기를 하는지 정말로 모르면서 말이야.

아울은 좀 놀라서 대답했어.

"못 봤다고? 그럼 지금 나가서 보자."

그래서 둘은 밖으로 나갔어. 푸는 문고리와 그 밑에 붙어 있는 안내문을 본 다음에, 줄과 그 밑에 붙어 있는 안내문을 보았어. 그런데 줄을 보면 볼수록 얼마 전에, 어디선가, 그것과 비슷한 것을 본 것 같다는 생각이 드는 거야.

아울이 말했어.

"줄이 참 멋지지?"

푸는 고개를 끄덕였어.

"뭔가 생각이 날 것 같은데 그게 뭔지 모르겠어. 이 줄은 어디서 구한 거야?"

"그냥 숲을 지나가다가. 덤불 위에 걸려 있길래 처음에는 누군가 거기에 살고 있다고 생각해서 잡아당겨봤는데 잠잠하더라고. 그래서 아주 세게 한 번 더 잡아당겼더니 쑥 빠져서 내 손에 딸려 왔어. 아무도 안 쓰는 물건인 것 같아서 집으로 가지고 왔지. 그리고……."

푸는 엄하게 말했어.

"아울, 그러면 안 됐어. 이건 누군가한테는 꼭 필요한 물건이었을 거야."

"누구 말이야?"

"이요르. 내 소중한 친구, 이요르. 이요르는…… 이요르는 이걸 정말 아꼈단 말이야."

"아꼈다고?"

푸는 서글프게 말했어.

"한시도 떨어지지 않고 붙어 있었거든."

그렇게 말한 푸는 줄을 풀어서 이요르에게 가져다주었어. 크리스토퍼 로빈이 줄을 원래 있던 자리에 달아주자, 이요르는 행복에 겨워 꼬리를 흔들면서 숲속을 껑충껑충 뛰어다녔지.

그런 이요르의 모습을 바라보는 푸도 덩달아 즐거웠지만 뭔가 작은 것을 먹고 기운을 차리기 위해 서둘러 집으로 돌아가야만 했어. 30분쯤 지난 뒤에 푸는 입을 닦고 자랑스럽게 노래를 불렀어.

누가 꼬리를 찾았을까?

"내가."

푸가 말했어.

"나야. 2시 15분 전에

(사실은 11시 15분 전이었지만),

내가 꼬리를 찾았지!"

· 5 ·

피글렛,
태어나서 처음으로
헤팔럼을 만나다

어느 날 크리스토퍼 로빈과 푸와 피글렛이 이야기를 나누고 있었어. 크리스토퍼 로빈이 음식을 한입 가득 쑤셔 넣은 채 우물거리다가 꿀떡 삼키고는 심드렁하게 말했어.

"피글렛, 나 오늘 헤팔럼을 봤어."

피글렛이 물었어.

"뭘 하고 있디?"

크리스토퍼 로빈이 대답했어.

"그냥 멍하니 걷고 있던데. 나를 못 본 것 같았어."

피글렛이 말했어.

"나도 헤팔럼을 전에 한번 본 적 있어. 적어도 내 기억이 맞다면 말이야. 어쩌면 아닐 수도 있고."

푸는 헤팔럼이 어떻게 생겼을지 궁금해하면서 말했어.

"나도야."

크리스토퍼 로빈이 무심코 말했어.

"헤팔럼은 자주 보기 힘든데."

피글렛이 말했지.

"최근에 본 건 아니야."

푸도 말했어.

"이맘때는 아니지."

그러고 나서 셋은 각자 다른 이야기를 주절거렸는데, 어느새 푸와 피글렛이 집에 돌아갈 시간이 되었어. 둘은 100에이커 숲으로 타박타박 걸어가면서 별말을 하지 않았어. 그러다가 시냇가에 이르러 서로 도와주며 징검다리를

건너고 히스 꽃이 흐드러지게 피어 있는 들판을 나란히 걸어갈 수 있게 되자, 사이좋게 이런저런 이야기를 주고받기 시작했어.

피글렛이 말했어.

"푸, 내가 왜 그렇게 말했는지 알아?"

푸가 말했지.

"피글렛, 그게 바로 내가 생각하고 있었던 거야."

"그렇지만 푸, 우린 확실히 기억하고 있어야만 해."

"나도 그렇게 생각해, 피글렛. 그 순간에 내가 까먹어버리긴 했지만."

소나무 여섯 그루가 우뚝 솟아 있는 곳에 이르자, 푸는 누가 엿듣고 있지는 않을까 주위를 살펴본 다음에 아주 근엄한 목소리로 말했어.

"피글렛, 나 결심했어."

피글렛이 물었어.

"뭘 말이야?"

푸가 대답했어.

"헤팔럼을 잡을 거야."

푸는 이 말을 하면서 몇 번이나 고개를 끄덕였고 피글렛이 "어떻게?"라거나 "푸, 그건 불가능해!"라고 한마디 거들어주기를 기다렸어. 하지만 피글렛은 아무 말도 하지 않았어. 사실 그 순간 피글렛은 자기가 먼저 그런 생각을 했으면 좋았을걸 하고 아쉬워하고 있었거든.

푸는 잠시 기다렸다가 말했어.

"난 헤팔럼을 잡을 거야. 함정을 파야겠어. 그것도 아주 교묘한 함정. 네 도움이 필요해, 피글렛."

피글렛은 다시금 기분이 좋아졌어.

"기꺼이 도와줄게, 푸. 그런데 어떻게 해야 하지?"

"그게 문제야. 어떻게 할까?"

둘은 주저앉아서 곰곰이 생각해보았어.

푸가 생각해낸 첫 번째 아이디어는 이런 거야. 무척 깊은 구덩이를 파놓으면 헤팔럼이 지나가다가 그 구덩이에 빠지고, 그런 다음에…….

피글렛이 물었어.

"왜?"

푸도 되물었고.

"뭐가 왜야?"

"헤팔럼이 거기에 왜 빠지는데?"

푸가 앞발로 콧등을 문지르더니 이렇게 말했어. 헤팔럼이 콧노래를 흥얼거리면서 걸어가다가 문득 비가 올지 안 올지 궁금해져서 하늘을 쳐다보면 그 순간 구덩이에 빠진다는 거야. 떨어지고 나서야 무척이나 깊은 구덩이가 있었다는 사실을 깨달을 테고 그때는 이미 늦었다는 거지.

그러자 피글렛이 정말로 훌륭한 함정이긴 하지만 만약에 이미 비가 내리고 있다면 어떡할 거냐고 물었어.

푸는 다시 코를 문지르더니 아직 거기까진 생각해보지 않았다고 대답했어. 그러다가 다시 환해진 얼굴로 말했어. 비가 오면 헤팔럼이 비가 멈출지 안 멈출지 궁금해져서 하늘을 쳐다볼 거고, 그 순간 구덩이에 빠질 거고, 떨어지고 나서야 무척이나 깊은 구덩이가 있었다는 걸 알게 될 텐데, 그때는 이미 늦었을 거라고 말이야.

피글렛은 마침내 궁금증이 풀려 푸의 함정이 정말 빈틈없다고 거들었어.

피글렛의 말을 들은 푸는 아주 우쭐해져서 헤팔럼을 다 잡은 거나 마찬가지라고 생각했지만, 고민해야 할 문제가 남아 있었어. 어디에 구덩이를 파야 할까?

피글렛은 헤팔럼이 딱 한 발만 더 내디디면 빠질 만한 데가 가장 좋을 거라고 했지.

푸가 말했어.

"하지만 그러면 우리가 땅을 파는 모습을 헤팔럼이 보지 않을까?"

"하늘을 쳐다보고 있으면 못 봐."

"어쩌다가 고개를 숙이면 의심할 거야."

푸는 오랫동안 생각해보더니 침울하게 말했어.

"생각만큼 쉽지가 않네. 그래서 헤팔럼이 좀처럼 잡히지 않았나 봐."

"그런 것 같아."

둘은 한숨을 내쉬고 자리에서 일어났어. 그리고 엉덩이에 붙은 덤불 가시 몇 개를 뽑아내고 다시 주저앉았지.

푸는 계속 중얼거렸어.

"뭔가 방법이 생각나면 좋을 텐데!"

푸는 자신의 무척 영리한 머리가 제대로 된 방법만 떠올린다면 헤팔럼을 잡을 수 있을 거라고 확신했어.

푸가 피글렛에게 말했어.

"만약에 네가 나를 잡아야 한다면 어떻게 할 거야?"

피글렛이 말했어.

"글쎄, 아마 이렇게 하겠지. 함정을 파놓고 거기에 꿀단지를 넣어 둘 거야. 그럼 네가 꿀 냄새를 맡아서 다가올 테고, 그러면……."

"내가 꿀을 가지러 함정에 들어가겠지."

푸가 흥분한 목소리로 말했어.

"물론 다치지 않게 아주 조심할 거야. 그리고 꿀단지에 가까이 가서 꿀이 다 떨어진 빈 통이라고 애써 생각하면서 단지 입구만 살짝 핥아볼 거고. 그런 다음에는, 너도 알겠지만, 멀찍감치 떨어져서 잠깐 생각해보고 다시 돌아와서 단지 한가운데를 핥을 거야. 그리고……."

"그래, 그다음은 됐어. 네가 함정에 걸리고 내가 잡으면 끝이지, 뭐. 이제 가장 먼저 생각할 일은 이거야. 헤팔럼은 뭘 좋아할까? 내 생각엔 도토리 같은데, 안 그래? 그렇다면 우린 많은…… 야, 푸, 일어나!"

푸는 달콤한 꿈에 빠져들었다가 소스라치게 놀라서 깨어났어. 그리고 꾸토리*보다는 꿀이 훨씬 더 근사한 미끼라고 말했어.

---

* 여전히 꿀 생각을 하고 있던 푸가 도토리를 잘못 발음한 것이다.

하지만 피글렛은 그렇게 생각하지 않았어. 그렇게 둘이 막 옥신각신하려던 참에 피글렛은 도토리를 미끼로 두게 되면 자기가 구해 와야 하지만, 꿀이라면 푸가 이미 가지고 있는 꿀을 조금만 쓰면 된다는 걸 퍼뜩 생각해냈어.

피글렛이 말했어.

"좋아, 그럼 꿀로 하자."

그런데 마침 그때 푸도 피글렛과 똑같은 생각을 하고 "좋아, 꾸토리로 하자"라고 말하려던 참이었지.

"꿀을 구해야겠네."

피글렛은 푸의 대답을 듣기도 전에 이미 다 결정된 것처럼 골똘히 생각하면서 중얼거렸어.

"네가 집에 가서 꿀을 가지고 올 동안에 내가 구덩이를 파고 있을게."

"좋아."

푸가 대답하고 나서 터벅터벅 걸어갔어.

집에 도착하자마자 찬장으로 간 푸는 의자 위에 올라서서 맨 위 선반에서 큼지막한 꿀단지를 끄집어 내렸어. 단지에 '빌꿀Hunny'이라고 쓰여 있긴 했지만 푸가 종이 덮개를 벗겨내 안을 확인해보니 그건 정말 꿀 같아 보였어.

푸는 중얼거렸어.

"하지만 확신하기에는 이르지. 언젠가 우리 삼촌이 꼭 이런 색깔의 치즈를 본 적 있다고 말했던 게 기억나."

그래서 푸는 단지 속으로 혀를 쑥 밀어 넣고 꿀을 크게 핥아보았어.

"음, 이건 꿀이야. 확실해. 바닥까지 전부 꿀일 거야. 아마도. 물론 누군가가 장난으로 바닥에 치즈를 깔아놓지 않았다면 말이지. 조금만 더 먹어보는 게 좋을지도 몰라…… 혹시…… 그러니까, 헤팔럼이 치즈를 좋아하지 않을 수도 있으니까…… 나처럼…… 아!"

푸는 한숨을 푹 내쉬었어.

"내가 맞았어. 이건 꿀이야, 단지 바닥까지 전부 다."

그렇게 확인을 마친 푸는 꿀단지를 안고 피글렛에게 돌아갔어.

피글렛은 무척 깊은 구덩이 속에서 푸를 올려다보았어.

피글렛이 물었어.

"꿀은 가져왔어?"

"응, 그런데 꿀이 그렇게 많지는 않아."

푸는 꿀단지를 피글렛에게 던졌어.

피글렛이 말했어.

"아니, 이럴 수가! 남은 게 이게 다야?"

푸가 대답했어.

"응."

정말 그랬으니까. 피글렛은 구덩이 바닥에 단지를 놔두고 다시 기어 올라왔고, 둘은 함께 집으로 돌아갔어.

푸의 집 앞에서 피글렛이 말했어.

"그럼 잘 자, 푸. 내일 아침 6시에 여섯 그루 소나무 옆에서 만나자. 함정에 헤팔럼이 몇 마리나 빠져 있는지 보자고."

푸가 말했어.

"6시, 알았어. 그런데 피글렛, 너 아무 끈이나 가지고 있는 거 있어?"

"아니. 끈은 왜?"

"헤팔럼을 끈으로 묶어서 집에 데려오려고."

"아!…… 내 생각엔 네가 휘파람을 불면 헤팔럼이 따라올 것 같은데."

"몇 마리는 그렇겠지만 몇 마리는 그렇지 않을 거야. 헤팔럼은 종잡을 수가 없거든. 그럼 잘 자!"

"잘 자!"

피글렛은 종종걸음으로 '트레스패서스 더블유'라는 푯말이 걸린 자기 집으로 돌아갔고, 푸는 잠잘 준비를 했어.

몇 시간이 지나 밤이 슬그머니 달아나려는 무렵에 푸는 갑자기 가슴이 철렁하는 듯한 기분을 느끼면서 잠에서 깨어났어. 전에도 이런 경험을 한 적 있어서 무엇을 의미하는지 잘 알았지.

배가 고프다는 신호였던 거야. 푸는 찬장 쪽으로 다가간 다음 의자 위에 올라서서는 팔을 뻗어 맨 위 선반을 더듬었는데…… 아무것도 없었어.

푸는 중얼거렸지.

"정말 이상하네. 여기에 꿀단지가 하나 있었는데. 꿀이 가득 든 단지가, 그러니까 뚜껑까지 꽉 찬 단지가 맨 위에 있었는데. 내가 꿀인 걸 알아볼 수 있게 '빌꿀'이라고 써 놓기까지 했는데…… 정말 이상하네."

푸는 꿀단지가 어디에 있을까 궁리하면서 왔다 갔다 하기 시작했어. 이렇게 웅얼거리면서 말이야.

정말, 정말 이상해.
분명 나한테 꿀이 있었는데.
이름표도 붙여놓았거든.
빌꿀이라고.

맛있는 꿀이 가득 든 탐스러운 병이었는데,
도대체 어디로 사라졌는지 모르겠네.
아니, 어디로 가버렸는지 모르겠어…….
글쎄, 정말 희안하다니까.

푸는 노래를 부르는 것처럼 세 번을 웅얼거리다가 문득 기억이 났어. 헤팔럼을 잡으려고 설치한 교묘한 함정에 꿀단지를 두고 왔다는 사실이.

푸가 말했어.

"이럴 수가! 이게 다 헤팔럼에게 너무 잘해주려다가 생긴 일이야."

푸는 다시 침대로 들어갔어.

하지만 잠을 잘 수가 있어야지. 잠을 자려고 애쓰면 애쓸수록 더 잠이 오지 않는 거야. 푸는 양을 세기 시작했어. 가끔 잠이 오지 않을 때 잠이 들게 하는 데에 효과가 있었거든. 그렇지만 이번에는 아무 소용이 없어서 헤팔럼을 세보

기로 했어. 세상에, 상황은 더 나빠졌어. 푸가 헤팔럼을 떠올릴 때마다 헤팔럼들이 곧장 푸의 꿀단지로 가더니 안에 든 꿀을 죄다 먹어 치우는 거야. 그렇게 푸는 몇 분 동안 비참한 기분으로 꼼짝 않고 누워 있었는데, 587번째 헤팔럼이 혀를 낼름대며 웅얼거렸어.

"정말 맛있는 꿀이야. 이렇게 맛있는 꿀은 여태껏 먹어본 적이 없어."

푸는 더 이상 참을 수 없었어. 그대로 침대에서 튀어 일어난 다음, 집 밖으로 뛰쳐나가 여섯 그루 소나무까지 내달렸어.

해는 아직 침대에 있었지만, 100에이커 숲 위로 하늘이 어슴푸레 밝아오는 걸 보니 이제 막 이불을 차고 깨어날 참이었나 봐. 동이 터오는 숲속의 여섯 그루 소나무는 춥고 외로워 보였어. 무척이나 깊었던 구덩이는 실제보다 더 깊어 보였고, 밑바닥에 놓여 있던 푸의 꿀단지는 형체만 알아볼 수 있어서 마치 신비한 물건처럼 보였지. 하지만 단지에 가까이 다가갈수록 푸의 코는 꿀 냄새를 기가 막히게 맡았고, 푸의 혀가 벌써 밖으로 마중 나와서 입술을 훔치고 있었어. 먹을 준비를 하느라고 말이야.

푸는 단지 속에 코를 들이밀었어.

"뭐야! 헤팔럼이 꿀을 다 먹어 치웠잖아!"

푸는 잠깐 생각했어.

"아, 맞다. 내가 먹었지. 깜빡했네."

사실 아까 푸가 꿀을 거의 다 먹어버린 거야. 그래도 단지 바닥에는 꿀이 조금 남아 있어서 푸는 단지에 머리를 들이밀고 핥기 시작했어……

그때쯤 피글렛도 잠에서 깼어. 일어나자마자 혼잣말

을 했지.

"아!"

다시 씩씩하게 말했어.

"맞아."

다시 좀 더 용기를 내서 말했고.

"그래, 가야지."

하지만 용기는 금방 사그라들었어. 머릿속에 정말로 떠오른 말은 이거였거든.

"헤팔럼들."

헤팔럼은 어떻게 생겼을까?

사나울까?

휘파람을 불면 따라올까? 따라온다면 어떻게 따라올까?

돼지를 좋아할까?

돼지를 좋아한다면 어떤 종류의 돼지든 가리지 않고 좋아할까?

돼지를 좋아하지 않아도, 트레스패서스 윌리엄이라는 할아버지가 있는 돼지라면 좀 다르게 대해주지 않을까?

피글렛은 그 어떤 질문에도 대답할 수가 없었어…… 한 시간만 지나면 태어나서 처음으로 헤팔럼을 보게 될 텐데

말이야!

 물론 푸가 함께 갈 테고, 둘이 있으면 훨씬 더 상냥하게 굴겠지. 하지만 만약 헤팔럼이 돼지와 곰이 같이 있을 때 아주 사나워지는 동물이라면? 오늘 아침에는 머리가 아파서 도저히 여섯 그루 소나무까지는 갈 수가 없다고, 아픈척하는 게 낫지 않을까? 그렇지만 헤팔럼이 한 마리도 함정에 걸리지 않았다면 오늘은 날씨가 너무 좋아서 아침 내내 침대에 누워 있는 건 너무 아까울 텐데. 피글렛은 어떻게 해야 할까?

그때 피글렛에게 기발한 아이디어가 떠올랐어. 지금 당장 살그머니 여섯 그루 소나무로 가서 헤팔럼이 있나 없나 함정 안을 살짝 엿보기만 하는 거야. 헤팔럼이 있으면 그대로 도망쳐 침대로 돌아오고, 없으면 그곳에 있어도 되잖아.

피글렛은 길을 나섰어. 처음에는 헤팔럼이 없을 거라고 되뇌었지. 그러다가 어쩌면 있을지도 모른다고 생각했고, 함정에 가까워질수록 헤팔럼이 분명 있을 거라고 확신했어. 헤팔럼이 "헤팔럼 헤팔럼" 하고 다른 동물들과 같이 우는 소리가 들렸거든.

피글렛이 무심코 중얼거렸어.

"오, 세상에, 오, 세상에, 오, 세상에!"

피글렛은 달아나고 싶었어. 하지만 어찌 되었든 이젠 아주 가까이 와 있었고, 헤팔럼이 어떻게 생겼는지 한번 보기라도 해야 할 것 같은 생각이 들었어. 그래서 피글렛은 함정쪽으로 기어가서 안을 들여다보았는데…….

푸가 꿀단지에서 머리를 빼내려고 발버둥을 치고 있었지 뭐야. 고개를 흔들면 흔들수록 머리가 빠지기는커녕 꿀단지에 더 꽉 끼고 있었어.

"이게 뭐람!"

푸가 단지 속에서 말했어.

"으악, 살려줘!"

또 이런 말도 했지만, 푸가 가장 많이 한 말은 이거야.

"아야!"

푸는 어디에든 단지를 부딪쳐 깨보려고 했지만, 무엇에 부딪히는지 전혀 볼 수가 없으니 별로 소용이 없었어.

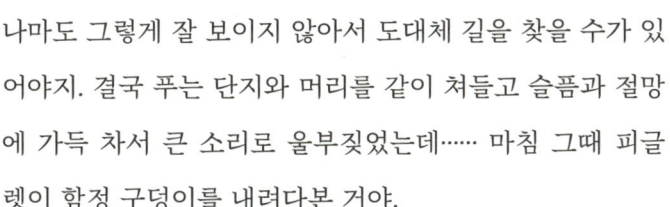

무척이나 깊은 구덩이 밖으로 기어오르려고도 해보았지만, 보이는 건 컴컴한 단지 안뿐이었어. 그 나마도 그렇게 잘 보이지 않아서 도대체 길을 찾을 수가 있어야지. 결국 푸는 단지와 머리를 같이 쳐들고 슬픔과 절망에 가득 차서 큰 소리로 울부짖었는데…… 마침 그때 피글렛이 함정 구덩이를 내려다본 거야.

피글렛이 소리를 질렀어.

"살려줘, 살려줘! 헤팔럼이야, 무서운 헤팔럼!"

피글렛은 있는 힘을 다해 허둥지둥 달아나면서 계속해서

소리를 질렀어.

"살려줘, 살려줘, 무서븐 히파럼이야! 홀려, 홀려줘! 살려 븐 메팔럼이야! 살, 살려! 헤파!"

피글렛은 줄곧 소리치면서 크리스토퍼 로빈의 집까지 내달렸어.

크리스토퍼 로빈은 이제 막 잠에서 깨어나 피글렛을 발견하고는 물었어.

"피글렛, 도대체 무슨 일이야?"

"헤, 헤파……."

피글렛은 숨을 세차게 몰아쉬느라 말을 제대로 할 수가 없었어.

"헤…… 헤…… 헤팔럼."

크리스토퍼 로빈이 물었어.

"어디에?"

피글렛이 앞발을 흔들면서 말했어.

"저기."

"어떻게 생겼는데?"

"그게…… 어떻게 생겼냐면…… 그렇게 큰 머리는 태어나서 처음 봤어, 크리스토퍼 로빈. 엄청나게 커다랬는데, 뭐

같이 생겼냐면…… 음, 비슷한 걸 못 찾겠어. 무지무지하게 컸는데…… 그러니까 뭐 같았냐면…… 잘 모르겠는데…… 엄청나게 커다란, 그런 건 없긴 한데, 무슨 단지처럼 생겼어."

"그래, 내가 가서 한번 볼게. 가자."

크리스토퍼 로빈이 신발을 신으며 말했어.

피글렛은 크리스토퍼 로빈이 같이 가준다고 하니까 겁이 나지 않았고, 그래서 둘은 함께 출발했어.

함정이 가까워지자 피글렛이 불안한 목소리로 물었어.

"난 들려. 넌 안 들려?"

"나도 뭔가가 들려."

그건 푸가 나무뿌리에 머리를 부딪히는 소리였어.

피글렛이 크리스토퍼 로빈의 손을 꼭 잡았어.

"저거야! 정말 무시무시하지 않아?"

갑자기 크리스토퍼 로빈이 웃음을 터뜨렸어. 로빈은 웃다가…… 또 웃고…… 또다시 웃었지. 로빈이 그렇게 웃어대는데…… 마침 그 헤팔럼의 머리가 나무뿌리에 부딪혀 탁!

하는 소리가 나더니, 단지가 와장창 박살이 나고, 푸의 머리가 보였어.

그제야 피글렛은 자기가 얼마나 바보 같았는지 깨달았어. 너무 부끄러워서 곧장 집으로 달려갔는데, 이번엔 정말로 머리가 아파와서 그만 자리에 누워버렸어.

크리스토퍼 로빈과 푸는 같이 아침을 먹으려고 집으로 돌아왔어.

크리스토퍼 로빈이 말했어.

"푸! 난 네가 정말 좋아!"

푸가 말했지.

"나도야."

6

생일날 특별한 선물을 받은 이요르

늙은 회색 당나귀 이요르가 시냇가에 서서 물 위에 비친 자기 모습을 들여다보고 있었어.

"딱하기도 하지. 그래, 맞아. 정말 처량해."

이요르는 돌아서서 물줄기를 따라 천천히 20미터 정도를 걸어 내려가다가, 첨벙첨벙 시냇물을 건너서 반대편 기슭을 따라 느릿느릿 거슬러 올라갔어. 그러고 나서 다시 시냇물을 들여다보았어.

"역시 생각했던 대로야. 이쪽에서 봐도 더 나을 게 없네. 하지만 아무도 관심조차 없지. 누구도 신경 쓰지 않아. 불쌍한 신세야."

그때 이요르 뒤쪽에 있던 고사리 덤불에서 부스럭부스럭 소리가 나더니 푸가 튀어나왔어.

"안녕, 이요르."

이요르는 우울하게 대답했어.

"안녕, 푸. 정말로 안녕하다면 말이야. 난 잘 모르겠거든."

"왜, 무슨 일이야?"

"아무 일도 아니야, 푸. 아무 일도. 우리가 전부 할 수는 없으니까. 몇몇은 그렇지 않을 수도 있겠지만. 그냥 그게 다야."

푸는 코를 문질렀어.

"뭘 할 수 없다는 거야?"

"즐겁게 노는 거. 노래하고 춤추고, 다 함께 뽕나무 주위를 도는 거.*"

"아!"

푸는 한참 동안 생각하고 나서 물었어.

"무슨 뽕나무인데?"

"본 오미Bon-hommy."**

이요르가 여전히 침울하게 설명했어.

---

* 〈Here We Go Round the Mulberry Bush〉라는 영국의 전래 동요다.
** '순진하다'는 프랑스어로 '보노미bonhomie'인데, 이요르가 잘못 발음한 것이다.

"프랑스 말로 순진하다는 뜻인데, 너한테 불평하는 건 아니지만 그냥 그렇다고."

푸는 커다란 돌 위에 앉아서 그 말을 곰곰이 곱씹었어. 푸에게는 마치 수수께끼처럼 들렸지. 똑똑하다고는 말하기 어려운 우리의 푸가 수수께끼를 잘 풀 리 없으니까. 대신에 푸는 코틀스톤 파이 노래를 부르기로 했어.

코틀스톤, 코틀스톤, 코틀스톤 파이,
파리는 새처럼 날 수 없지만, 새는 파리처럼 날 수 있지.˙
수수께끼를 내봐요, 그럼 내가 대답할게.
"코틀스톤, 코틀스톤, 코틀스톤 파이."

이게 1절이야. 푸가 1절을 다 불렀는데도 이요르가 노래가 별로라는 말을 하지 않자, 푸는 아주 친절하게 2절까지 불러주었어.

코틀스톤, 코틀스톤, 코틀스톤 파이,

˙ '파리'와 '날다'를 모두 뜻하는 영어 단어 'fly'로 말장난한 것이다.

물고기는 휘파람을 불지 못해, 그건 나도 마찬가지야.
수수께끼를 내봐요, 그럼 내가 대답할게.
"코틀스톤, 코틀스톤, 코틀스톤 파이."

여전히 이요르는 아무 말도 하지 않았어. 그래서 푸는 혼자 3절까지 흥얼거렸어.

코틀스톤, 코틀스톤, 코틀스톤 파이,
닭은 왜 그럴까, 나도 그 까닭을 모르지.
수수께끼를 내봐요, 그럼 내가 대답할게.
"코틀스톤, 코틀스톤, 코틀스톤 파이."

이요르가 말했어.
"바로 그거야. 노래하는 거. 움티 티들리 움티 투. 다 같이 밤이랑 산사나무 열매를 주우러 가자.˙ 자, 신나게 놀자."
푸가 말했어.

˙ ⟨Here We Go Gathering Nuts in May⟩라는 영국의 전래 동요다. 여기서는 '5월에in May'라는 표현을 '산사나무 열매와and may'라고 바꾸어 불렀다.

"난 이미 그러고 있어."

이요르가 말했어.

"누군가는 그러고 있겠지."

"왜 그래, 무슨 일 있어?"

"무슨 일이 있는 것 같아?"

"그냥 네가 너무 슬퍼 보여, 이요르."

"내가 슬퍼 보인다고? 내가 왜 슬퍼? 오늘은 내 생일인데. 1년 중에서 가장 기쁜 날인걸."

푸는 화들짝 놀랐어.

"생일이라고?"

"그렇다니까. 저기 안 보여? 내가 받은 선물들 말이야."

이요르는 이쪽에서 저쪽으로 발을 휘저었어.

"보라고. 생일 케이크도 있어. 양초랑 분홍색 설탕 장식도 있잖아."

푸는 두리번거렸어. 처음에는 오른쪽, 그다음에는 왼쪽을.

"선물? 생일 케이크? 대체 어디에?"

"안 보여?"

"응."

"사실 나도 안 보여. 농담이었어, 하하하!"

푸는 좀 당황해서 머리를 긁적였어.

"그런데 정말 오늘이 생일이야?"

"응."

"오! 축하해, 이요르. 언제나 오늘처럼 행복하길 바라."

"너도 언제나 오늘처럼 행복하길, 푸."

"하지만 오늘은 내 생일이 아닌데."

"맞아, 내 생일이지."

"그런데 나한테 '오늘처럼 행복하길 바란다'고……."

"그게 왜? 그러면 안 되니? 혹시 너는 내 생일이 돌아올 때마다 비참해지고 싶은 거야?"

"아, 알겠어."

이요르는 당장에라도 울음을 터뜨릴 것 같은 목소리로 말했어.

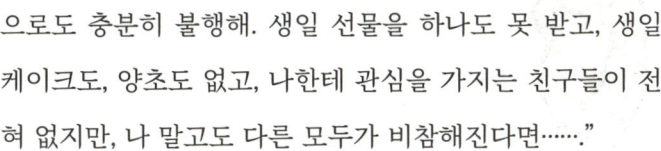

"나 혼자 비참한 것만으로도 충분히 불행해. 생일 선물을 하나도 못 받고, 생일 케이크도, 양초도 없고, 나한테 관심을 가지는 친구들이 전혀 없지만, 나 말고도 다른 모두가 비참해진다면……."

푸는 더는 가만히 듣고 있을 수가 없었어.

"여기 가만히 있어!"

푸는 뒤돌아서면서 그렇게 소리를 내지르더니 될 수 있는 대로 빠르게 집으로 달려갔어. 가엾은 이요르에게 당장 무슨 선물 비슷한 걸 줘야겠다고 그 순간 생각했는데, 어떤 선물이 좋을지는 나중에 생각해도 되니까.

푸의 집 앞에는 피글렛이 있었어. 깡충깡충 뛰면서 노크 소리를 내려고 애쓰는 중이었지.

"안녕, 피글렛."

푸가 말했어.

"안녕, 푸."

피글렛도 인사했어.

"뭘 하려는 거야?"

"문고리를 잡으려고 그랬어. 그런데 손이 닿지 않아서……."

푸는 친절하게 말했어.

"내가 대신 해줄게."

푸는 손을 뻗어서 문고리를 두드리고는 말했어.

"방금 이요르를 봤는데, 가엾은 이요르가 무척이나 슬퍼하고 있었어. 오늘이 자기 생일인데 아무도 알아주질 않았대. 그래서 지금 아주 우울한 상태야. 이요르가 어떤 당나귀인지 너도 잘 알잖아. 아까 꼭 그랬거든. 그리고…… 참, 이 집에는 대체 누가 살고 있길래 이렇게 대답이 늦담."

푸는 다시 한번 문고리로 문을 두드렸어.

피글렛이 말했어.

"푸, 근데 여긴 네 집이잖아!"

"아, 맞다! 그럼 이제 들어가자."

둘은 안으로 들어갔어. 푸가 가장 먼저 한 일은 찬장에 아주 조그만 꿀단지가 남아 있는지 확인하는 거였어. 마침 꿀단지가 남아 있었고, 푸는 그 단지를 꺼냈지.

푸가 말했어.

"난 이걸 이요르에게 선물로 줄 거야. 너는?"

"나도 그걸 주면 안 될까? 우리 둘이 같이 선물하는 걸로 하자."

"안 돼, 그건 좋은 생각이 아닌 것 같아."

"알았어. 그럼 난 풍선을 선물해야겠다. 내 생일 파티 때

쓰고 남은 풍선이 하나 있거든. 그걸 가져와야겠어. 괜찮겠지?"

"정말 좋은 생각이야! 그걸 보면 이요르도 분명 기운을 차릴 거야. 누구라도 풍선을 보면 신나하니까."

피글렛은 빠르게 집으로 걸어갔어. 푸는 반대쪽으로 꿀단지를 안고 걸어갔고.

날씨는 포근했고 갈 길은 아직 많이 남았는데, 절반도 채 못 가서 푸는 이상한 기운이 온몸을 타고 스멀스멀 번져가는 것을 느꼈어. 그 느낌은 코끝에서 시작해 온몸을 간지럽히며 지나가더니, 발가락 끝으로 빠져나갔어. 누군가가 푸의 몸속에서 이렇게 말하고 있는 것 같았어.

"자, 푸. 이제 뭔가 작은 걸 좀 먹을 시간이야."

푸는 중얼거렸어.

"세상에, 세상에. 벌써 시간이 이렇게 되다니."

푸는 주저앉아서 단지 뚜껑을 열었어.

"이걸 챙겨 와서 참 다행이야. 다른 곰들은 오늘처럼 따뜻한 날에 외출하면서 뭔가 먹을 걸 가지고 다닐 생각을 전혀 못하겠지."

푸는 꿀을 먹기 시작했어.

그리고 단지 안에 남은 마지막 꿀을 핥으면서 생각했어.

"근데 가만있자, 내가 어디로 가는 길이었지? 아, 그래, 이요르에게 가고 있었지."

푸는 느릿느릿 일어났어.

바로 그때, 갑자기 퍼뜩 기억이 났어. 푸가 이요르의 생일 선물을 먹어 치운 거야!

"이런! 이제 어떻게 해야 하지? 이요르에게 꼭 뭔가를 줘야 하는데."

얼마 동안은 아무것도 떠오르지 않았어. 푸는 곰곰이 생각했어.

"그래, 꿀이 들어 있지 않더라도 이건 아주 멋있는 단지야. 이 단지를 깨끗이 닦아서 '생일 축하해'라고 써서 주면 이요르는 여기에 물건을 넣어 보관할 수도 있고, 그럼 아주 쓸모 있는 선물이 될 거야."

푸는 100에이커 숲을 막 지나치려다가 그곳에 살고 있는 아울을 만나러 안으로 들어갔어.

"안녕, 아울."

푸가 인사했어.

"안녕, 푸."

아울도 대답했지.

"이요르의 생일을 축하해!"

"아, 오늘이 이요르의 생일이야?"

"아울, 넌 이요르에게 뭘 선물할 거야?"

"넌 뭘 줄 생각인데, 푸?"

"난 물건을 보관할 수 있는 매우 유용한 단지를 선물할 거야. 그래서 너한테 부탁을 좀 하려고……."

아울이 푸가 앞발로 들고 있는 단지를 낚아챘어.

"이게 그거야?"

"응, 너한테 부탁하고 싶은 건……."

"누가 단지 안에 꿀을 담았던 모양이네."

푸가 열심히 말했어.

"아무 거나 전부 담을 수 있어. 아주 쓸모 있는 단지지. 그래서 네게 부탁……."

"단지에 '생일 축하해'라고 쓰면 좋겠군."

"내가 부탁하려던 게 바로 그거야! 내가 쓰면 글자가 막 뒤섞이거든. 그러니까, 철자는 맞지만 글자들이 제멋대로 흔들려서 제자리에 있지를 않아. 그래서 나 대신 네가 '생일 축하해'라고 써주면 좋겠어."

아울이 단지를 이리저리 꼼꼼하게 살펴보았어.

"근사한 단지로군. 나도 이걸 선물로 하면 안 될까? 우리 둘이 함께 주는 걸로 하자."

"안 돼."

푸가 말했어.

"그건 좋은 생각이 아닌 것 같아. 일단 내가 단지를 깨끗이 씻어 올게. 아울 네가 그 위에 글씨를 쓸 수 있도록."

푸가 단지를 물로 깨끗이 닦아서 말리는 동안에 아울은 연필 끝에 침을 묻히면서 '생일'을 어떻게 써야 할지 궁리했어.

그러다 아울이 걱정스러운 목소리로 물었어.

"푸, 글씨를 읽을 줄 알아? 우

리 집 문 밖에 문을 두드리는 방법과 줄을 잡아당기는 방법에 대해 크리스토퍼 로빈이 써놓은 안내문이 있어. 너 그거 읽을 줄 알아?"

"응, 크리스토퍼 로빈이 이야기해줬거든. 그다음부터는 읽을 수 있어."

"그래, 그럼 나도 이걸 쓰고 무슨 말인지 이야기해줄게. 그럼 네가 읽을 수 있을 거야."

아울은 글씨를 쓰기 시작했어…… 바로 이렇게 말이야.

세이이이르르 추우카카아해이

푸는 그 모습을 감탄하며 지켜보았어.

"그저 '생일 축하해'라고 쓴 것뿐이야."

아울이 심드렁하게 말했지.

"정말 길고 멋진 말이야."

푸는 무척 감동한 목소리로 말했어.

"아, 사실은 '생일을 진심으로 축하하며, 사랑하는 푸가'라고 쓰고 있거든. 이렇게 길게 쓰려니까 연필도 빨리 닳고."

"아, 그렇구나."

이런 일이 벌어지고 있는 사이에 피글렛은 이요르에게 줄 풍선을 가지러 집에 도착한 참이었어. 피글렛은 풍선이 날아가버릴까 봐 꼭꼭 끌어안고서 푸보다 먼저 이요르에게 가려고 있는 힘껏 달렸어.

피글렛은 이요르에게 첫 번째로 선물을 주는 친구가 되고 싶었거든. 다른 누구에게 들어서가 아니라, 마치 이요르의 생일을 처음부터 기억하고 있었던 것처럼 말이야. 피글렛은 줄곧 이요르가 얼마나 기뻐할지에 대해서만 생각하느라고 다른 곳을 쳐다보지도 않고 달리고 있었는데…… 갑자기 발이 토끼 굴에 걸려서 그만 땅에 얼굴을 정면으로 박은 채 철퍼덕 엎어지고 말았어.

펑!!!???!!!

피글렛은 그대로 멈추어서 무슨 일이 일어난 건지 파악했어. 처음에는 온 세상이 날아간 줄만 알았어. 그러다가 아마 온 세상은 아니고 숲만 날아간 거라고 생각했지. 그다음에는 세상도 숲도 아니고 자기만 홀로 날아가서 달이나 다른 어디엔가 뚝 떨어진 건 아닐까 의심했어. 그래서 이제 두 번 다시는 크리스토퍼 로빈과 푸와 이요르를 볼 수 없게 된 걸지도 모른다고 말이야.

그리고 나서 피글렛은 다시 생각했어.

"여기가 달이더라도 내내 엎어져 있을 필요는 없지."

피글렛은 조심조심 일어나 주위를 둘러보았어.

그런데 여전히 숲이었던 거야!

"어라, 이상하다. 아까 그 펑 소리는 뭐였지? 그냥 넘어진 거라면 그렇게 요란한 소리가 나지는 않았을 텐데. 그런데 내 풍선은 어디로 갔지? 대체 이 조그맣고 축축한 쪼가리는 뭐람?"

그 쪼가리의 정체는 바로 풍선이었어!

"앗, 이럴 수가!"

피글렛이 외쳤어.

"어, 어떡하지? 아니, 어떡해! 너무 늦어버렸어. 이제 와서 집에 돌아갈 수도 없고 어차피 다른 풍선도 없어. 어쩌면 이요르가 풍선을 그렇게 많이 좋아하지 않을지도 몰라."

그렇게 조금 슬퍼진 피글렛은 서둘러 발걸음을 옮겼어. 이요르가 서 있는 시냇가에 다다르자 큰 소리로 이요르를 불렀지.

"안녕, 이요르."

"안녕, 꼬마 피글렛. 정말로 안녕한지 잘 모르겠지만, 그게 중요한 건 아니지."

피글렛은 좀 더 가까이 다가갔어.

"생일 축하해."

이요르는 시냇물에 비친 제 모습을 들여다보고 있다가 돌아서서 피글렛을 빤히 쳐다보았어.

"다시 말해줄래?"

"생일 축……."

"잠깐만."

이요르가 갑자기 다리 한쪽을 조심스레 들더니 귀에 가져다댔어. 남은 세 다리로 균형을 잡으면서 말이야.

"어제는 이게 됐거든."

이요르는 자기가 지금 무엇을 하고 있는지 설명하다가 세 번은 넘어졌어.

"꽤 쉬워. 이렇게 하면 더 잘 들리는데…… 됐다, 성공했어! 자, 무슨 말을 하는 중이었지?"

이요르는 발굽을 귀 뒤에 대고 귀를 쫑긋 모았어.

"생일 축하해."

피글렛이 다시 말했어.

"나 말이야?"

"물론이지, 이요르."

"내 생일?"

"응."

"나더러 진짜 생일 축하한다고 말한 거야?"

"응, 이요르. 선물도 가져왔어."

이요르는 오른쪽 귀에서 오른쪽 발굽을 떼고 제자리에서 한 바퀴 빙 돌아서더니, 힘겹게 왼쪽 발굽을 들어 올렸어.

"다른 쪽 귀로도 들어봐야겠어. 다시 말해줄래?"

"선물을 가져왔다고!"

피글렛이 아주 큰 목소리로 말했어.

"그것도 내 이야기야?"

"그래."

"아직도 내 생일이라고?"

"물론이지, 이요르."

"난 여전히 축하를 받고 있고?"

"응, 이요르. 내가 풍선을 가지고 왔어."

"풍선? 풍선이라고 했어? 입으로 불어서 날리는 알록달록하고 커다란 물건 말이야? 신나게 노래하고 춤출 때 쓰고 여기저기 왔다 갔다 하기도 하는 그거?"

"응, 맞아. 그런데…… 이요르, 정말 미안해…… 그 풍선을 들고 뛰어오다가 넘어지고 말았어."

"이런, 이런, 운이 나빴네. 너무 빨리 뛰어서 그랬구나. 어디 다치지는 않았어, 꼬마 피글렛?"

"난 괜찮아. 그런데…… 있지…… 아, 이요르, 내가 풍선을 터뜨리고 말았어!"

그 순간, 둘 사이로 긴 침묵이 흘렀어.

"내 풍선?"

마침내 이요르가 입을 열었어.

피글렛은 고개를 끄덕였어.

"내 생일 풍선?"

피글렛이 코를 조금 훌쩍거리며 말했어.

"응, 이요르, 여기 있어. 그리고…… 그리고 정말 생일 축하해."

피글렛은 조그맣고 축축한 고무 쪼가리를 이요르에게 건네주었어.

"이게 그거야?"

이요르는 약간 놀랐어.

피글렛이 고개를 끄덕였어.

"내 생일 선물?"

피글렛은 다시 고개를 끄덕였어.

"그 풍선?"

"맞아."

"고마워, 피글렛. 그런데 물어봐도 괜찮을지 모르겠는데, 이 풍선, 그러니까 이게 풍선이었을 때 말이야, 무슨 색깔이었어?"

"빨간색."

"그냥 궁금해서…… 빨간색이었단 말이지."

이요르가 중얼거렸어.

"내가 가장 좋아하는 색이야…… 얼마나 커다랬니?"

"내 몸통만큼 컸어."

"그냥 궁금해서…… 피글렛만큼 컸구나."

이요르가 처량하게 중얼거렸어.

"내가 가장 좋아하는 크기야. 그렇고말고."

피글렛은 너무 안타까워서 도대체 무슨 말을 해야 좋을지 몰랐어. 무언가를 말하려고 입을 벌렸다가 차라리 아무 말도 하지 않는 게 낫겠다고 결정을 내린 참이었지. 바로 그때, 시내 저편에서 고함 소리가 들리더니 푸가 나타났어.

"생일 축하해."

푸가 외쳤어. 아까 이미 생일 축하 인사를 했다는 걸 잊어버리고선 말이야.

"고마워, 푸, 지금 축하받는 중이었어."

이요르가 우울하게 대답했어.

"내가 작은 선물을 가져왔어."

푸가 잔뜩 신이 난 채 말했어.

"선물도 받았어."

이요르가 말했지.

푸는 첨벙첨벙 시내를 건너서 이요르에게 다가왔어. 피글렛은 혼자 멀찌감치 앉아서 앞발 사이에 얼굴을 파묻고 조용히 코를 훌쩍거리고 있었어.

"이건 아주 쓸모 있는 단지야."

푸가 말했어.

"자, 받아. 여기에 '생일을 진심으로 축하하며, 사랑하는 푸가'라고 썼어. 여기 써 있는 글자들은 바로 그런 뜻이야. 물건을 보관할 때 이걸 쓰면 돼. 자!"

이요르는 단지를 보더니 들뜬 목소리로 말했어.

"그래! 내 풍선을 이 단지에 넣으면 딱이겠다!"

"아니, 그건 안 돼, 이요르. 풍선은 너무 커서 단지에 안 들어갈 거야. 풍선으로 할 수 있는 일은 풍선을 붙잡고……."

"내 건 안 그래."

이요르는 자신감에 찬 목소리로 말했지.

"피글렛, 여기 좀 봐!"

피글렛이 아주 슬픈 얼굴로 고개를 들고 돌아보았어. 이요르는 이빨로 풍선을 물어 올린 다음 조심스럽게 단지에 넣었어. 그러고 나서 풍선을 꺼내 땅바닥에 내려 놓고, 다시 물어 올려서 조심스럽게 단지에 넣었단다.

"정말이네! 풍선을 단지 안에 넣을 수 있어!"

푸가 말했어.

"정말! 풍선을 꺼낼 수도 있고!"

피글렛이 말했어.

"그렇지? 다른 물건들처럼 이렇게 넣었다가 다시 꺼낼 수 있어."

이요르가 대답했어.

"물건을 넣어 둘 수 있는 쓸모 있는 단지를 너에게 선물할 수 있어서 정말 기뻐."

푸가 아주 행복해하며 말했어.

"쓸모 있는 단지에 넣어 둘 수 있는 뭔가를 너에게 선물할 수 있어서 정말 기뻐."

피글렛도 아주 기뻐하며 말했고.

하지만 이요르는 아무 말도 들리지 않았어. 풍선을 단지에 넣었다가 다시 꺼냈다가 하느라 너무나 행복했거든…….

"그런데 난 이요르에게 아무것도 주지 않았어요?"

크리스토퍼 로빈이 슬픈 표정으로 물었어요.

"당연히 줬지. 넌 이요르에게…… 기억 안 나니? 왜 그…… 조그만…… 조그만……."

"그림을 그릴 수 있는 물감 상자를 줬잖아요."

"바로 그거야."

"난 왜 그걸 아침에 주지 않았죠?"

"넌 이요르의 생일 파티를 준비하느라 아주 바빴잖니. 그 덕분에 이요르는 양초 세 자루를 꽂고, 분홍색 설탕으로 이름이 새겨지고, 그 위에 시럽이 뿌려진 케이크를 받았지……."

"응, 나도 기억나요."

크리스토퍼 로빈이 말했어요.

7

숲의 새로운 식구, 캥거와 아기 루

아무도 어디에서 왔는지 모르는 것 같았지만 그 둘은 언젠가부터 숲에 있었어. 캥거와 아기 루 말이야. 푸가 크리스토퍼 로빈에게 물었어.

"어떻게 여기에 왔을까?"

크리스토퍼 로빈이 대답했어.

"늘 그랬던 것처럼 왔지, 푸. 무슨 말인지 알겠지?"

무슨 뜻인지 모르는 푸는 이렇게 말했어.

"아!"

그러고 나서 고개를 두 번 끄덕였고.

"늘 그랬던 것처럼 말이지. 아하!"

푸는 피글렛이 이 일에 대해 어떻게 생각하는지 궁금해서 집으로 찾아갔어. 마침 피글렛의 집에는 래빗도 와 있었

어. 그래서 셋이 같이 이 문제를 놓고 이야기했어.

"여기서 내 마음에 들지 않는 부분은 이거야."

래빗이 말했어.

"자, 우리가 여기 있는데, 그러니까 푸 너랑, 피글렛 너랑, 나랑 말이야…… 그런데 갑자기……."

푸가 끼어들었어.

"이요르도."

"그래, 이요르도, 그런데 갑자기……."

푸가 다시 끼어들었어.

"그리고 아울도."

"맞다, 아울도, 그런데 갑자기……."

푸가 또 끼어들었어.

"아, 이요르도. 이요르를 잊어버렸네."

"그러니까, 우리가, 여기에, 살고 있었잖아……."

래빗이 아주 천천히 또박또박 말했어.

"우리가, 다 함께 말이야…… 그런데 어느 날, 아침에 눈을 뜨니 갑자기 뭐가 보였지? 우리들 사이에 낯선 동물이 나타난 거야! 들어본 적도 없는 동물이! 자기 가족을 주머니에 넣어 다니는 그런 동물이! 만약 내가 우리 가족들을 내

주머니에 넣어 다닌다고 생각해봐. 주머니가 몇 개나 필요할까?"

피글렛이 대답했어.

"열여섯 개."

래빗이 말했어.

"열일곱 개야. 안 그래? 손수건을 넣을 주머니까지 하나 더한다면…… 열여덟 개일 거고. 옷 한 벌에 주머니가 열여덟 개라니! 그걸 일일이 달 시간도 없어."

그러고 나서 셋 모두 생각에 잠겨 한동안 침묵을 지키고 있었는데…… 몇 분 동안이나 얼굴을 잔뜩 찌푸리고 있던 푸가 입을 열었어.

"내 계산으로는 열다섯인데."

래빗이 물었어.

"뭐라고?"

푸가 대답했지.

"열다섯이라고."

"뭐가 열다섯이라는 거야?"

"네 가족 말이야."

래빗이 물었어.

"우리 가족이 어떻다고?"

푸는 코를 문지르면서 래빗이 지금 자기 가족 이야기를 하고 있는 줄 알았다고 말했어.

래빗은 심드렁하게 물었지.

"내가?"

"응, 네가 방금……."

"중요한 건 그게 아냐, 푸."

피글렛이 조급하게 말했어.

"캥거를 어떻게 할 것인가가 문제지."

"아, 알겠어."

푸가 대답했어.

래빗은 이렇게 말했어.

"가장 좋은 방법은 이거야. 아기 루를 몰래 데려와서 숨겨놓은 다음, 캥거가 '아가, 루가 어디 갔지?'라고 말하면 우리가 '아하!'라고 외치는 거지."

"아하!"

푸가 연습 삼아 외쳤어.

"아하! 아하! 아하!…… 그런데 아기 루를 몰래 데려오지 않아도 '아하!'라고 말할 순 있잖아."

"푸, 넌 정말 머리를 안 쓰는구나."

래빗이 부드럽게 말했어.

"나도 알아."

푸는 순순히 인정했고.

"우리가 '아하!'라고 외치는 건, 아기 루가 어디에 있는지 알고 있다고 캥거에게 알려주기 위해서야. 그러니까 '아하!'는 '숲을 떠나 다시는 되돌아오지 않겠다고 약속하면 아기 루가 어디에 있는지 가르쳐주지'라는 뜻이라고. 지금 생각을 더 해볼 테니까 그동안 떠들지 말아줘."

푸는 방 한구석으로 가서 "아하!"를 래빗이 말한 것처럼 들리도록 말해보려고 애썼어. 때로는 그렇게 들리는 것 같았고, 때로는 그렇지 않을 때도 있었지.

푸는 생각했어.

'계속 연습하는 수밖에 없겠어. 아마 캥거도 이 말을 이해하려면 연습을 해야 하지 않을까?'

"그런데 딱 하나 문제가 있어."

피글렛이 안절부절못하며 말했어.

"크리스토퍼 로빈에게 들었는데, 캥거는 특히 사나운 맹수 중 하나래. 물론 난 평범한 보통 맹수는 안 무서워. 그런데 사나운 맹수가 자기 새끼를 빼앗기면 두 배 더 사나운 맹수가 된다는 건 잘 알려져 있잖아. 그런 상황에서 '아하!'라고 외치는 건 멍청한 짓일 거야."

래빗은 연필을 꺼낸 다음 연필심 끝에 침을 묻혔어.

"피글렛, 넌 정말 배짱이라고는 하나도 없구나."

피글렛은 코를 살짝 킁킁거렸지.

"너도 나처럼 작아봐. 아주 작은 동물은 용기를 내는 게 정말 어렵다고."

갑자기 래빗은 부지런히 글을 써 내려가다가 고개를 번쩍 들었어.

"네가 아주 작은 덕분에 다행히 우리가 앞으로 헤쳐 나갈 모험에 꽤 쓸모가 있을 거야."

피글렛은 친구들이 자신을 필요로 한다는 생각에 잔뜩 신이 나서 두려움을 까맣게 잊어버렸어. 게다가 래빗은 캥거가 겨울철에만 조금 사나울 뿐이고 다른 계절에는 유순하다고 말했지. 피글렛은 당장 쓸모를 증명하고 싶어서 가만히 앉아 있을 수가 없을 지경이었어.

"나는?"

푸가 기죽은 목소리로 물었어.

"난 쓸모가 없겠지?"

피글렛이 그런 푸를 위로했어.

"신경 쓰지 마, 푸. 다음에 또 기회가 있을 거야, 아마도."

래빗이 연필을 깎으면서 근엄하게 말했어.

"푸가 없으면 이번 모험은 불가능해."

피글렛은 래빗의 말에 실망한 티를 내지 않으려고 애썼고, 푸는 한쪽 구석으로 걸어가서 자랑스럽게 중얼거렸어.

"내가 없으면 불가능하대! 난 그런 곰이라니까!"

"자, 이제 모두들 잘 들어봐."

래빗이 글쓰기를 마치고 나서 이렇게 말하자, 푸와 피글렛은 나란히 앉아 입을 헤벌리고서 아주 열심히 귀를 기울였어. 래빗이 읽어준 내용은 이랬어.

아기 루 몰래 데려오기 대작전

1. 미리 주의할 점: 캥거는 우리보다 빨리 달림. 심지어 나보다도.
2. 더 주의할 점: 캥거는 아기 루에게서 절대로 눈을 떼지 않음. 자기 주머니 안에 넣고 안전하게 꼭 닫았을 때 말고는.
3. 결론: 아기 루를 몰래 데려오려면 철저하게 준비해야 함. 캥거는 우리보다 빨리 달리기 때문. 심지어 나보다도(1번 참고).
4. 첫 번째 고려 사항: 아기 루가 캥거의 주머니에서 튀어나왔을 때, 피글렛이 캥거의 주머니 속으로 뛰어 들어가면 캥거는 달라진 점을 느끼지 못할 것임. 피글렛은 아주 조그만 동물이니까.
5. 아기 루처럼.
6. 하지만 피글렛이 자기 주머니 속으로 뛰어 들어가는 것을 캥거가 보아서는 안 되므로 캥거의 시선을 돌려야 함.
7. 2번 참고.
8. 두 번째 고려 사항: 하지만 그때 푸가 캥거에게 아주 소

란스럽게 말을 걸면 캥거가 잠시 한눈을
팔 수도 있음.
9. 바로 그 순간에 내가 아기 루를
   데리고 도망침.
10. 아주 빠르게.
11. 캥거는 나중에야 아기 루가 사라
    졌다는 사실을 발견할 것임.

래빗은 큰 목소리로 자랑스럽게 자신이 세운 이 계획을 읽어 내려갔어. 래빗의 낭독이 끝나고 나서는 한동안 아무도 입을 열지 않았지. 피글렛은 아무 소리도 내지 않고 입을 벌렸다 다물기를 반복하다가 갈라진 목소리로 간신히 말을 꺼냈어.

"그러면…… 그다음에는?"
래빗이 되물었어.
"그다음이라니?"
"그러다가 캥거가 달라진 점을
발견하면?"
"그러면 우리 모두가 '아하!'라

고 말하는 거지."

"우리 셋이 같이?"

"응."

"오!"

"왜, 뭐가 잘못됐어, 피글렛?"

"아무것도 아니야, 우리 셋이 함께라면. 다 같이 말한다면 상관없어. 하지만 나 혼자서 '아하!'라고 말해야 하는 상황은 없었으면 좋겠어. 소리도 크게 안 나올 테고. 그런데 아까 겨울 관련해서 한 말은 확실한 거지?"

"겨울?"

"그래, 캥거는 겨울철에만 사나워진다며."

"아, 그래, 그래, 맞아. 그리고 푸? 푸, 네가 뭘 해야 하는지 알아 들었지?"

푸가 말했어.

"아니, 아직 모르겠어. 난 뭘 하면 돼?"

"캥거가 아무것도 눈치채지 못하게 아주 열심히 이야기하면 돼."

"아! 어떤 이야기?"

"아무거나 네가 좋아하는 걸로."

"캥거에게 시를 읽어주거나 뭐, 그런 비슷한 이야기를 하라고?"

"맞아, 바로 그거야. 훌륭해. 자, 이제 출발하자."

그렇게 셋이 다 함께 캥거를 찾으러 밖으로 나갔어.

캥거와 아기 루는 숲의 모래밭에서 한가로운 오후를 보내고 있었어. 아기 루는 모래 위에서 깡충깡충 뛰는 연습을 하면서 쥐구멍 속으로 들어갔다가 기어 나오고, 다시 들어갔다가 기어 나오기를 반복하고 있었고, 캥거는 안절부절 못하며 "아가, 딱 한 번만 더 뛰고 집에 가는 거다"라고 말하고 있었지.

바로 그때, 누군가가 쿵쿵거리면서 모래밭 위로 올라왔

어. 푸가 말이야.

"안녕, 캥거."

캥거가 대답했어.

"안녕, 푸."

"내가 뛰는 걸 봐."

루가 앙앙거리더니 또 쥐구멍 속으로 폴짝 뛰어들었어.

푸가 인사했어.

"안녕, 루. 귀여운 꼬마 친구!"

캥거가 말했어.

"우린 막 집에 가려던 참이야. 안녕, 래빗. 안녕, 피글렛."

래빗과 피글렛도 다른 쪽에서 올라오다가 "안녕, 캥거. 안녕, 루"라고 인사했고, 루는 래빗과 피글렛에게도 자기가 뛰는 모습을 봐달라고 말했어. 둘은 멈추어 서서 루를 지켜보았어.

캥거도 루를 지켜보고 있었고······.

푸는 래빗의 눈짓을 두 번 받고 나서야 입을 열었어.

"아, 캥거, 혹시 너 조금이라도 시에 관심이 있니?"

캥거가 대답했어.

"별로 없는데."

"아!"

"루, 아가, 딱 한 번만 더 뛰고 집에 가는 거야."

루가 다시 쥐구멍에 들어간 사이에 짧은 침묵이 흘렀어. 래빗이 앞발로 입을 가리고 큰 소리로 속삭였어.

"계속해."

"그러니까 시 이야기가 나와서 말인데."

푸가 이어 말했어.

"여기 오는 길에 짧은 시를 하나 지었거든. 이런 시인데, 음…… 그러니까……."

"멋지구나!"

그러더니 캥거는 다시 루를 향해 말했어.

"자, 루, 아가……."

래빗이 말했어.

"이 시가 마음에 들 거야."

피글렛도 거들었고.

"이 시를 좋아하게 될 거야."

래빗이 말했어.

"아주 집중해서 들어야 해."

피글렛도 다시 거들었어.

"하나도 놓치지 않으려면 말이야."

캥거가 대답했어.

"아, 알겠어."

하지만 캥거는 여전히 아기 루만 쳐다보고 있었어.

래빗이 물었어.

"푸, 그 시가 어떤 시였지?"

푸는 가볍게 헛기침을 한 다음 시를 읊기 시작했어.

머리가 아주 나쁜 곰이 쓴 시
월요일, 햇살이 아주 따가운 날이면
나는 혼자서 무척 궁금해지곤 해.

정말일까, 아닐까?

무엇이 어떤 것이고 어떤 것이 무엇이라는 건.

화요일, 우박이 쏟아지고 눈이 내리는 날이면
자꾸만 그런 기분이 들어.
어느 누구도 모른다고.
저것들이 이것들이거나 이것들이 저것들인지.

수요일, 하늘이 파란 날이면
나는 딱히 할 일이 없을 때가 있어.
가끔 정말인지 궁금해.
무엇이 누구이고 누가 무엇인지.

목요일, 얼음이 얼기 시작하는 날이면
나는 나무 위에서 반짝이는 하얀 서리를 봐.
얼마나 쉽게 알아볼 수 있는지.
이것들은 누구의 것이고 또 이것들은 누구의 것인지.

금요일…….

"응, 그래, 그렇지?"

캥거는 금요일에 무슨 일이 일어나는지 들으려고 기다리지도 않았어.

"딱 한 번만이야, 아가. 이제는 정말 집에 가야 한단다."

래빗이 얼른 서두르라는 듯이 푸의 옆구리를 쿡 찔렀어.

푸가 재빨리 말했어.

"시 이야기가 나와서 말인데, 너 저기 있는 나무를 본 적 있니?"

"어디?"

그러더니 캥거는 다시 루에게 말했어.

"자, 루……."

푸는 캥거의 등 뒤를 가리켰어.

"바로 저기."

"아니."

캥거는 다시 루에게 말했어.

"자, 루, 아가. 이제 주머니 안으로 들어와. 집에 가자."

래빗이 끼어들었어.

"네가 저기 있는 나무를 봐야 하는데."

그리고 루에게 말했지.

"루, 내가 너를 안아서 넣어줄까?"

래빗은 앞발로 루를 안아 올렸어.

푸가 말했어.

"여기서 보니까 나무에 새 한 마리가 있는 것 같아. 아니, 물고기인가?"

래빗이 말했어.

"네가 여기에서 저 새를 꼭 봐야 하는데. 새가 아니라면 물고기라도 말이야."

피글렛도 말했어.

"저건 물고기가 아니고 새야."

래빗이 말했어.

"그렇구나."

푸가 물었어.

"저 새는 찌르레기일까, 지빠귀일까?"

래빗이 말했지.

"아주 중요한 질문이야. 과연 저 새는 찌르레기일까, 지빠귀일까?"

그러자 마침내 캥거가 고개를 돌렸어. 그 순간에 래빗이 큰 소리로 "자, 루, 들어가"라고 외쳤고, 피글렛이 캥거의 주머니 속으로 뛰어 들어갔어. 래빗은 앞발로 루를 끌어안고서 있는 힘껏 후다닥 달아났어.

캥거는 다시 고개를 돌렸어.

"아니, 래빗은 어디 간 거야? 루, 아가, 괜찮니?"

피글렛이 캥거의 주머니 밑바닥에서 루의 목소리를 흉내 내며 앙앙거렸어.

푸가 말했어.

"래빗은 가봐야 한다고 했어. 내 생각에는, 갑자기 돌아가서 해야 할 일이 생각난 것 같아."

"피글렛은?"

"내 생각에는 피글렛도 뭔가 해야 할 일이 생각난 것 같아, 갑자기."

"어쨌든 우리도 이만 집에 가야겠다. 그럼 잘 가, 푸."

캥거는 껑충껑충 세 번을 뛰더니 그대로 사라져버렸어.

푸는 캥거의 뒷모습을 쳐다보다가 이렇게 생각했어.

'나도 저렇게 뛸 수 있다면 얼마나 좋을까. 누구는 할 수 있지만 누구는 할 수 없고. 세상 일이 다 그렇지, 뭐.'

하지만 그때 피글렛은 캥거의 주머니 안에서 캥거가 이렇게 뛸 수 없다면 얼마나 좋을까 하고 바라고 있었어. 가끔 숲을 가로질러서 집까지 먼 길을 걸어가야 할 때면 자기가 새처럼 날 수 있기를 바라곤 했는데, 캥거의 주머니 바닥에서 들썩들썩하는 지금 이 순간에는 이런 생각이 들었던 거야.

'이게 정말로 나는 거라면 다시는 이런 생각을 안 할 거야.'

피글렛은 몸이 붕 떠오를 때면 "우와아아아아!" 하고 소리치고, 밑으로 떨어질 때는 "아야!" 하고 비명을 내질렀어.

그렇게 피글렛은 캥거네 집에 도착할 때까지 내내 "우와아아아아, 아야, 우와아아아아, 아야, 우와아아아아, 아야!"를 반복했어.

물론 캥거는 주머니를 열자마자 일이 어떻게 된 건지 알아챘어. 잠깐 동안은 겁이 났지만 곧 그렇게까지 놀랄 일은 아니라는 걸 깨달았지. 크리스토퍼 로빈이 절대 아기 루한테 나쁜 일이 생기도록 내버려두지 않을 거라고 확신했거든. 캥거는 속으로 생각했어.

'나를 놀리는 거라면 나도 똑같이 놀려줘야지.'

이윽고 캥거는 주머니에서 피글렛을 꺼냈어.

"자, 루, 아가, 이제 잘 시간이야."

피글렛은 이제 막 무시무시했던 여행을 마친 참이었지만, 할 수 있는 만큼 성의껏 외쳤어.

"아하!"

하지만 제대로 된 "아하!"가 아니었나 봐. 캥거는 그 말이 무엇을 의미하는지 이해하지 못한 것 같았어.

캥거는 명랑한 목소리로 말했어.

"우선 목욕부터 하자."

"아하!"

피글렛은 겁먹은 표정으로 주변에 다른 친구들이 있는지 보려고 두리번거렸어. 하지만 친구들은 거기에 없었지. 그때 래빗은 자기 집에서 아기 루와 놀고 있었는데, 점점 아기

루가 더 귀엽게 느껴져서 시간 가는 줄 몰랐거든. 그리고 푸는 캥거처럼 되겠다고 뛰는 연습을 하느라 아직도 모래밭에 남아 있었고 말이야.

캥거는 상냥한 목소리로 말했어.

"오늘 밤에 찬물로 목욕을 해도 괜찮을지 잘 모르겠구나. 루, 아가, 찬물로 목욕할래?"

사실 피글렛은 목욕을 좋아했던 적이 전혀 없어. 그래서 오랫동안 부르르 몸서리를 치다가 한껏 용감한 목소리로 말했어.

"캥거, 몰직하게 살해야 할 때가 된 것 같아."*

---

* 피글렛이 원래 하려던 말은 '솔직하게 말해야 speak plainly'로, 당황해서 말이 꼬인 피글렛의 말투를 표현한 것이다.

캥거는 목욕물을 준비하면서 말했어.

"우리 귀여운 루는 재미있기도 하지."

피글렛은 소리를 질렀어.

"난 루가 아니야. 난 피글렛이라고!"

캥거는 어르듯이 말했어.

"그래, 아가. 이제는 피글렛 흉내도 낼 줄 아는구나! 어쩜 이렇게 똑똑한지."

캥거는 찬장에서 큼지막한 노란색 비누를 꺼내면서 말을 이었어.

"다음에는 우리 아가가 뭘 하려나?"

피글렛이 소리를 질렀어.

"내가 안 보여? 눈도 없어? 날 좀 보라고!"

캥거가 이전보다 엄하게 말했어.

"지금 보고 있잖니, 루, 아가. 어제 엄마가 인상을 쓰면 어떻게 된다고 그랬지? 그렇게 피글렛처럼 인상을 쓰고 다니면 이다음에 커서 정말 피글렛처럼 되어버려요. 그러면 그때 가서 얼마나 후회를 하겠니. 자, 이제 물에 들어가렴. 그리고 다시는 엄마가 똑같은 이야기를 반복하지 않게 해주면 좋겠구나."

피글렛이 아차 했을 땐 이미 목욕통 속에 들어간 뒤였어. 캥거는 비누 거품이 잔뜩 일어난 커다란 목욕 수건으로 피글렛을 박박 문질렀단다.

피글렛은 소리를 질렀어.

"아야! 날 내보내줘! 난 피글렛이라고!"

"입을 벌리면 안 돼, 아가. 입속에 비누가 들어갈지도 몰라요. 그것 보렴! 엄마가 뭐랬니?"

"캥거…… 너…… 일부러 그랬지!"

피글렛은 다시 말을 할 수 있게 되자마자 바글바글 거품을 내뿜으면서 이렇게 말했는데…… 그러다 또 방심한 사이

에 비누 거품이 잔뜩 묻은 수건이 입안으로 쑥 들어왔어.

"그래, 아가. 조용히 하고 있으렴."

캥거가 말했어. 그러고는 목욕통에서 피글렛을 꺼내 수건으로 물기를 닦아주었지.

"자, 이제 약을 먹고 자자꾸나."

"무…… 무…… 무슨 약?"

"키가 커지고 힘이 세지는 약이란다, 아가. 이다음에 커서 피글렛처럼 작고 약해지고 싶지는 않지? 자, 그럼!"

바로 그때, 누군가가 문을 두드렸어.

"들어오세요."

캥거가 대답하자, 문을 열고 들어온 사람은 크리스토퍼 로빈이었어.

피글렛이 소리를 질렀어.

"크리스토퍼 로빈, 크리스토퍼 로빈! 캥거에게 내가 누군지 말 좀 해줘! 캥거가 나더러 계속 루라고 해. 난 루가 아니잖아, 그렇지?"

크리스토퍼 로빈이 피글렛을 아주 찬찬히 살펴보더니 고개를 가로저었어.

"네가 아기 루일 리는 없지. 방금 내가 래빗네 집에서 놀고 있는 루를 보고 왔는걸."

캥거가 말했어.

"어머나! 이럴 수가! 내가 이런 실수를 하다니."

피글렛이 말했어.

"그것 봐! 내가 그랬잖아. 난 피글렛이라고."

크리스토퍼 로빈은 다시 고개를 가로저었어.

"아니야, 넌 피글렛도 아니야. 내가 잘 아는데, 피글렛은 너하고 색깔이 많이 다르거든."

피글렛은 지금 막 목욕을 해서 그렇다고 말을 하려다가 그런 이야기는 하지 않는 게 낫겠다는 생각이 들었어. 그리고 말을 돌리려고 입을 막 벌렸는데, 그 순간 캥거가 약이 든 숟가락을 피글렛의 입에 쑥 집어넣더니 등을 톡톡 두드렸어. 약도 계속 먹으면 꽤 맛이 좋다나?

캥거가 말했어.

"얘가 피글렛이 아니라는 건 알고 있었어. 그럼 누굴까?"

크리스토퍼 로빈이 말했어.

"아마도 푸의 친척일 거야. 조카 아니면 삼촌이거나, 뭐 그런 거 아닐까?"

캥거가 맞는 것 같다고 맞장구를 치더니 부를 이름이 있어야 할 것 같다고 말했어.

그러자 크리스토퍼 로빈이 말했지.

"푸텔이라고 부를래. 헨리 푸텔을 줄인 이름이야."

이름이 정해진 순간, '헨리 푸텔'은 바둥거리며 캥거의 팔에서 빠져나와 방바닥으로 뛰어내렸어. 천만다행으로 크리스토퍼 로빈이 캥거네 집에 들어올 때 문을 열어둔 채로 놔두어서 재빨리 밖으로 나갈 수 있었지.

헨리 푸텔 피글렛은 자기 집이 가까워질 때까지 한 번도 쉬지 않고 내달렸어. 태어나서 그렇게 빨리 달려본 적이 없었단다. 그러다 문득 집에서 몇백 미터쯤 떨어진 곳에서 우뚝 멈추어 섰어. 그리고 남은 길은 데굴데굴 굴러서 갔어. 아주 멋지고 편안했던 자신만의 색깔을 되찾으려고 말이야…….

그렇게 캥거와 아기 루는 계속 숲에서 살게 되었어. 매주 화요일이 되면 루는 최고의 친구 래빗과 같이 즐겁게 놀았어. 그리고 캥거는 다정한 친구 푸에게 뛰는 법을 가르쳐주면서 같이 놀았고, 또 피글렛은 멋진 친구 크리스토퍼 로빈과 같이 놀았어. 그렇게 모두들 다시 행복하게 살았대.

8

크리스토퍼 로빈이 이끄는 북극 탐험

어느 화창한 날, 푸는 크리스토퍼 로빈이 도대체 곰돌이에게 관심이 있는지 알아보려고 숲의 동쪽 끝에 있는 언덕으로 터벅터벅 올라갔어. 그날 아침, 밥(벌집 한두 개에 마멀레이드를 얇게 바른 간단한 식사였어)을 먹는데 갑자기 새로운 노래가 떠올랐거든. 이렇게 시작하는 노래야.

노래하자, 호! 곰의 인생을 위해!

여기까지 부르고 나서 푸는 머리를 긁적이며 생각했어.
'시작은 정말 근사한데, 두 번째 소절은 어떻게 부르지?'
푸는 두세 번 정도 더 "호!" 하고 흥얼거려보았지만 별 소용이 없었어.

"'노래하자, 하이! 곰의 인생을 위해!'가 나으려나?"

푸는 가사를 바꾸어 불러보았지만…… 막상막하였어.

"뭐, 좋아. 그럼 첫 소절을 두 번 반복해서 불러야겠다. 아주 빨리 부르면 생각할 틈도 없이 저절로 셋째 소절이랑 넷째 소절을 흥얼거릴 테고, 그러면 어느새 멋진 노래가 완성되겠지. 자, 시작."

노래하자, 호! 곰의 인생을 위해!
노래하자, 호! 곰의 인생을 위해!
비가 와도 눈이 와도 난 괜찮아,
새롭고 멋진 내 코 위에 꿀이 잔뜩 묻어 있으니!
눈이 내려도 눈이 녹아도 난 괜찮아,
깨끗하고 멋진 내 앞발에 꿀이 잔뜩 묻어 있으니!
노래하자, 호! 곰을 인생을 위해!
노래하자, 호! 곰의 인생을 위해!
한두 시간만 지나면 난 뭔가 작은 걸 좀 먹을 거야!

푸는 이 노래가 무척 마음에 들어서 숲을 올라가는 내내 이 노래를 불렀어.

"이 노래를 아주 오래 부르다 보면 뭔가 작은 걸 좀 먹을 시간이 될 거야. 하지만 그러면 마지막 소절은 사실과 달라지겠지?"

그래서 푸는 마지막 소절을 콧노래로 바꾸어 불렀어.

크리스토퍼 로빈은 집 앞에 앉아서 커다란 장화를 신는 중이었어. 푸는 그 커다란 장화를 보자마자 곧 모험이 시작되리란 걸 알았지. 그래서 앞발로 코에 묻은 꿀을 닦아내고 할 수 있는 한 단정하게 매무새를 다듬었어. 무슨 일이라도 할 준비가 된 것처럼 보이려고 말이야.

푸가 씩씩하게 말했어.

"안녕, 크리스토퍼 로빈."

"안녕, 푸. 장화를 못 신겠어."

"저런."

"내 등을 좀 받쳐줄래? 장화를 신으려고 세게 잡아당기면 자꾸 뒤로 넘어지거든."

푸는 바닥에 앉아 발을 단단하게 땅에 대고 등을 맞대서 크리스토퍼 로빈을 힘껏 밀었어. 크리스토퍼 로빈도 푸의 등을 힘껏 밀면서 장화를 잡아당기고 잡아당겼고, 마침내 장화를 신을 수 있었지.

"그건 그렇고, 우리 이제 뭐 하지?"

푸가 물었어.

"다 같이 탐험을 떠날 거야."

크리스토퍼 로빈이 일어서서 옷을 털었어.

"고마워, 푸."

"타멈*에 오른다고? 난 그런 걸 해본 적이 없는 것 같아. 타멈에 오르면 어디로 가는데?"

"탐험이야, 이 바보 같은 곰돌아. 중간에 '히읗'이 들어간다고."

---

* '탐험'을 뜻하는 'expedition'을 'expotition'으로 잘못 알아들은 것이다.

"아! 나도 알고 있었어."

사실 푸는 아직도 잘 몰랐어.

크리스토퍼 로빈이 말했어.

"우린 북극을 발견하러 가는 거야."

푸가 다시 말했어.

"아!"

그리고 이렇게 물었지.

"북극이 뭐야?"

크리스토퍼 로빈이 태연하게 말했어.

"그건 그냥 우리가 발견할 어떤 거야."

크리스토퍼 로빈도 그닥 자신이 있는 건 아니었어.

푸가 말했어.

"아! 그래. 곰들이 그걸 발견하는 데에 소질이 있을까?"

"물론이지. 래빗도, 캥거도, 너희 모두가 할 수 있어. 그게 바로 탐험이야. 다 같이 길게 줄을 서서 가는 거. 난 내 총을 살펴볼 테니까 네가 가서 다른 친구들한테 떠날 채비를 하라고 말해줘. 그리고 꼭 각자 식량을 가져와야 해."

"뭘 가져오라고?"

"먹을 것 말이야."

푸가 행복하게 말했어.

"아! 난 네가 식량이라고 말한 줄 알았어. 내가 가서 친구들한테 이야기할게."

푸는 뚜벅뚜벅 길을 나섰어.

처음 마주친 친구는 래빗이었어.

"안녕, 래빗. 너 래빗 맞지?"

래빗이 말했어.

"어디, 아닌 척해보고 일이 어떻게 흘러가는지 볼까?"

"너한테 전할 말이 있는데."

"내가 대신 래빗에게 전해줄게."

"크리스토퍼 로빈이랑 모두 다 같이 타멈에 오를 거야!"
"모두 다 같이 어딜 오른다고?"
"보트 같은 거 말이야, 내 생각에는 그래."
"아! 그런 거."
"응, 그리고 우리는 극인가 뭔가를 발견하러, 아니, 북이라고 했나? 어쨌든 그걸 발견하러 떠날 거래."

래빗이 말했어.

"우리가, 우리라고?"
"응. 그리고 식인가 뭔가 하는 걸 가져가야 한대. 그걸 먹어야 할지도 모른다고. 이제 난 피글렛에게 가봐야겠어. 네가 나 대신 캥거에게 전해줄래?"

그렇게 푸는 래빗과 헤어져서 서둘러 피글렛네 집으로 달려갔어. 피글렛은 문 앞에 앉아 행복하게 민들레 꽃씨를

불고 있었어. 그러면서 그 일이 올해 이루어질지 내년에 이루어질지, 아니면 언젠가 다른 날에 이루어질지 절대 이루어지지 않을지 생각하고 있었어. 그러다 문득 방금 전에 그게 절대 이루어지지 않을 거라고 깨달았는데, '그게' 무엇이었는지는 도저히 기억나지 않는 거야. 그래서 이제는 '그게' 무엇이든 좋은 일은 아니었으면 하고 바라고 있었어. 그때 푸가 나타났어.

푸는 신이 나서 말했어.

"아! 피글렛, 우린 타멈에 오를 거야. 다 함께 먹을 걸 가지고 말이야. 뭔가를 발견하러."

피글렛이 걱정스레 물었어.

"뭘 발견하러 가는데?"

"아! 그냥 뭔가야."

"뭔가 사나운 건 아니겠지?"

"크리스토퍼 로빈이 사납다는 이야기는 한마디도 안 했어. 그냥 '히웅'이 있다고만 했지."

피글렛이 진지하게 말했어.

"내가 걱정하는 건 혀가 아니라 이빨이야. 하지만 크리스토퍼 로빈이 함께 간다면 괜찮겠지."

잠시 후 모두가 완벽하게 준비한 채로 숲의 동쪽 끝 언덕에 모였고, 마침내 타멈이 시작되었어. 맨 앞에는 크리스토퍼 로빈과 래빗이 서 있었고, 그 뒤에는 피글렛과 푸가 서 있었지. 그다음에는 주머니에 아기 루를 넣은 캥거와 아울이 섰고, 그다음에는 이요르가, 그리고 맨 뒤에는 래빗의 친구들과 친척들이 쭉 늘어섰어.

래빗은 심드렁하게 설명했어.

"난 오라고 안 했는데 그냥 자기들이 따라온 거야. 쟤들은 언제나 그래. 맨 끝에 이요르 뒤에 서서 따라오면 괜찮겠지, 뭐."

"내 입장은 말이지……."

이요르가 말했어.

"그러니까, 나는 좀 불편해. 나는 이 타…… 뭐라고 했더라? 푸가 말한 거. 거기에는 가고 싶지 않았어. 그냥 의무적으로 참석한 거야. 어쨌든 난 지금 여기에 있으니까, 내가 이 타…… 그러니까 우리가 지금 이야기하고 있는 거 말이야. 나도 줄을 서서 가야 한다면 맨 뒤에 서게 해줬으면 좋겠어. 그렇지 않으면 잠깐 앉아서 쉬고 싶을 때마다 조그만 래빗의 친구들과 친척들을 우르르 밀어내야 할 테고, 그게 뭐든 간에 그건 전혀 타…… 어쩌고가 아니라 그냥 혼란스러운 소란일 뿐이라고. 이게 내가 하고 싶은 말이야."

아울이 말했어.

"이요르가 무슨 말을 하는지 알겠어. 나한테 부탁하……"

이요르가 말했어.

"난 누구한테도 부탁하는 게 아니야. 그저 모두에게 말하는 거라고. 나에게는 북극을 찾으러 가는 일이나, 개미집 구멍에서 '우리는 밤이랑 산사나무 열매를 주우러 간단다'라고 노래를 부르는 일이나 모두 마찬가지야."

맨 앞줄에서 크리스토퍼 로빈이 외치는 소리가 들려왔어.

"출발!"

푸와 피글렛이 외쳤어.

"출발!"

아울도 외쳤고.

"출발!"

래빗도 외쳤어.

"이제 떠나려나 봐! 난 가봐야겠어."

래빗은 크리스토퍼 로빈이 있는 타멈대의 맨 앞으로 후다닥 뛰어가 그 옆에 섰어.

이요르가 말했어.

"좋아, 가자고. 나중에 내 탓하지는 마."

그렇게 모두 함께 극을 발견하러 탐험을 떠났어. 걸어가면서 다 같이 즐겁게 이런 이야기, 저런 이야기를 하며 와글와글 떠들어대느라 바빴지. 푸만 빼고 말이야. 푸는 노래를 만들고 있었거든.

준비가 되었을 때 푸는 피글렛에게 말했어.

"이게 1절이야."

"무슨 1절?"

"내 노래."

"무슨 노래?"

"이 노래."

"어떤 노래?"

"글쎄, 잘 들어봐. 귀를 기울이면 들릴 거야, 피글렛."

"내가 듣고 있지 않다는 걸 네가 어떻게 알아?"

푸는 대꾸할 말이 생각나지 않아서 노래를 부르기 시작했어.

모두 북극을 발견하러 떠났다네.

아울도 피글렛도 래빗도.

그건 그냥 우리가 발견하면 되는 거래.

아울과 피글렛과 래빗과 모두 함께.

이요르와 크리스토퍼 로빈과 푸도 모두 다 함께.

래빗의 친척들도 함께 떠났다네, 모두…….

북극이 어디에 있는지는 아무도 모르지만…….

노래하자, 헤이! 아울과 래빗과 모두를 위해!

"쉿!"

크리스토퍼 로빈이 푸를 돌아보았어.

"우린 지금 위험 지역에 가까이 가고 있어."

푸가 잽싸게 피글렛을 돌아보고 말했어.

"쉿!"

피글렛은 캥거에게.

"쉿!"

캥거는 아울에게.

"쉿!"

주머니 속 아기 루도 조그만 소리로 몇 번이나 혼자 "쉿!"이라고 중얼거렸지.

그리고 아울은 이요르에게.

"쉿!"

이요르도 엄한 목소리로 뒤쪽에 있는 래빗의 친구들과 친척들에게 말했어.

"쉿!"

래빗의 친구들과 친척들도 줄줄이 "쉿!", "쉿!" 하면서 재빠르게 전달했고, 그렇게 맨 끝에서 졸졸 따라오고 있던 몸집이 가장 작은 타멈대원에게까지 닿았어. 그 친구는 타멈대 전체가 자기한테 "쉿!"이라고 말해서 무척이나 당황했어. 놀란 나머지 땅의 움푹한 구멍에 머리를 박고 위험이 지나갈 때까지 그렇게 꼬박 이틀을 보냈대. 그러고는 아주 급하게 허둥지둥 집으로 돌아가버렸어. 그 뒤로는 친척 아주머니와 함께 조용히 오래오래 살았다는구나. 그 아이의 이름은 알렉산더 비틀이었어.

타멈대는 높고 울퉁불퉁한 바위 사이로 물이 세차게 굽이쳐 흘러가는 시내에 다다랐어. 크리스토퍼 로빈은 시내를 보자마자 그곳이 얼마나 위험한 곳인지 알아차렸어.

"기습하기 딱 좋은 곳이야."

크리스토퍼 로빈이 설명했어.

푸가 피글렛한테 속삭였지.

"무슨 숲이라고? 가시금작화 숲?"

아울이 특유의 거들먹거리는 말투로 이야기했어.

"이런, 내 소중한 친구 푸야. 너 기습이 뭔지 모르니?"

피글렛이 아울을 흘깃 째려보았어.

"아울, 푸가 귓속말을 한 건 나만 들으라고 그런 거잖아. 네가 끼어들 필……."

아울이 말했어.

"기습이라는 건 말하자면 깜짝 놀라게 하는 거야."

푸가 말했어.

"가시금작화 숲도 그럴 때가 있어."

피글렛이 말했지.

"기습이란, 내가 푸에게 설명하려고 한 것처럼, 깜짝 놀라게 하는 거야."

아울이 말했어.

"만약에 누가 네 앞에서 불쑥 튀어나오면 그게 바로 기습이라고."

피글렛도 설명했어.

"기습이란 누군가 네 앞에 불쑥 튀어나오는 거야, 푸."

이제 기습이 무엇인지 잘 알게 된 푸는 언젠가 나무에서 떨어질 때에 갑자기 가시금작화 숲이 튀어나온 적이 있다고 말했어. 그 숲이 자기를 찔러대는 바람에 가시를 전부 뽑아내는 데에 꼬박 엿새나 걸렸다고 말이야.

아울이 살짝 짜증을 내며 말했어.

"지금 가시금작화 숲에 대해 말하고 있던 게 아니잖아."

푸가 말했어.

"나는 그런데."

친구들은 모두들 바위를 넘고 또 넘어서 조심스럽게 시내를 거슬러 올라갔어. 얼마 가지 않아 시냇가 양쪽으로 길이 점점 넓어지더니 모두가 앉아서 쉴 수 있을 만한 평평하고 기다란 풀밭이 나타났어. 크리스토퍼 로빈은 풀밭을 보자마자 "정지!"라고 외쳤고, 타멈대원들은 그곳에 주저앉아 쉬기로 했어.

크리스토퍼 로빈이 말했어.

"내 생각엔, 짐을 줄이려면 우리가 가져온 식량을 지금 다 먹어 치워야 할 것 같아."

푸가 물었어.

"뭐를 다 먹어 치운다고?"

피글렛이 대답했지.

"우리가 가지고 온 거 다."

그러면서 피글렛은 음식을 먹기 시작했어.

푸도 열심히 음식을 먹으며 말했어.

"정말 좋은 생각이야."

크리스토퍼 로빈은 먹을 것을 한입 가득 문 채 우물거리며 말했어.

"너희 모두 뭘 좀 가지고 왔겠지?"

"나만 빼고. 항상 그렇듯이 말이야."

이요르가 그 독특한 애처로운 표정으로 두리번거리며 계속 말했어.

"혹시 어쩌다가 엉겅퀴 위에 앉은 녀석은 없겠지?"

푸가 말했어.

"내가 그런 것 같아."

푸는 벌떡 일어나서 뒤를 돌아보았어.

"역시. 그럴 줄 알았다니까."

이요르가 말했어.

"고마워, 푸. 엉겅퀴한
테 볼일이 끝났다면 이만
비켜주겠어?"

그러더니 이요르는 푸가 앉았던 자리로 가서 엉겅퀴를 먹기 시작했어.

"다들 알겠지만."

이요르는 엉겅퀴를 우적우적 씹으면서 친구들을 올려다보았어.

"엉겅퀴를 깔고 앉아서 좋을 건 없어. 엉겅퀴들의 목숨을 몽땅 빼앗는 거나 마찬가지니까. 다음에는 꼭 명심하길 바라. 조금만 배려하고 조금만 남을 생각한다면 모든 게 달라질 거야."

점심 식사를 마치자마자 크리스토퍼 로빈은 래빗에게 속삭였어.

래빗이 대답했지.

"응, 응, 물론이지."

그러더니 둘은 시내 위쪽으로 조금 더 걸어 올라갔어.

크리스토퍼 로빈이 말했어.

"다른 친구들에게는 들리지 않았으면 좋겠어서 말이야."

"물론 이해해."

그렇게 말하는 래빗은 아주 으스대는 것처럼 보였어.

"그러니까…… 내가 궁금한 건…… 그게…… 래빗, 아마 너도 모를 거야. 북극이 어떻게 생겼는지 알아?"

래빗은 수염을 쓰다듬었어.

"글쎄, 지금 나한테 그걸 묻는단 말이지."

크리스토퍼 로빈이 짐짓 아무렇지 않은 척 말했어.

"예전에는 알았는데, 지금은 까먹어서 기억이 잘 안 나."

"그것 참 이상하다. 나도 너처럼 예전에는 알았는데 지금은 까먹었어."

"그냥 땅에 박힌 막대기˙ 아닐까?"

래빗이 말했어.

"막대기인 건 확실해. 그렇게 부르니까. 그리고 그게 막

˙ 북극의 영어 표기인 '노스 폴North Pole'에서 '노스North'는 북쪽을, '폴Pole'은 막대기를 의미한다.

대기라면, 글쎄, 그럼 땅에 박혀 있지 않을까? 땅 말고 막대기를 꽂을 수 있는 곳은 없잖아."

크리스토퍼 로빈이 말했어.

"그래, 나도 그렇게 생각했어."

"남은 문제는 이거야, 그 막대기는 어디에 박혀 있을까?"

"우리가 찾는 게 바로 그거야."

그러고서 둘은 다른 친구들이 있는 곳으로 돌아갔어. 피글렛은 바닥에 드러누운 채 태평스레 자고 있었어. 아기 루는 시냇물에 얼굴과 앞발을 씻고 있었고, 캥거는 아기 루가 태어나서 처음으로 혼자 세수를 하고 있다고 모두에게 자랑을 하고 있었어. 아울은 캥거에게 흥미로운 이야기를 들려준다면서 백과사전이니, 진달래 속 식물이니, 어쩌고 하는 어려운 단어들을 늘어놓고 있었는데, 캥거는 전혀 듣고 있지 않았지.

이요르가 투덜거렸어.

"난 도무지 이렇게 씻는 걸 이해 못하겠어. 현대식이라면서 귀 뒤를 씻는 건 있을 수 없는 일이야. 푸, 너는 어떻게 생각하니?"

"글쎄, 내 생각에는……."

하지만 우리는 푸가 무슨 생각을 하는지 영영 알 수 없을 거야. 갑자기 아기 루한테서 찍! 하는 소리가 나더니 물가에서 퐁! 하는 소리가 들렸고, 그때 캥거가 깩! 하고 비명을 질렀거든.

이요르가 말했어.

"세수를 과하게 했나 봐."

래빗이 소리쳤어.

"루가 물에 빠졌어!"

래빗과 크리스토퍼 로빈이 아기 루를 구하려고 허겁지겁 달려갔어.

"내가 수영하는 걸 봐요!"

아기 루가 웅덩이 한가운데에서 쫑알대더니 금세 폭포에 휩쓸려 아래 웅덩이로 떠내려갔어.

캥거는 안절부절못하며 소리쳤어.

"루, 아가, 괜찮니?"

"네! 내가 수영하는 것 좀 보……."

아기 루는 다시 다음 폭포에 떠밀려 또 다른 웅덩이로 떨어졌어. 모두들 아기 루를 구하기 위해 허둥지둥 무언가를 하고 있었어. 피글렛은 깜짝 놀라 벌떡 일어나더니 팔딱팔딱 뛰면서 "아이구, 어쩌나"라고 수선을 떨었고, 아울은 이처럼 갑작스럽고 일시적인 침수의 경우 반드시 머리를 물 위로 내놓고 있어야 한다고 구구절절 설명하고 있었어. 캥거는 냇가를 따라 껑충껑충 뛰어가면서 "루, 아가, 정말 괜찮은 거니?"라고 물었고, 아기 루는 그때그때 떠내려간 웅덩이마다에서 "내가 수영하는 것 좀 보세요!"라고 대답했지. 이요르는 등을 돌린 채 아기 루가 처음 빠졌던 웅덩이에 꼬리를 담그고는 "이게 다 씻는 일 때문에 발생한 일이라니! 어쨌거나 꼬마 루야, 내 꼬리를 잡으렴, 그러면 괜찮을 거야"라고 말하고 있었어. 크리스토퍼 로빈과 래빗은 그런 이요르를 급하게 지나쳐 달려가, 앞에 있는 다른 친구들한테 큰 소리로 외쳐대고 있었어.

크리스토퍼 로빈이 소리쳤어.

"괜찮아, 루. 내가 지금 구하러 갈게."

래빗도 크게 소리를 질렀어.

"몇 명은 저 아래로 내려가서 시내 위에 뭘 좀 걸쳐 놔."

그런데 푸가 벌써 뭔가를 들고 있었어. 푸는 앞발로 기다란 막대기를 잡고서 지금 루가 빠져 있는 웅덩이보다 두 개 더 내려간 웅덩이에 서 있었어. 캥거가 뛰어오더니 다른 쪽 끝을 잡았어. 둘은 웅덩이 얕은 곳에 막대기를 걸쳐 놓았어. 아기 루는 여전히 우쭐대며 "내가 수영하는 것 좀 보세

요"라고 말하고 보글보글하다가, 막대기에 부딪혀 뱅뱅 돌다가, 물 밖으로 기어 나왔어.

"내가 수영하는 거 봤어요?"

캥거가 야단치며 물기를 닦아주는 사이에도 아기 루는 그저 신이 나서 쫑알거렸어.

"푸, 나 수영하는 거 봤어? 내가 한 게 바로 수영이라는 거야. 래빗, 내가 하는 거 봤어? 수영이야. 안녕, 피글렛! 내 말을 들어봐, 피글렛! 내가 뭘 했는지 알아? 수영이야! 크리스토퍼 로빈, 내가 수영하는 걸……."

크리스토퍼 로빈은 아기 루의 말을 전혀 듣고 있지 않았어. 푸를 보고 있었거든.

"푸, 그 막대기는 어디서 찾은 거야?"

푸는 손에 들고 있는 막대기를 내려다보았어.

"그냥 찾았어. 쓸모 있을 것 같아서 그냥 주워 온 건데."

"푸."

크리스토퍼 로빈이 진지하게 말했어.

"탐험은 끝났어. 네가 북극을 발견했어!"

푸가 외쳤어.

"와!"

그러고 나서 다 같이 이요르에게 돌아가 보니, 그때까지 여전히 꼬리를 물에 담그고 앉아 있었어.

"누가 아기 루에게 빨리 서두르라고 말해줘. 내 꼬리가 점점 더 차가워지고 있단 말이야. 이런 말을 하고 싶지는 않지만, 그냥 그렇다고. 불평하고 싶지는 않지만, 사실이 그렇잖아. 꼬리가 너무 차가워."

아기 루가 소리쳤어.

"난 여기 있는데!"

"어, 너 거기 있었구나."

"내가 수영하는 거 봤어?"

이요르는 물속에 담그고 있던 꼬리를 꺼내 이리저리 흔들어보았어.

"내가 예상했던 대로야. 아무 감각이 없어. 마비된 거야. 결국 일이 벌어지고 말았어. 마비 말이야. 그런데 아무도 신경 쓰지 않으니 나도 괜찮다고 믿어야겠지."

크리스토퍼 로빈은 손수건을 꺼내서 이요르의 꼬리를 닦아주었어.

"가엾은 이요르! 내가 말려줄게."

"고마워, 크리스토퍼 로빈. 내 꼬리를 신경 써주는 친구는 너뿐이야. 다른 애들은 생각조차 안 하지. 바로 그게 여기 있는 다른 애들의 문제점이라니까. 도대체 상상력이라고는 찾을 수 없어. 저 애들은 꼬리가 그저 엉덩이에 붙어 있는 작은 장신구인 줄 안다니까."

크리스토퍼 로빈은 한껏 열심히 이요르의 꼬리를 닦아주었어.

"너무 마음 쓰지 마, 이요르. 좀 나아졌어?"

"점점 꼬리 같은 느낌이 드는 것 같아. 내 꼬리가 돌아왔어. 무슨 말인지 알지?"

푸가 자기가 찾은 막대기를 들고 다가왔어.

"안녕, 이요르."

이요르가 대답했지.

"안녕, 푸. 물어봐줘서 고마워. 하루이틀만 지나면 다시 쓸 수 있을 거야."

"쓰다니, 뭘?"

"우리가 지금 이야기하고 있는 거."

"난 아무 이야기도 안 했는데."

푸는 당황했어.

"내가 또 실수했군. 난 네가 내 꼬리의 감각이 완전히 없어져서 참 안됐으니 뭔가 도와줄 게 없겠느냐고 말하는 줄 알았어."

"아닌데, 난 안 그랬는데."

푸는 잠시 생각하더니 위로하려는 듯이 이렇게 둘러댔어.

"아마 다른 친구였을 거야."

이요르가 말했어.

"아무튼 그 친구를 만나면 나 대신 고맙다고 전해줘."

푸는 무언가 바라는 듯한 얼굴로 크리스토퍼 로빈을 쳐다보았어.

"푸가 북극을 찾았어. 정말 근사하지 않아?"

크리스토퍼 로빈이 말했어.

푸는 겸손하게 아래를 내려다보았어.

이요르가 물었어.

"저게 그거야?"

크리스토퍼 로빈이 말했어.

"맞아."

"저게 우리가 찾던 거라고?"

푸가 말했지.

"그래."

이요르가 말했어.

"아! 그래, 어쨌든…… 다행히 비는 안 왔네."

모두가 함께 땅에 막대기를 꽂았고, 크리스토퍼 로빈이 표지판에 이런 글귀를 적어 막대기에 매달았어.

북극

발견자 푸

푸가 북극을 찾다

그리고 모두들 집으로 돌아갔어. 확실하진 않지만 내 생각에 아기 루는 따뜻한 물로 목욕을 하고 바로 잠자리에 들었을 거야. 하지만 푸는 집으로 돌아가서 자기가 해낸 일을 무척이나 뿌듯해하며 기운을 충전하려고 뭔가 작은 걸 조금 먹었을 거야.

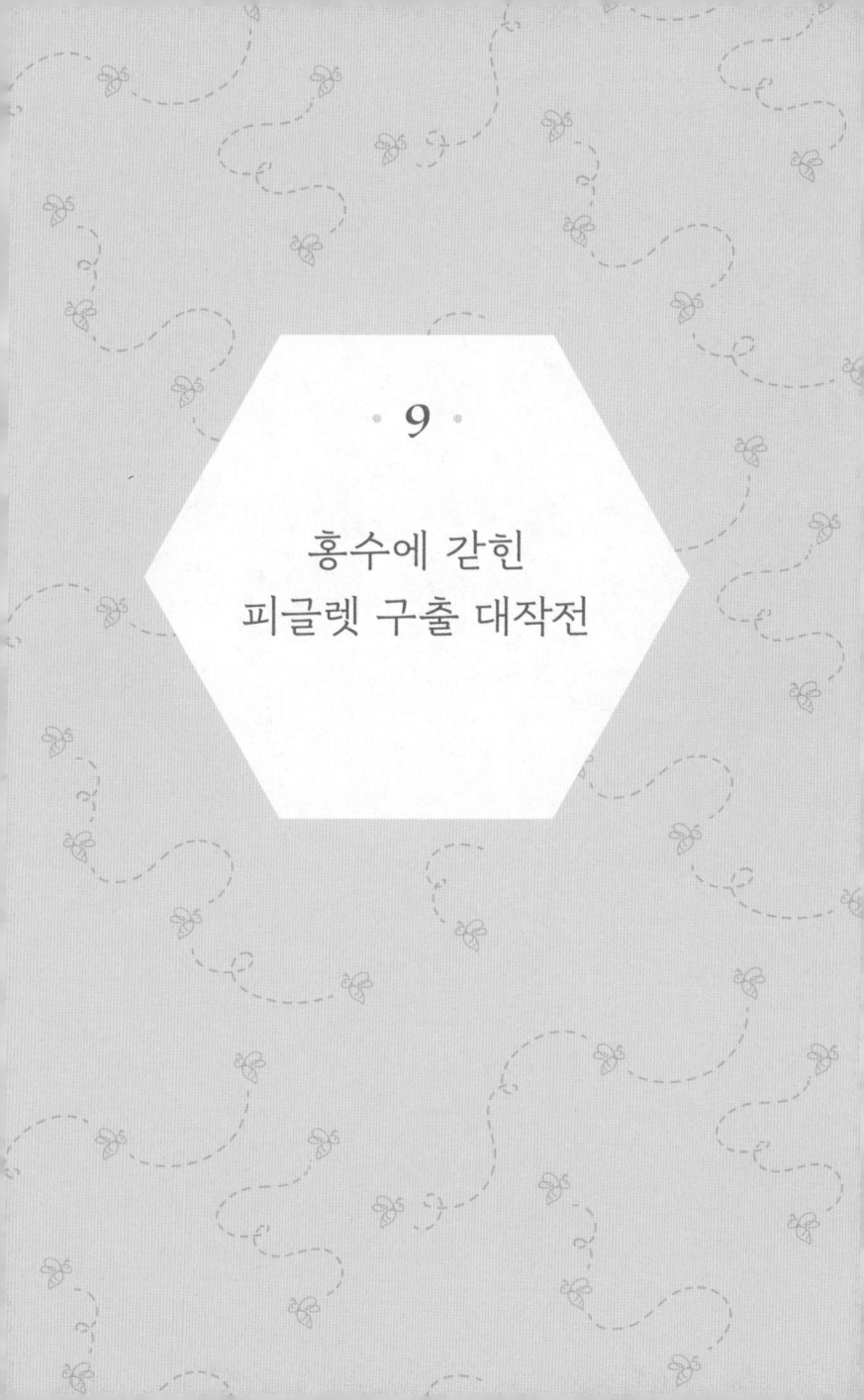

· 9 ·

홍수에 갇힌
피글렛 구출 대작전

비가 내리고, 내리고, 계속 내렸어. 피글렛은 살면서 평생 이런 비는 처음 본다고 중얼거렸어. 그런데 세상에, 피글렛은 자기가 몇 살인지 헷갈려서 세 살인지 네 살인지 하는 생각이 든 거야. 그렇게 며칠이 지나고, 지나고, 또 며칠이 지났어.

피글렛은 창밖을 내다보면서 생각했어.

'비가 막 내리기 시작했을 때 푸나 크리스토퍼 로빈이나 래빗네 집에 있었다면 내내 친구들과 같이 있을 수 있었을 텐데. 그러면 비가 언제 그칠지 궁금해하는 것 말고는 아무 할 일도 없이 혼자 있지 않아도 되었을 테고.'

피글렛은 푸와 함께 있다고 상상했어.

아마 피글렛은 이렇게 물었을 거야.

"푸, 이렇게 비가 많이 내리는 걸 본 적 있어?"

그러면 푸가 이렇게 대답하겠지.

"정말 굉장한 비야. 그렇지, 피글렛?"

피글렛은 또 이렇게 말했을 거야.

"크리스토퍼 로빈이 있는 곳은 괜찮을지 모르겠네."

그러면 푸가 이렇게 말할 테고.

"가엾은 래빗은 아마 지금쯤이면 물에 떠내려가기 직전일 거야."

이런 대화를 나누면 참 즐거웠을 거야. 그리고 정말이지, 홍수처럼 신나는 일이라도 누군가와 함께하지 않는다면 별로 좋을 게 없잖아.

사실 꽤 신나는 일이었어. 피글렛이 자주 코를 들이대고 킁킁거렸던 말라붙은 도랑은 홍수가 나서 시내가 되었고, 첨벙대며 놀았던 시내는 강이 되었고, 친구들과 즐겁게 놀았던 강은 가파른 둑 사이로 흘러 넘쳐 여기저기 빈자리를 날름날름 집어삼켰거든. 그러다 피글렛은 그 강이 제 침대까지 적시는 건 아닐까 걱정이 되었어.

"조금 불안하네."

피글렛이 중얼거렸어.

"아주 작은 동물이 물에 완전히 둘러싸인다면 말이야. 크리스토퍼 로빈이나 푸는 나무 위로 올라가 대피할 수 있을 테고, 캥거는 껑충껑충 뛰어서 달아나면 되고, 래빗이야 굴을 파면 될 테고, 아울은 날면 되고, 이요르는…… 이요르는 누가 구조하러 올 때까지 시끄럽게 울면 되겠지. 그런데 난 여기에서 물에 둘러싸여 아무것도 할 수가 없어."

비는 쉬지 않고 내렸고, 물은 날마다 조금씩 더 높이 차올라서 이제는 거의 피글렛네 창문 아래에서 출렁거렸는데…… 피글렛은 여전히 아무것도 하지 않았어.

피글렛은 생각했지.

'푸, 푸는 머리가 좋지 않아도 절대로 나쁜 일을 당하진 않아. 바보 같은 짓만 하지만 결과는 항상 좋았고. 아울은 솔직히 말해서 똑똑하지 않지만 세상 물정을 잘 알아. 물에 갇혔을 때 어떻게 해야 하는지도 알고 있을 거야. 래빗도 마찬가지야. 래빗은 책에서 배운 건 아니지만 언제나 영리한 꾀를 짜낼 줄 알아. 그럼 캥거는? 캥거는 영리하지는 않아. 그래, 그렇진 않지. 그래도 루를 무척이나 사랑하니까 생각을 하지 않더라도 본능적으로 해야 할 일은 제대로 할 거야. 또 이요르는? 이요르야 어쨌든 항상 우울해하니까 이

런 일에는 신경도 안 쓰겠지. 그런데 크리스토퍼 로빈이라면 어떻게 할까?'

문득 피글렛은 크리스토퍼 로빈이 해준 이야기가 기억났어. 무인도에서 어떤 사람이 편지를 써서 병 속에 넣고 그걸 바다에 던졌다는 내용이었어. 피글렛은 자기도 무언가를 적어서 병 속에 넣고 물에 던지면, 누군가가 그걸 발견하고 구하러 올지도 모른다는 생각이 들었어!

피글렛은 창가에서 물러나 집 안을 뒤지기 시작했어. 물에 잠기지 않은 곳을 모두 살폈더니, 마침내 연필 한 자루와 젖지 않은 종잇조각, 코르크 마개를 찾을 수 있었어. 피글렛은 종이 한쪽 면에 이렇게 적었어.

도와줘!
피글렛 (나를)

다른 한쪽 면에는 이렇게 적었고 말이야.

나 피글렛이야, 도와줘, 도와줘!

피글렛은 종이를 병에 집어넣고, 코르크 마개로 입구를 최대한 꼭꼭 틀어막았어. 그러고는 몸을 아슬아슬하게 떨어지지 않을 만큼만 창밖으로 내밀어서 있는 힘껏 병을 멀리 던졌어. 첨벙!…… 조금 있다가 병이 물 위로 불쑥 떠올랐어. 피글렛은 눈이 아플 때까지 느릿느릿 떠내려가는 병을 지켜보았는데, 어느 순간 그 병이 그저 병처럼 보이기도 하고, 또 어느 순간에는 그저 잔물결처럼 보이기도 했어. 그러다가 갑자기 깨달았어. 그 병을 다시는 못 볼 거라는 것과 여기서 구출되기 위해 자기가 할 수 있는 일은 다했다는 사실을 말이야.

"자, 이제는 다른 누군가가 나서야 해. 빨리 좀 해줬으면 좋겠는데. 그러지 않으면 내가 수영을 해야할 텐데 난 수영을 못하잖아. 그러니까 서둘러주면 좋겠다."

피글렛은 한숨을 폭 내쉬었어.

"푸가 여기 있다면 얼마나 좋을까. 둘이 함께라면 마음이 훨씬 놓일 텐데."

비가 내리기 시작했을 때 푸는 쿨쿨 자고 있었어. 비는 내리고, 내리고, 계속 내렸고, 푸는 자고, 자고, 또 잤지. 무척 피곤한 날이었거든. 푸가 어떻게 북극을 발견했는지 기억하잖아. 푸는 스스로가 너무 자랑스러운 나머지 크리스토퍼 로빈에게 머리가 나쁜 곰이 발견할 수 있는 또 다른 극이 있는지 물어보았어.

크리스토퍼 로빈이 말했지.

"남극이란 데도 있어. 그리고 다른 사람들이 별로 이야기하고 싶어 하지 않지만, 아마 동극과 서극도 있을 거야."

푸는 이 말을 듣고 아주 흥분해서 동극을 발견하러 타멈을 떠나자고 제안했어. 그런데 크리스토퍼 로빈은 캥거하고 뭔가 다른 일을 꾸미고 있었거든. 그래서 푸는 혼자서 동극을 찾으러 떠났었어. 그날 푸가 동극을 찾았는지는 기억이 잘 안 나. 아무튼 푸는 기진맥진한 채로 집에 돌아왔고, 저녁밥을 먹기 시작한 지 막 30분이 지났을 때쯤에 밥을 먹다 말고 의자에 앉은 채로 곯아떨어져 자고, 자고, 계속 자기 시작했던 거야.

그 상태로 푸는 꿈을 꾸었어. 푸가 동극에 있는 꿈이었는데, 동극은 아주 차가운 눈과 얼음으로 뒤덮인 아주 추운 곳이었어. 그곳에서 푸는 들어가서 잘 수 있을 만한 커다란 벌집을 발견했어. 다만 다리까지 전부 넣을 수 있을 만큼 넉넉하지는 않아서 다리를 벌집 밖으로 내놓고 있었지. 그런데 그때 동극에서 사는 것처럼 보이는 야생 우즐이 다가와서 제 새끼들이 살 둥지를 만드는 데 쓰려고 푸의 다리털을 잡아 뜯기 시작하는 거야. 털이 뜯겨 나갈수록 다리는 점점 더 추워졌고, 푸는 아야! 하고 소리를 지르며 잠에서 깨어났어…… 그런데 눈을 떠보니 세상에, 푸는 두 발이 물에 잠긴 채 의자에 앉아 있었고, 사방이 온통 물이었어!

푸는 첨벙첨벙 문으로 걸어가서 밖을 내다보았단다…….

"심각하네. 어서 빠져나가야겠다."

그래서 푸는 가장 커다란 꿀단지를 안고 물보다 훨씬 높이 있는 굵은 나뭇가지 위로 대피했어. 그러고는 다시 내려가서 다른 꿀단지를 챙겨서 다시 올라가고…… 대피가 전부 끝나고 푸는 가지에 걸터앉아서 다리를 대롱거렸고, 그런 푸의 옆에는 꿀단지 열 개가 놓여 있었지…….

이틀이 지났어. 푸는 가지에 걸터앉아서 다리를 달랑거리고 있었고, 옆에는 꿀단지 네 개가 놓여 있었어…….

사흘이 지났어. 푸는 가지에 걸터앉아서 다리를 달랑거

리고 있었고, 옆에는 꿀단지 한 개가 놓여 있었어…….

나흘이 지났어. 푸는 가지에…….

바로 나흘째 되는 날 아침이었어. 피글렛이 던진 병이 푸가 있는 곳을 지나쳐 떠내려갔어. 푸는 "꿀이다!"라고 소리를 지르면서 물속으로 첨벙 뛰어들었어. 그리고 그 병을 붙잡고 간신히 나뭇가지로 되돌아왔어.

"이런!"

병을 열어본 푸가 말했어.

"꿀이 아니잖아. 쓸데없이 홀딱 젖어버렸네. 그런데 이 종이 쪼가리는 뭐람?"

푸는 종이를 꺼내서 들여다보았어.

"이건 푠지야.* 맞아, 바로 그거야. 그리고 이 글자는 '피읖', 그게 그러니까 '피읖'은 '푸' 라는 뜻이고, 그래서 이건 나한테는 아주 중요한 푠지인데 읽을 수가 없네. 크리스토퍼 로빈이나 아울이나 피글렛을 찾아가야겠다. 글을 읽을 줄 아는 똑똑한 친구가 이 푠지가 무슨 의미인지 알려주겠지. 근데 난 수영을 못하잖아, 이런!"

바로 그때 푸한테 좋은 아이디어가 떠올랐어. 머리가 나쁜 곰이 생각한 것 치고는 아주 훌륭했지.

"병이 물에 뜰 수 있다면 꿀단지도 뜰 수 있을 테고, 꿀단지가 뜰 수 있다면 내가 그 위에 앉아서 타고 갈 수 있을 거야. 아주 커다란 단지라면 말이야."

푸는 가장 큰 단지를 꺼내 입구를 꽉 막았어.

"배라면 이름을 달아줘야 해. 나도 내 배를 '둥둥 떠다니는 곰'이라고 불러야지."

그러면서 푸는 자기 전용 배를 던지고 나서 물로 뛰어들었어.

잠깐 동안 푸는 자기 자신과

---

* '편지'를 뜻하는 'message'를 'missage'로 잘못 발음한 것이다.

'둥둥 떠다니는 곰' 호 중 어느 것이 진짜 배인지 헷갈렸어. 한두 번 엎치락뒤치락하고 나서야 둥둥 떠다니는 곰 위에 자기가 올라타야 한다는 사실을 깨달았지. 푸는 두 다리를 벌리고 의기양양하게 그 위에 올라타서 두 발로 힘차게 노를 저어 나갔어.

크리스토퍼 로빈의 집은 숲에서 가장 높은 곳에 있었어. 비가 내리고, 내리고, 계속 내렸지만 로빈네 집까지 물이 차오를 수는 없었어. 계곡을 내려다보면서 온통 물뿐인 풍경을 보는 것은 꽤 재미있었어. 하지만 비가 너무 세차게 쏟아지는 바람에 로빈은 온종일 집 안에 틀어박혀 이런 일 저런 일을 생각했지.

크리스토퍼 로빈은 아침마다 우산을 들고 밖으로 나가서 갓 물이 차올라온 자리에 막대기를 꽂아놓았어. 그런데 다음 날 아침에 밖을 나가 보면 막대기가 더는 보이지 않았어. 그러면 로빈은 다시 물이 갓 차올라온 자리에 다른 막대기를 꽂아놓고 집으로 돌아오기를 반복했지. 아침마다 로빈이 걷는 거리는 점점 짧아졌어. 마침내 닷새째 되던 날 아침에는 온 세상이 물에 잠겨 있는 걸 보고, 태어나서 처음으로 자기가 진짜 섬에 있다는 걸 깨달았어. 정말 신나는 일이었어.

그날 아침은 마침 아울이 크리스토퍼 로빈이 어떻게 지내는지 보려고 날아온 참이었어.

"이것 좀 봐, 아울."

크리스토퍼 로빈이 말했어.

"정말 재미있지 않니? 난 지금 섬에 있어!"

"최근 대기 상태가 퍽 좋지 못했으니까."

"대, 뭐라고?"

아울이 설명했어.

"줄곧 비가 왔다고."

"응, 그랬지."

"강우량은 유례없이 최고치에 도달했지."

"강, 누구?"

아울이 설명했어.

"비가 아주 많이 왔다고."

"응, 맞아."

"그래도 곧 급속하게 상황이 호전될 거래. 언제든……."

"요새 푸를 본 적 있니?"

"아니. 언제든……."

"별일 없어야 할텐데. 푸가 어떻게 지내는지 궁금해. 피글렛도 푸랑 같이 있을 것 같은데…… 아울, 둘 다 별일 없겠지?"

"그럴 거야. 알겠지만 언제든……."

"아울, 네가 가서 한번 봐줄래? 푸는 머리가 나빠서 뭔가 미련한 짓을 저지를지도 모르는 데다가, 난 푸를 너무 사랑하거든. 가서 봐줄 거지, 아울?"

"알았어. 내가 가보지. 금방 돌아올게."

아울은 그렇게 말하고서 날아갔다가 얼마 뒤에 돌아왔어.

"푸가 없어."

크리스토퍼 로빈이 물었어.

"푸가 없다니?"

"원래 거기에 있었거든. 꿀단지 아홉 개를 가지고 집 밖에 있는 가지에 말이야. 그런데 지금은 거기에 없어."

크리스토퍼 로빈은 비명을 질렀어.

"이런, 푸! 지금 어디에 있는 거야?"

그때, 크리스토퍼 로빈의 등 뒤에서 우렁찬 목소리가 들려왔어.

"나 여기 있어."

"푸!"

둘은 서로의 품 안으로 뛰어들었어.

크리스토퍼 로빈은 마음을 가라앉히고 푸에게 물었어.

"푸, 여기까지 어떻게 왔어?"

"내 배를 타고."

푸는 자랑스러운 목소리로 말했어.

"아주 중요한 쪽지가 든 병을 받았는데, 눈에 물이 들어가서 읽을 수가 없었어. 그래서 너한테 읽어달라고 부탁하려고 그 쪽지를 가져왔어. 내 배를 타고."

푸는 크리스토퍼 로빈에게 그 편지를 건네주었어.

"이건 피글렛이 보낸 거잖아!"

크리스토퍼 로빈은 푸가 건넨 편지를 읽고 나서 외쳤어.

푸가 어깨 너머로 들여다보면서 물었어.

"거기 나에 관해서는 아무 이야기도 없어?"

로빈이 큰 소리로 그 편지를 읽어주었어.

푸가 말했어.

"아, 그 피읖들이 피글렛을 말하는 거였어? 난 또 푸를 뜻하는 줄 알았지."

크리스토퍼 로빈이 말했어.

"당장 피글렛을 구하러 가야 해! 푸, 난 피글렛이 너랑 같이 있는 줄 알았단 말이야. 아울, 네가 피글렛을 등에 태워서 구해 올 수 있겠어?"

아울은 심각하게 고민해보더니 말했어.

"어려울 것 같아. 걱정되는 부분이 있는데, 만일 적절한 등 근육이······."

9장 · 홍수에 갇힌 피글렛 구출 대작전

"그러면 당장 피글렛한테 날아가서 구조대가 곧 구하러 갈 거라고 전해줄래? 푸랑 나는 구조 방법을 생각해서 최대한 빨리 갈게. 아, 아울, 그만 말하고 어서 가!"

아울은 여전히 무언가 할 말을 생각하면서 날아갔어.

크리스토퍼 로빈이 말했지.

"그럼, 푸, 네 배는 어디에 있어?"

푸는 크리스토퍼 로빈과 함께 로빈이 있던 섬의 해안으로 걸어가면서 설명했어.

"있지, 이건 보통 배가 아니야. 어쩔 때는 배가 맞지만, 어쩔 때는 사고뭉치보다 더 골치 아프기도 해. 상황에 따라 다르거든."

"어떤 상황?"

"내가 그 위에 있느냐 아니면 그 밑에 있느냐에 따라."

"아! 그런데 배는 어디에 있어?"

푸는 으스대며 '둥둥 떠다니는 곰' 호를 가리켰어.

"저기!"

그건 크리스토퍼 로빈이 생각했던 배는 아니었어. 하

지만 그걸 보면 볼수록 푸가 얼마나 똑똑하고 용감한 곰인지 생각하게 되었고, 로빈이 그렇게 생각하면 생각할수록 푸는 더욱더 겸손하게 자기 코를 내려다보면서 안 그런 척하려고 애를 썼어.

크리스토퍼 로빈이 슬프게 말했어.

"하지만 우리 둘이 타기엔 너무 좁은걸."

푸가 말했어.

"피글렛까지 셋이야."

"그럼 더 좁아지네. 아, 푸, 어떻게 해야 할까?"

그러자 이 곰이, 곰돌이 푸라고도 하고, 위니 더 푸이면서, 피-친[*]이기도 하고, 래-동[**]이기도 하고, 북-발[***]이기도 하고, 이-위이자 꼬-찾[****]이기도 한, 그러니까 그 푸가 말이야, 너무나 똑똑한 말을 해서 크리스토퍼 로빈은 입을 떡 벌리고 눈을 동그랗게 뜬 채로 푸를 멍하니 바라보기만 했

- [*] '피글렛의 친구'를 줄인 말이다.
- [**] '래빗의 동료'를 줄인 말이다.
- [***] '북극의 발견자'를 줄인 말이다.
- [****] '이요르에게 위안을 주는 친구이자 꼬리를 찾아준 친구'를 줄인 말이다.

어. 이 곰이 정말로 자기가 사랑하고 오랫동안 알고 지낸 머리가 나쁜 곰이 맞는지 믿기지 않을 정도였거든.

푸가 이렇게 말을 한 거야.

"네 우산을 타고 가면 되겠다."

"?"

푸가 다시 말했어.

"네 우산을 타고 가면 되겠다고."

"??"

푸가 한 번 더 말했지.

"네 우산을 타고 가자고."

"!!!!!!"

그제야 크리스토퍼 로빈은 그렇게 하면 되겠다는 생각이 들었어.

로빈은 우산을 펴서 거꾸로 뒤집은 다음 물 위에 올려놓았어. 우산은 둥둥 떠 있었지만 기우뚱기우뚱했지. 푸가 거기에 올라탔어. 막 괜찮다고 말하려던 참에, 그렇지 않다는 걸 알게 되었어. 순간 가라앉은 배 때문에 원치 않게 물을 좀 마시고 나서야 푸는 크리스토퍼 로빈 곁으로 돌아왔어. 그래서 이번에는 둘이 함께 올라타기로 했어. 다행히 우산

은 더 이상 흔들리지 않았지.

"이 배를 '푸의 똑똑한 머리'라고 부르겠어."

크리스토퍼 로빈이 말했어.

'푸의 똑똑한 머리' 호는 우아하게 돌면서 남서쪽으로 흘러가기 시작했어.

마침내 배가 보이자 피글렛이 얼마나 기뻐했을지는 아마 쉽게 상상할 수 있을 거야. 그 후로 피글렛은 몇 년 동안이나 그 끔찍한 홍수 때문에 자기가 얼마나 어마어마한 위험에 빠졌었는지 회상하곤 했어. 그런데 사실 말이야, 진짜로 유일하게 위험했던 순간은 따로 있었어.

 피글렛이 물에 갇혀 있던 마지막 30분 동안 일어난 일이었어. 아울이 피글렛이 있는 나뭇가지 위에 앉더니, 위로를 해준답시고 실수로 갈매기 알을 낳았던 어떤 친척 아주머니에 대한 이야기를 할 때였지. 이야기는 끝도 없이 이어졌어. 바로 지금처럼 말이야. 피글렛은 이제는 기대를 버린 채 맥없이 창문 밖으로 몸을 내밀고 이야기를 듣고 있었는데, 그만 스르르 잠에 들어버렸어. 그러다 조금씩 창밖으로 미끄러지더니 겨우 발끝만 걸치게 되었지.

 그 순간 아울이 소리를 꽥 내지르는 바람에 피글렛은 화들짝 놀라 깨어났어. 사실 아울이 이야기를 하던 중에 친척 아주머니가 알을 보고 내지른 소리를 흉내낸 것이지만 말이야. 아슬아슬하게 위기를 모면한 피글렛이 "참 재밌다, 그래서 아주머니는?"이라고 말하던 바로 그때…… 그래, 피글렛이 자기를 구조하려고 바다를 헤치며 다가오고 있는 멋진 '푸의 똑똑한 머리' 호와 그 배 위에 올라탄 선장 크리스토퍼 로빈, 일등항해사 푸를 본 거야. 피글렛이 둘을 보고 얼마나 기뻐했는지는 쉽게 상상할 수 있겠지?

이 이야기는 여기까지야. 마지막 문장을 말하고 나니까 몹시 피곤하네. 이쯤에서 마무리할게.

10

푸를 위한 파티 그리고 마지막 인사

해가 5월의 향기를 데리고 숲으로 다시 돌아온 어느 날이었어. 시냇물은 저마다 예전의 예쁜 자태를 되찾아 졸졸졸졸 행복하게 흘러가고 있었어. 작은 웅덩이들은 제 손으로 일구었던 일들을 다시금 떠올리며 가만히 자리를 지키고 있었고, 뻐꾸기는 따뜻하고 고요한 숲에서 조심스레 목청을 고르며 마음에 드는 소리를 내려고 노력하고 있었지. 산비둘기들은 늘 그랬던 것처럼 게으르고 느긋한 태도로 점잖게 투덜거리고 있었지만, 그런 건 별로 중요하지 않았어. 크리스토퍼 로빈은 늘 하던 대로 휘파람을 불었어. 아울은 그 소리를 듣고 무슨 일인가 싶어서 100에이커 숲에서 날아왔어.

크리스토퍼 로빈이 말했어.

"아울, 난 파티를 열 거야."

아울이 말했지.

"네가? 파티를 연다고?"

"아주 특별한 파티가 될 거야. 왜냐하면 이 파티는 홍수가 났을 때 푸가 피글렛을 구한 일을 축하하려고 여는 파티거든."

"아, 그래서 파티를 여는 거구나?"

"응, 그러니까 될 수 있는 대로 빨리 푸랑 다른 친구들에게도 알려줘. 내일 파티가 열릴 거라고."

아울은 늘 그렇듯이 자기가 할 수 있는 일이라면 기꺼이 친구를 돕고 싶었어.

"아, 그렇군. 내일이라고?"

"그래, 아울. 그러니까 네가 가서 친구들한테 알려줄래?"

아울은 무언가 아주 그럴듯한 말을 생각해내려고 애썼지만 도무지 생각이 나지 않았어. 그래서 그냥 친구들에게 소식을 전하려고 날아갔지. 아울은 제일 먼저 푸를 찾아가 말했어.

"푸, 크리스토퍼 로빈이 파티를 연대."

"오!"

푸는 아울이 무언가 더 말해주기를 기대하고 있다는 걸 눈치채고는 이렇게 덧붙였어.

"분홍색 설탕으로 장식한 작은 케이크도 있을까?"

아울은 분홍색 설탕으로 장식한 작은 케이크에 대해 이야기하는 건 품위가 떨어진다고 생각했어. 그래서 크리스토퍼 로빈이 한 말만 정확하게 전달하고는 이요르에게로 날아가버렸어.

"나를 위한 파티라고? 굉장해!"

푸는 다른 동물들 모두가 이 파티가 특별히 푸를 위해 열리는 파티라는 사실을 알고 있는지, 크리스토퍼 로빈이 '둥둥 떠다니는 곰' 호와 '푸의 똑똑한 머리' 호, 그리고 푸가 발명한 환상적인 배들에 대해 이야기했을지 궁금했어. 그러다가 만약 모두가 그 사실을 잊어버렸거나 파티가 열리는 이유를 잘 모르고 있다면 얼마나 끔찍할까 하고 생각했어. 이런 생각을 하면 할수록 푸의 마음속에서 파티는 뒤죽박죽 엉망진창이 되어버렸어. 그 끔찍한 상상이 푸의 머릿속에서 노래처럼 맴돌더니, 마침내 하나의 노래가 완성되었어.

바로 이런 노래야.

간절한 푸의 노래

푸를 위해 건배 세 번!

(누구를 위해서라고?)

푸를 위해…….

(푸가 무슨 일을 했는데?)

알고 있는 줄 알았어,

물에 젖을 뻔한 친구를 구했거든!

곰을 위해 건배 세 번!

(몸을 위해서라고?)

곰을 위해…….

수영도 못하는데,

친구를 구했거든!

(누구를 구했다고?)

아, 내 말 좀 들어봐!

푸 이야기를 하고 있잖아…….

(누구 이야기?)

푸 이야기요!

(미안, 자꾸 까먹어서.)

어쨌든 푸는 머리가 엄청나게 좋은 곰이야…….

(다시 말해봐!)

머리가 엄청나게 좋은…….

(뭐가 엄청나다고?)

아무튼 푸는 되게 많이 먹어.

수영을 할 수 있는지 모르지만 물 위를 떠다녔어,

배 같은 걸 타고 말이야.

(뭐를 탔다고?)

그러니까, 단지 같은 건데…….

이제 푸를 위해 진심으로 세 번 외쳐주자!

(이제 푸를 위해 진심으로 뭘 세 번 외쳐주자고?)

푸가 오래오래 우리와 함께하기를,

그리고 건강하고 현명해지고 부자가 되기를!

푸를 위해 건배 세 번!

(누구를 위해서라고?)

푸를 위해…….

곰을 위해 건배 세 번!

(뭘 위해서라고?)

곰을 위해…….

멋진 위니 더 푸를 위해 건배 세 번!

(누가 좀 알려줄래? 걔가 무슨 일을 했다는 거야?)

푸의 머릿속에서 이런 노래가 완성되어가고 있는 동안, 아울은 이요르와 이야기를 나누고 있었어.

아울이 말했어.

"이요르, 크리스토퍼 로빈이 파티를 연대."

이요르가 말했어.

"참 재밌겠다. 그런데 나한테는 마구 짓밟혀 뭉그러진 이상한 거나 보내주겠지. 정말 친절하고 세심하기도 해라. 그만해, 됐어."

"너를 초대하는 거야."

"그게 뭔데?"

"초대장이라고!"

"그래, 들었어. 누가 떨어뜨렸나 보지?"

"이건 먹는 게 아니야. 파티에 오라고 널 초대하는 거야. 내일 보자."

이요르는 천천히 고개를 저었어.

"그러니까 피글렛을 말하는 거구나? 귀를 쫑긋거리는 꼬마 말이야. 그 녀석이 피글렛이야. 내가 전해줄게."

아울은 슬슬 짜증이 났어.

"아니, 아니야! 너라고!"

"확실해?"

"물론이지. 크리스토퍼 로빈이
'모두한테야! 모두한테 전해줘'라고 말했다니까."

"모두한테, 그러니까 이요르는 빼고 말이지?"

아울이 퉁명스럽게 내뱉었어.

"모두 다라고."

이요르가 말했어.

"음! 분명 실수한 걸 거야. 그래도 갈게. 만약 내일 비가 오더라도 내 탓은 하지 마."

다행히 비는 내리지 않았어. 크리스토퍼 로빈은 나무판자 몇 개로 기다란 테이블을 만들었고, 모두들 빙 둘러앉

앉아. 한쪽 끝에는 크리스토퍼 로빈이 앉았고, 다른 쪽 끝에는 푸가 앉았어. 그리고 한쪽에는 아울과 이요르와 피글렛이 앉았고, 그 맞은편에는 래빗과 아기 루와 캥거가 앉았어. 래빗의 친구들과 친척들은 풀밭에 아무렇게나 흩어져 앉아서 행여나 누가 말을 걸어오지는 않을까, 먹을 걸 흘리거나 몇 시인지 물어오지는 않을까 하는 희망에 가득 차 기다리고 있었어.

아기 루는 태어나서 처음으로 참석한 파티라 무척 들떠 있었어. 모두가 자리에 앉자마자 기다렸다는 듯이 떠들기 시작했지.

루가 종알거렸어.

"푸, 안녕!"

푸가 말했어.

"안녕, 루."

루는 가만히 있질 못하고 제자리에서 깡충깡충 뛰더니 다시 말했어.

"피글렛, 안녕!"

피글렛은 루에게 앞발을 흔들어 보였지만 너무 바빠서 한마디도 할 수 없었어.

루가 말했어.

"이요르, 안녕!"

이요르는 루를 보고 침울하게 고개를 끄덕였어.

"지금은 비가 오지 않지만, 곧 내리기 시작할 거야."

루는 비가 오는지 보려고 하늘을 올려다보았어. 하지만 비는 내리지 않았어.

루가 말했어.

"아울, 안녕!"

아울은 아주 친절하게 대답했어.

"안녕, 귀여운 꼬마 친구."

그러고 나서 아울은 크리스토퍼 로빈에게 최근에 자기 친구가 당한 사고 이야기를 이어서 계속했어. 로빈은 모르는 친구인데도 말이야.

캥거가 말했어.

"아가, 우유부터 마시렴. 이야기는 나중에 하고."

그러자 우유를 마시던 루가 우유를 마시면서 말을 하려고 했다가 그만 캑캑거리고 말았어. 캥거는 한참이나 루의 등을 두드려주고 닦아줘야 했지.

모두가 어느 정도 배가 찼을 무렵, 크리스토퍼 로빈이 숟

가락으로 테이블을 탕탕 두드렸어. 그러자 모두가 이야기를 멈추고 아주 조용해졌어. 루만 빼고. 루는 요란한 소리로 세차게 딸꾹질을 하고 있었거든. 그런데 정작 루는 래빗의 친척이 낸 소리라는 듯 시치미를 뚝 떼고 있었어.

크리스토퍼 로빈이 말했어.

"이 파티는 누군가가 한 일 때문에 연 파티야. 우리 모두 그게 누군지 알고 있지. 그 친구가 한 일 때문에 연 파티니까 이건 그 친구를 위한 파티고, 그 친구에게 줄 선물을 준비했어. 자, 여기."

크리스토퍼 로빈은 잠깐 이쪽저쪽을 둘러보다가 소리를 낮추어 말했어.

"선물이 어디 있지?"

로빈이 선물을 찾고 있는 사이에 이요르가 눈에 띄게 헛기침을 하더니 연설을 했어.

"친구 여러분, 그리고 기타 등등 여러분, 제 파티에서 여러분을 보다니 대단히 기쁩니다, 아니 이렇게 말하는 게 좋겠군요, 지금까지는 기뻤습니다. 제가 한 일은 아무것도 아

닙니다. 여러분 모두 다 그렇게 했을 겁니다. 래빗과 아울과 캥거는 제외하고 말이지요. 아, 푸도 빼고요. 물론 피글렛과 루는 너무나 작아서 논외입니다. 여러분 누구라도 똑같이 행동했을 거예요. 그저 우연히 제가 그렇게 하게 된 것에 불과하지요. 아, 참고로 크리스토퍼 로빈이 지금 찾고 있는 선물을 받으려고 한 건 아니라는 말을 해야……."

이요르는 앞발을 입에 대고 큰 소리로 속삭였어.

"테이블 밑을 찾아봐."

그러더니 다시 말을 이었어.

"제가 그 일을 한 건, 도움이 필요한 친구가 있다면 누구나 할 수 있는 일을 해야 한다고 생각하기 때문입니다. 저는 우리 모두가……."

루가 저도 모르게 딸꾹질했어.

"딸꾹!"

캥거가 나무라듯이 말했지.

"루, 아가!"

루가 조금 놀란 듯이 물었어.

"방금 저였어요?"

피글렛은 푸에게 속삭였어.

"이요르가 지금 무슨 소리를 하는 거야?"

푸는 약간 침울하게 대답했어.

"나도 몰라."

"난 이 파티가 네 파티라고 생각했는데."

"나도 그렇다고 생각했어. 그런데 아니었나 봐."

"이요르를 위한 파티가 아니라 너를 위한 파티였으면 좋았겠다."

"나도야."

루가 다시 딸꾹거렸어.

"딸꾹!"

"제가…… 말씀드린…… 대로……."

이요르는 큰 목소리로 근엄하게 말했어.

"여러 시끄러운 소음이 끼어들었지만 제가 앞서 말씀드린 대로, 제가 생각하기에는……."

크리스토퍼 로빈이 흥분해서 외쳤어.

"여기 있다! 이걸 바보 곰돌이에게 전해줘. 푸의 선물이니까."

이요르가 물었어.

"푸 거라고?"

크리스토퍼 로빈이 말했어.

"물론이지. 세상에서 가장 훌륭한 곰 말이야."

이요르가 말했어.

"이럴 줄 알았어야 했는데. 어쨌든 불평해서는 안 돼. 나에게는 친구들이 있으니까. 누군가가 겨우 어제 이야기해 줘서 알았어도 말이야. 지난주인가 지지난 주에 래빗이 나한테 부딪치더니 '이런!'이라고 말했어. 다 같이 모이는 자리에서는 항상 무슨 일이 생기는 법이지."

아무도 이요르의 말을 듣고 있지 않았어. 모두 와글와글 떠들어대고 있었거든.

"푸, 어서 선물을 풀어봐."

"푸, 뭐가 들었어?"

"난 뭔지 알아."

"아니, 모를걸."

저마다 옆에서 한마디씩 거들었어. 물론 푸는 될 수 있는 한 빠르게 선물을 열고 싶었지만, 그 와중에도 포장 끈을 끊지는 않았어. 언젠가 쓸모 있을지도 모르니까. 그리고 마침내 포장을 다 풀었어.

푸는 선물을 보고 너무 좋아서 기절할 뻔했어. 그건 아

주 특별한 필통이었어. 곰Bear을 뜻하는 'B'가 새겨진 연필과, 도움을 주는 곰Helping Bear을 뜻하는 'HB'가 새겨진 연필, 용감한 곰Brave Bear을 뜻하는 'BB'가 새겨진 연필이 그 안에 들어 있었어. 연필을 깎는 칼과 맞춤법이 틀린 글자를 지울 수 있는 지우개도 들어 있었고, 똑바로 글을 쓰기 위해 줄을 그을 수 있고 길이도 잴 수 있는 눈금이 그어진 자도 들어 있었지. 특별한 일을 파란색, 빨간색, 초록색으로 구분할 때 쓰는 파란색 연필이랑 빨간색 연필 그리고 초록색 연필도 들어 있었어. 이 근사한 물건들이 저마다 작은 주머니에

담겨서, 닫으면 찰칵 하고 잠기는 특별한 필통 안에 들어 있었어. 모든 게 전부 푸의 선물이었지.

푸가 말했어.

"와!"

이요르만 빼고 모두 외쳤어.

"와, 푸!"

푸가 조그맣게 웅얼거렸어.

"고마워."

이요르도 혼자 중얼거렸어.

"이런 글쓰기 사업 있잖아? 연필이니 뭐니 이런 것은 죄다 과대평가된 거라고 봐. 만약 내 의견을 묻는다면 말이지. 유치하고 쓸데없다고 말할래."

그리고 조금 더 시간이 흐른 뒤, 모두들 크리스토퍼 로빈에게 "안녕", "고마워"라고 인사를 건넸고, 푸와 피글렛은 나란히 생각에 잠긴 채 황금빛 저녁 햇살을 받으며 집으로 걸어갔어. 둘은 오랫동안 아무 말도 하지 않았단다. 마침내 피글렛이 침묵을 깼어.

"푸, 너는 아침에 일어나서 가장 먼저 무슨 생각을 해?"

"아침에 뭘 먹을지를 생각해. 피글렛, 너는?"

"난 오늘은 어떤 신나는 일이 생길까? 하고 궁금해해."
푸가 곰곰이 생각하는 척하면서 고개를 끄덕였어.
"나도 그래."

※※※※※

"그리고 무슨 일이 벌어졌어요?"
크리스토퍼 로빈이 물었어요.
"언제 말이니?"
"다음 날 아침에요."
"나도 모르겠구나."

"그럼 언젠가 생각이 나면 저와 푸에게 이야기해주실 수 있어요?"

"네가 그렇게 듣고 싶다면."

크리스토퍼 로빈이 말했어요.

"푸가 정말 듣고 싶대요."

크리스토퍼 로빈은 한숨을 폭 내쉬더니 곰의 한쪽 다리를 잡고 문으로 걸어갔어요. 푸는 크리스토퍼 로빈 뒤에서 질질 끌려갔지요. 로빈이 문 앞에서 돌아서더니 물었어요.

"저 목욕하는 거 보러 오실래요?"

"그럴까?"

"푸가 선물받은 필통이 제 필통보다 좋은 거예요?"

"똑같은 거야."

크리스토퍼 로빈이 고개를 끄덕이고는 문밖으로 나갔어요. 곧바로 위니 더 푸가 크리스토퍼 로빈 뒤에서 계단을 올라가는 소리가 쿵, 쿵, 쿵 들려왔답니다.

2권
푸 모퉁이에 있는 집

당신은 크리스토퍼 로빈을 주셨지요.

그리고 푸에게 새로운 생명을 불어넣었지요.

이 둘이 나의 펜 끝을 떠나 당신에게 되돌아가요.

나의 책이 준비를 마치고 인사를 건네려 해요.

보고 싶은 어머니,

이 책은 사랑하는 당신을 위한 선물이에요.

어쩌면 당신이 나에게 주는 선물인지도 모르겠지만요.

반문

서문이란 사람들을 소개하는 글이지만* 크리스토퍼 로빈과 숲속 친구들은 이미 1권에서 소개했으니까 이제는 작별 인사를 건넬 차례네요. 그러니까 이건 정반대의 글이에요.

푸에게 서문의 반대말이 무엇인지 묻자, 푸가 "뭐의 뭐?"라고 되물어서 기대했던 만큼 도움이 되진 않았어요. 하지만 다행히 아울이 침착하게 반문이라고 대답해주었어요. 들었지, 푸? 아울은 복잡한 단어에 아주 능통하니까, 난 아울의 대답이 맞을 거라고 확신해요.

---

* 영어에서 '서문'을 뜻하는 'introduction'은 '소개'를 뜻하기도 한다.

내가 반문을 쓰는 이유는 지난주에 크리스토퍼 로빈이 "푸한 테 무슨 일이 일어났는지 들려주기로 한 거요. 기억나세요?"라고 말했을 때, 내가 엉겁결에 "107 곱하기 9는?"이라고 되물었기 때문이에요.* 그 문제를 풀고 나서는 젖소의 수를 묻는 문제를 냈어요. 들판에 젖소 300마리가 있는데, 두 마리씩 짝지어 1분마다 문으로 들어가면 1시간 30분 뒤에 들판에는 젖소가 몇 마리 남아 있을까? 이 문제를 푸는 건 아주 흥미진진했어요. 즐거움이 충만해졌을 때 즈음, 우리는 몸을 웅크린 채로 잠이 들어버렸어요.

나와 크리스토퍼 로빈의 베개 옆에 놓인 의자에 앉아서 아무 것도 아닌 일을 심각하게 생각하며 조금 더 늦게까지 깨어 있던 푸도 눈을 감고 고개를 끄덕끄덕하더니, 까치발로 살금살금 우리를 따라와 숲으로 들어왔지요. 그곳에서 우리는 여전히 마법 같은 모험을 하고 있어요. 내가 지금까지 여러분에게 들려준 그 어떤 모험보다 더 멋진 모험이지만, 아침에 눈을 뜨면 모험은 우리가 붙잡기도 전에 사라져버려요. 지난번 이야기가 어

---

* 반문은 '물음에 대답하지 않고 되받아 물음'을 의미한다. 작가는 크리스토퍼 로빈에게 반문했던 일을 들려주고 있다.

떻게 시작되었더라?

"어느 날, 푸가 숲을 걷고 있는데 젖소 107마리가 문 앞에서……."

아니요, 보세요. 우린 이야기를 놓쳐버린 것 같아요. 내 생각에는 그 이야기가 가장 재미있었는데. 어쨌든 여기 다른 몇 가지 이야기가 더 있으니 이 이야기들은 모두 기억해두는 게 좋을 거예요. 그렇다고 진짜 작별은 아니에요. 숲은 언제나 그곳에 있으니까요……. 곰돌이들과 친하게 지내는 사람이라면 누구나 숲을 찾을 수 있을 거예요.

앨런 알렉산더 밀른

· 1 ·

이요르의 집이 사라지다

어느 날, 달리 할 일이 없던 푸는 무언가를 해야겠다는 생각이 들었어. 그래서 피글렛이 무엇을 하고 있는지 보려고 잠깐 피글렛네 집에 들렀지. 푸가 눈이 하얗게 덮인 숲길을 터벅터벅 걸어가고 있는 동안에도 여전히 눈은 내리고 있었어.

푸는 피글렛이 난로 앞에 앉아서 발을 녹이고 있을 거라고 생각했어. 그런데 놀랍게도 문은 활짝 열려 있었고, 아무리 안을 들여다보고 또 들여다봐도 피글렛이 없는 거야.

"외출했구나."

푸가 실망한 목소리로 말했어.

"그렇잖아. 집에 없으니까. 빨리 생각하면서 걷는 건 나 혼자 해야겠네, 쳇!"

일단 푸는 그저 분명하게 확인을 하고 싶어서 문을 세게 두드리기로 했어……. 아무리 기다려도 피글렛은 대답이 없었고, 푸는 얼은 몸을 따뜻하게 하려고 껑충껑충 뛰고 있었지. 그때 문득 노래 하나가 머릿속에 떠올랐어. 남들한테 불러줘도 좋을 만큼 훌륭한 노래라는 생각이 들었어.

    눈이 내리면 내릴수록
        (티들리 팜),
    점점 더 오고
        (티들리 팜),
    점점 더 오고
        (티들리 팜),
    쉬지 않고 내리네.
    하지만 아무도 몰라.
        (티들리 팜),
    내 발이 얼마나
        (티들리 팜),
    내 발이 얼마나
        (티들리 팜),
    시려오는지.

푸가 말했어.

"그러니까 내가 할 일은 이거야. 먼저 집으로 가서 시간을 확인하고 목도리를 두른 다음, 이요르를 찾아가서 이 노래를 들려줘야지."

푸는 서둘러 집으로 돌아왔어. 오는 내내 이요르에게 들려줄 노래를 생각하면서 말이야. 그래서 자기 집에서 가장 좋은 안락의자에 피글렛이 앉아 있는 모습을 발견하고는 잠시 머리를 문지르며 그 자리에 서 있을 수밖에 없었어. 자기가 도대체 누구네 집에 있는 건지 궁금해하면서 말이야.

"안녕, 피글렛."

푸가 말했어.

"난 네가 밖에 나간 줄 알았는데."

"아니야. 밖에 나간 건 바로 너겠지, 푸."

"그런가? 어쨌든 우리 둘 중 하나가 밖에 나갔다는 건 알겠어."

푸는 시계를 올려다보았는데, 시계는 몇 주 전부터 11시 5분 전에서 멈추어 있었어.

"11시가 다 됐네."

푸는 행복하게 말했어.

"근사한 뭔가 작은 걸 좀 먹을 시간인데 마침 잘 왔어."

푸는 머리를 찬장 속으로 들이밀었어.

"피글렛, 이따가 나랑 같이 이요르한테 가서 내 노래를 들려주자."

"무슨 노랜데, 푸?"

푸가 설명했어.

"우리가 이요르한테 들려줄 노래 말이야."

30분이 지나 푸와 피글렛이 길을 나섰을 때에도 시계는 여전히 11시 5분 전을 가리키고 있었어. 어느새 바람은 약해졌고, 제 꼬리를 붙잡겠다고 빙글빙글 매섭게 휘몰아치던 눈도 이제는 재미가 없어졌는지 얌전하게 내려앉으며 쉴 곳을 찾고 있었어. 어쩌다가 푸의 코 위에 내려앉기도 했지. 잠시 후 피글렛은 목에 하얀 목도리를 둘렀는데, 자신의 귀 뒤로 이렇게 많은 눈이 쌓인 것은 처음이라고 생각했어.

피글렛이 마침내 좀 머뭇거리면서 입을 열었어. 푸한테 포기한 것처럼 보이고 싶지 않았거든.

"푸, 그냥 생각났는데, 우리 지금 집으로 돌아가서 네 노래를 연습한 다음에, 그러니까 내일…… 아니면…… 아니면 모레 이요르를 만나게 되면 노래를 불러주는 게 어떨까?"

"피글렛, 정말 좋은 생각이야. 지금 같이 가면서 연습하자. 하지만 연습을 하려고 집으로 돌아가는 건 아무 소용 없어. 이 노래는 눈이 내릴 때 불러야 하는 특별한 야외 노래니까."

피글렛이 걱정스레 물었어.

"정말이야?"

"글쎄, 노래를 들으면 알게 될 거야, 피글렛. 이렇게 시작하거든. 눈이 내리면 내릴수록. 티들리 팜……."

"티들리 뭐라고?"

"팜. 더 신나라고 넣은 거야. 점점 더 오고, 티들리 팜, 점점……."

"눈이 내린다고 하지 않았어?"

"응. 하지만 그건 그 앞이야."

"티들리 팜 앞?"

푸가 말했어.

"그건 다른 티들리 팜이야."

사실은 푸도 좀 헷갈렸어.

"내가 제대로 된 노래를 들려줄게. 그럼 알 수 있을 거야."
푸는 다시 노래를 불러주었어.

>눈이 내리면
>내릴수록 티들리 팜
>점점 더
>오고 티들리 팜
>점점 더
>오고 티들리 팜
>쉬지 않고
>내리지.

>그렇지만 아무도
>몰라 티들리 팜
>내 발이
>얼마나 티들리 팜
>내 발이
>얼마나 티들리 팜
>시려오는지.

여러 번 이 노래를 불렀지만 이번이 진짜 진짜 최고였어. 푸는 노래를 다 부르고 나서 피글렛이 여태껏 들어본, 눈 내리는 날씨에 관한 노래 중에서 가장 훌륭한 노래였다고 말해주기를 기다렸어. 하지만 그런 푸의 기대가 무색하게 도 피글렛은 아주 신중하게 곰곰이 따져보았지.

피글렛은 진지하게 말했어.

"푸, 발은 귀만큼 시렵지 않아."

그때쯤 둘은 이요르가 살고 있는 '이요르의 우울한 장소'에 거의 도착했어. 피글렛의 귀 뒤에는 여전히 눈이 수북했고, 이제는 눈이 지겨워지기 시작했어. 그래서 둘은 작은 소나무 숲 쪽으로 돌아서서 숲으로 들어가는 문 위에 걸터앉았어. 더 이상 눈을 맞지 않아도 되었지만 너무나 추웠기 때문에 몸을 따뜻하게 하느라고 둘은 푸가 만든 노래를 여섯 번이나 불렀어. 적당한 대목마다 나뭇가지로 문 꼭대기를 두드리면서 피글렛은 '티들리 팜'을, 푸는 그 나머지 부분을 불렀지. 조금 있다가 몸이 훨씬 따뜻해지자 둘은 다시 대화를 할 수 있게 되었어.

푸가 말했어.

"쭉 생각해봤는데, 내가 생각한 건 바로 이거야. 난 이요

르를 생각하고 있었거든."

"이요르가 뭐?"

"으음, 가엾은 이요르는 어디에도 살 곳이 없잖아."

"그건 그렇지."

"피글렛, 너도 집이 있고 나도 집이 있고 모두에게는 아주 좋은 집이 있어. 크리스토퍼 로빈도 집이 있고, 아울도 캥거도 래빗도 집이 있고, 래빗의 친구들과 친척들까지도 집이나 뭐 그런 게 있잖아. 하지만 가엾은 이요르에게는 아무것도 없어. 그래서 내가 생각한 건 바로 이거야. 우리가 이요르한테 집을 지어주자."

피글렛이 말했어.

"그거 굉장한 아이디어다. 어디에 집을 지을까?"

"여기. 바람이 불지 않는 이 숲 바로 옆에다 짓는 거야. 내가 아이디어를 떠올린 곳이잖아. 그리고 여기를 '푸 모퉁이'라고 부르자. 이요르를 위해 푸 모퉁이에 나뭇가지로 이요르의 집을 짓는 거지."

"숲 반대편에 나뭇가지가 한 무더기 있어. 내가 봤어. 아주아주 많아. 전부 차곡차곡 쌓여 있고."

"고마워, 피글렛. 네가 방금 한 이야기가 엄청난 도움이 될 거야. 푸 모퉁이라는 말이 근사하게 들리지만 않는다면 여기를 '푸와 피글렛 모퉁이'라고 부를 수도 있을 텐데. 그렇지만 푸 모퉁이가 더 멋지게 들리잖아. 좀 더 아늑한 느낌이 들고 훨씬 더 구석 같으니까. 자, 이제 가자."

이렇게 둘은 문에서 내려와 나뭇가지를 가져오려고 숲 반대편으로 향했어.

크리스토퍼 로빈은 아프리카에 다녀오느라고 집 안에서 아침 나절을 다 보냈어. 막 보트에서 내려 밖의 날씨가 어떤지 궁금해하고 있던 참에 이요르가 문을 두드렸지.

크리스토퍼 로빈이 문을 열고 밖으로 나가면서 인사했어.

"안녕, 이요르. 잘 지내?"

이요르는 우울하게 말했어.

"아직도 눈이 내리고 있어."

"정말 그렇구나."
"게다가 얼어붙을 것 같이 추운 날씨야."
"그래?"

이요르는 조금 환한 표정을 짓더니 덧붙여 말했어.
"그래도 최근에 지진은 안 났으니 다행이지."
"무슨 일 있어, 이요르?"
"아무것도 아니야, 크리스토퍼 로빈. 딱히 중요한 일은 아니야. 혹시 어디서 집이나 뭐 그런 거 본 적은 없겠지?"
"무슨 집?"
"그냥 집."

"거기에 누가 사는데?"

"나. 적어도 난 그렇다고 생각했어. 하지만 아닐 수도 있고. 어쨌든 모두가 자기 집을 가지는 건 아니니까."

"하지만, 이요르, 난 몰랐어…… 난 항상……."

"어떻게 된 일인지는 나도 몰라, 크리스토퍼 로빈. 고드름이니 뭐니 하는 것들은 굳이 말할 필요도 없고, 이 엄청난 눈에다가 이런저런 것들을 보면 알겠지만 말이야, 내가 사는 들판은 새벽 3시에 남들이 생각하는 것처럼 그렇게 덥지는 않아. 내 말이 무슨 뜻인지 알아들었으면 좋겠는데, 그렇게 불편하지는 않다는 뜻이야. 답답하지도 않고."

그러더니 이요르는 다 들릴 만큼 큰 소리로 속삭였어.

"사실은, 크리스토퍼 로빈, 너한테만하는말이니까아무한테도말하지마. 사실은 나 너무 추워."

"아, 이요르!"

"난 혼자 속으로 생각해. 다른 애들도 내가 이렇게까지 추위에 떤다는 걸 알면 불쌍하게 여길 거라고. 걔네 머릿속에 든 거라고는 뇌가 아니라 어쩌다가 실수로 날아 들어온 회색 솜뭉치뿐이니 생각이란 건 할 수 없겠지만 말이야. 만약 앞으로도 한 달 동안 눈이 그치지 않고 계속 내리면 누구 하나는 '이요르가 새벽 3시에 그렇게 더울 리는 없어'라고 말할 거야. 그리고 그 소문은 순식간에 퍼져 나가겠지. 그렇게 되면 다른 얘들도 날 딱하게 여길 테고."

"아, 이요르!"

크리스토퍼 로빈은 벌써 이요르를 딱하게 여기고 있었어.

"널 말하는 건 아니고, 크리스토퍼 로빈. 넌 달라. 어쨌든 난 결론적으로 작은 숲 옆에 손수 집을 짓기로 했어."

"정말이야? 재밌겠다!"

이요르는 자기가 낼 수 있는 가장 우울하고 슬픈 목소리로 말했어.

"정말 재밌는 사실은 오늘 아침에 내가 그곳을 떠날 때만 해도 집이 거기에 있었는데, 다시 돌아갔을 때는 없었다는 거야. 흔적도 없이. 당연하지, 고작 이요르네 집일 뿐이니까. 하지만 난 여전히 궁금할 뿐이야."

크리스토퍼 로빈은 궁금해하느라고 머뭇거리지 않았어. 이미 집으로 들어가 최대한 재빨리 방수 모자를 쓰고, 방수 장화를 신고, 방수 망토를 걸치고 있었지.

"당장 같이 가서 집을 찾아보자."

크리스토퍼 로빈이 소리쳤어.

이요르가 말했지.

"가끔 사람들이 남의 집에 들어앉았다가 나가는 건, 한두 가지 못마땅한 점이 있어서야. 그래서 집을 원래 주인에게 되돌려주는 게 낫겠다고 생각하는 거지. 내 말이 무슨 뜻인지 이해한다면 말이야, 그러니까 내가 생각했던 건 우리가 그냥 가서⋯⋯."

크리스토퍼 로빈이 말했어.

"얼른 가자."

둘은 부리나케 걸어갔어. 아주 잠시 뒤에 소나무 숲 옆에 있는 들판의 구석진 자리에 이르렀는데, 이요르네 집은 정말로 사라져서 그곳에 없었어.

이요르가 말했어.

"봐! 나뭇가지가 단 한 개도 남아 있질 않아! 여전히 눈이 이렇게 많이 쌓여 있고, 물론 난 눈과 함께 지내기를 좋아하니까. 불평해선 안 되겠지."

크리스토퍼 로빈은 이요르의 말을 듣고 있지 않았어. 다른 소리가 들려왔거든.

로빈이 말했어.

"저 소리 안 들리니?"

"뭐지? 누가 웃고 있나?"

"들어봐."

둘이 귀를 기울이자…… 우렁우렁한 목소리로 눈이 내리면 내릴수록 점점 더 온다고 노래하는 듯한 소리와 사이사이에 티들리 팜 하는 조그맣고 높은 목소리가 들렸어.

"푸야."

크리스토퍼 로빈이 신이 나서 말했어.

"그럴 수도 있겠지."

이요르가 말했어.

"그리고 피글렛도 있어!"

크리스토퍼 로빈이 신이 나서 말했어.

이요르가 말했지.

"어쩌면, 지금 우리에게 필요한 건 잘 훈련된 경찰견일지도 몰라."

갑자기 노랫말이 바뀌었고, 우렁한 목소리가 노래했어.

"우리가 집을 다 지었어!"

찍찍거리는 소리도 노래했고.

"티들리 팜!"

"아름다운 집이야……."

"티들리 팜……."

"우리 집이라면 얼마나 좋을까……."

"티들리 팜……."

"푸!"

그때 크리스토퍼 로빈이 소리치자 문 위에 앉아 있던 가수들이 그대로 노래를 멈추었어.

푸가 신이 나서 외쳤어.

"크리스토퍼 로빈이다!"

피글렛이 말했어.

"크리스토퍼 로빈은 우리가 이 나뭇가지들을 주워온 곳

가까이에 있어."

푸가 말했어.

"가보자."

둘은 문에서 내려와 재빨리 숲 반대편으로 향했어. 푸는 줄곧 반가움에 벅차 환호성을 지르며 뛰어갔어.

푸는 크리스토퍼 로빈을 힘껏 껴안은 다음 떨어지고나서 말했어.

"어라, 이요르도 있었네."

푸는 피글렛의 옆구리를 쿡 찔렀고, 피글렛도 푸의 옆구리를 쿡 찔렀어. 둘은 속으로 자기들이 얼마나 근사하고 놀라운 선물을 마련했는지 생각하고 있었거든.

푸가 말했어.

"안녕, 이요르."

이요르는 우울하게 대꾸했어.

"나도 안녕, 푸. 목요일에는 두 번 안녕하길 바라."

푸가 "목요일에는 왜?"라고 물어보기도 전에 크리스토퍼 로빈이 집을 잃어버린 이요르의 서글픈 사연을 설명하기 시작했어.

푸와 피글렛은 가만히 듣고 있었는데, 그러다 둘의 눈이 점점 휘둥그레지기 시작했어.

"집이 어디에 있었다고?"

푸가 물었어.

이요르가 말했어.

"바로 여기."

"나뭇가지로 만든 거?"

"그래."

피글렛이 말했어.

"오!"

이요르가 말했어.

"뭐라고?"

피글렛은 안절부절못하며 말했어.

"그냥 '오!'라고 한 거야."

피글렛은 전혀 아무렇지도 않은 것처럼 보이려고 티들리 팜을 한두 번 정도 흥얼거렸어. 마치 이제 우리는 어떻게 하면 좋을까 하는 것처럼 말이야.

"그게 원래 집이었다는 건 확실해?"

푸가 말했어.

"그러니까 내 말은, 그 집이 바로 여기에 있었다는 게 확실해?"

"당연하지."

그리고 이요르는 이렇게 중얼거렸어.

"정말 머리가 나쁘다니까. 항상 그런 건 아니지만."

크리스토퍼 로빈이 물었어.

"왜 그래, 무슨 일이야, 푸?"

푸가 말했어.

"그러니까……."

푸가 말했어.

"사실은 이거……."

푸가 말했어.

"그러니까, 사실은 이거……."

푸가 말했어.

"있잖아……."

푸가 말했어.

"그게 이런 건데……."

푸는 설명이 아주 잘되지는 못한다고 느껴서 피글렛의 옆구리를 다시 쿡 찔렀어.

피글렛이 재빨리 말을 이었지.

"그게 이런 건데……."

피글렛은 깊이 생각해보고 덧붙여 말했어.

"그냥 더 따뜻해."

크리스토퍼 로빈이 물었어.

"뭐가 더 따뜻한데?"

"숲의 반대편 말이야. 이요르네 집이 있는 곳."

이요르가 말했어.

"우리 집? 우리 집은 여기에 있었어."

피글렛은 단호하게 말했어.

"아니야. 저쪽이 맞아."

푸가 거들었어.

"거기가 더 따뜻하니까."

이요르가 말했어.

"하지만 내가 알기로는……."

피글렛은 짧게 말했어.

"가서 보자."

그러고는 앞장서서 걸어갔단다.

푸가 말했지.

"이렇게나 가까운 곳에 집이 두 채나 있을 수는 없잖아."

숲을 돌아갔더니 정말로 이요르의 집이 있었어. 다른 집만큼이나 아늑해 보이는 집이.

피글렛이 말했어.

"다 왔어."

푸도 으쓱거리며 말했어.

"바깥만 있는 게 아니라 안도 있어."

이요르는 안에 들어갔다가…… 다시 밖으로 나왔어.

"정말 놀랍네. 이건 우리 집이 맞아. 난 아까 말했던 그 자리에 집을 지었는데 말이지. 바람이 불어서 날아왔나 봐. 그러니까, 바람이 우리 집을 통째로 숲 위로 날려버리고 여기에 내려놓은 거지. 전과 다름없이 말이야. 사실 위치로 치면 여기가 더 낫지."

푸와 피글렛이 입을 모아 말했어.

"훨씬 더."

이요르는 우쭐해하며 말했어.

"이건 우리가 조금만 수고를 하면 어떤 일을 해낼 수 있는지를 잘 보여주고 있어. 알겠니, 푸? 피글렛, 너도 알겠지? 물론 첫 번째는 똑똑한 머리지만 그다음으로 중요한 건 노력이야. 이걸 봐! 집은 이렇게 짓는 거라고!"

그래서 셋은 이요르를 집 안에 두고 떠났어. 크리스토퍼 로빈은 푸와 피글렛과 함께 점심을 먹으러 집으로 돌아오는 길에 그 둘이 저지른 끔찍한 실수에 대한 이야기를 들었어. 크리스토퍼 로빈이 한바탕 웃고 난 다음, 셋이 나란히 눈 내리는 날 부르는 야외 노래를 함께 흥얼거리며 집까지

걸어갔지. 피글렛은 아직도 자기 목소리에 별로 자신이 없어서 여전히 티들리 팜 하는 추임새만 끼워 넣었어.

피글렛은 혼자 중얼거렸어.

"나도 이게 쉬워 보인다는 건 알아. 하지만 모두가 이렇게 다 할 수 있는 건 아니라고."

2

티거의 아침밥을 찾아서

푸는 한밤중에 벌떡 일어나 귀를 기울였어. 침대에서 빠져나와 촛불을 들고, 누가 꿀을 훔치러 온 건 아닌지 살펴보려고 쿵쿵거리며 방을 가로질러 갔지. 그런데 아무도 없는 거야. 그래서 다시 터벅터벅 돌아와 촛불을 끄고 침대에 누웠어. 그때, 그 소리가 다시 들려왔어.

"피글렛, 너야?"

하지만 아니었어.

"들어와, 크리스토퍼 로빈."

크리스토퍼 로빈도 아니었고.

푸는 졸린 목소리로 말했어.

"그건 내일 이야기하자, 이요르."

하지만 소리는 계속 들려왔어.

"워로우오로우오로우오로우오라."

정체는 알 수 없지만 '그게 뭐든 간에'가 이렇게 말했어. 푸는 다시 잠들 수 없다는 걸 깨달았어.

"저게 뭐람? 숲에는 아주 많은 소리가 있지만, 이건 달라. 으르릉도 아니고, 가르릉도 아니고, 멍멍도 아니고, 그렇다고 해서 시를 만들기 전에 내는 소리도 아니지만 어떤 소리이긴 하고. 이건 내가 모르는 동물이 내는 소리야! 게다가 그 동물은 우리 집 문 밖에서 소리를 내고 있어. 그러니까 내가 일어나서 그 동물한테 소리를 내지 말라고 부탁해야겠다."

푸는 침대에서 나와서 대문을 열었어.

그리고 밖에 있는 '그게 뭐든 간에'를 향해 이렇게 말했어.

"안녕!"

그게 뭐든 간에가 말했어.

"안녕!"

푸가 말했어.

"아! 안녕!"

"안녕!"

푸가 답했어.

"아, 거기 있었구나! 안녕!"

낯선 동물은 언제까지 인사를 해야 하는지 궁금해하면서 말했어.

"안녕!"

푸는 네 번째로 "안녕!"이라고 말하려다가, 그러지 말아야겠다고 생각하고 대신에 이렇게 말했어.

"누구세요?"

목소리가 대답했어.

"나야."

푸가 말했어.

"아! 어쨌든 이리 와."

그게 뭐든 간에가 푸가 있는 쪽으로 다가왔고, 둘은 촛불 아래에서 서로를 빤히 쳐다보았어.

푸가 먼저 말했어.

"난 푸야."

티거가 말했어.

"난 티거야."

푸가 말했어.

"아!"

푸는 이렇게 생긴 동물을 한 번도 본 적 없었어.

푸가 물었어.

"크리스토퍼 로빈은 너를 알아?"

티거가 말했지.

"물론이지."

"어쨌든 지금은 한밤중이야. 한밤중은 잠을 자기에 딱 맞는 시간이고. 대신 내일 아침에 우리 같이 아침으로 꿀을 먹자. 티거들도 꿀을 좋아하니?"

티거는 신이 나서 대답했어.

"티거는 뭐든지 다 좋아해."

"그럼 티거들이 마룻바닥에서 자는 것도 좋아한다면 난 다시 침대로 갈게. 다른 일들은 내일 아침에 하자. 잘 자."

푸는 침대로 돌아가서 금세 곤히 잠들었어.

아침에 푸가 일어나자마자 가장 먼저 발견한 건 거울 앞에 앉아서 제 얼굴을 들여다보고 있는 티거였어.

푸가 말했어.

"안녕!"

티거가 말했어.

"안녕! 나하고 똑같이 생긴 누군가를 발견했어. 난 내가 혼자인 줄 알았는데."

푸는 침대에서 일어나 거울에 대해 설명하기 시작했는데, 막 재미있는 부분에 이르렀을 때 티거가 말했어.

"잠깐만. 식탁 위로 뭔가가 기어 올라가고 있어."

그러더니 티거는 워로우오로우오로우오로우오라 하고 소리를 지르면서 식탁보의 한쪽 끝을 겨냥하고 뛰어올라 식탁보를 바닥으로 끌어내리더니, 자기 몸에 세 번을 칭칭 감고는 방을 데굴데굴 굴러갔어. 그렇게 끔찍한 사투를 벌이고 나서 밝은 곳으로 머리를 쏙 내밀고 신이 난 목소리로 말했어.

"내가 이겼지?"

푸는 칭칭 감긴 식탁보를 풀어주었어.

"이건 내 식탁보야."

"이게 뭔지 궁금했어."

"이건 식탁 위에 까는 거고, 이 위에 물건들을 올려놓는 거야."

"근데 내가 째려보지도 않았는데 식탁보는 왜 나를 깨물려고 했을까?"

푸가 말했어.

"깨물려고 한 건 아닌 것 같아."

티거가 말했어.

"깨물려고 했어. 내가 더 빨라서 그러진 못했지만."

푸는 식탁보를 다시 식탁 위에 깔고 그 위에 커다란 꿀단지를 올려놓았어. 둘은 함께 아침밥을 먹으려고 식탁 앞에 앉았지. 자리에 앉자마자 티거는 꿀을 한입 가득 머금고……고개를 갸웃하고선 천장을 올려다보았어. 혀로 맛을 음미하는 소리를 냈다가, 깊이 생각해보는 소리를 냈다가, 그다음에는 이게 대체 뭘까 하는 소리를 냈는데…… 그러고 나서 마침내 결론을 내린 듯이 단호하게 말했어.

"티거들은 꿀을 좋아하지 않아."

"아!"

푸는 아쉽고 서운한 것처럼 보이려고 애를 썼어.

"티거들은 뭐든지 다 좋아하는 줄 알았는데."

"꿀만 빼고 뭐든지 다 좋아해."

푸는 이 말을 듣고 오히려 기분이 좋아져서, 자기가 아침을 다 먹자마자 티거를 피글렛네 집으로 데려다주겠다고 말했어. 거기에서 피글렛의 꾸토리*를 먹어볼 수 있을 거라면서 말이야.

티거가 말했어.

"고마워, 푸. 꾸토리야말로 티거들이 가장 좋아하는 음식이야."

아침을 먹고 나서 둘은 피글렛을 만나러 갔어. 걸어가면서 푸는 피글렛이 튀는 걸 좋아하지 않는 아주 작은 동물이니까 처음에만이라도 너무 정신없이 돌아다니지 말아달라고 부탁했어. 티거는 나무 뒤에 숨어 있다가 푸의 그림자가 자기를 보지 않으면 그림자 위로 통통 뛰어들어 밟기를 반

---

* 푸가 여전히 꿀 생각을 하다가 도토리를 잘못 발음한 것이다.

복하고 있었지. 그러면서 티거들은 아침밥을 먹기 전에만 튀어 다니지, 꾸토리 몇 개를 먹고 나면 곧장 조용하고 얌전해진다고 말했어. 얼마 가지 않아 피글렛네 집 앞에 도착한 둘은 문을 두드렸어.

피글렛이 인사했어.

"안녕, 푸."

"안녕, 피글렛. 이쪽은 티거야."

"아, 그래?"

피글렛은 식탁을 빙 돌아 반대편으로 가서 섰어.

"난 티거들이 훨씬 작은 동물인 줄 알았는데."

티거가 말했어.

"큰 티거들은 작지 않아."

푸가 말했어.

"티거들은 꾸토리를 좋아해. 그래서 우리가 여기에 온 거야. 가엾은 티거가 여태까지 아침을 못 먹었거든."

피글렛은 꾸토리가 담긴 그릇을 티거 앞으로 내밀었어.

"자, 마음껏 먹어."

피글렛은 푸 곁으로 바짝 다가섰어. 그랬더니 훨씬 용기가 샘솟아서 별일 아니라는 것처럼 말했지.

"그러니까 네가 티거라고? 그래, 그렇구나!"

하지만 티거는 꾸토리를 잔뜩 물고 있어서 아무 말도 하지 못했어…….

티거는 한참 동안이나 우적우적 깨무는 소리를 내다가 말했어.

"에 에르스 오 이 아 오르스."

푸하고 피글렛이 "뭐라고?" 하고 묻자 티거는 "까앙 깡" 소리를 내더니 잠시 밖으로 나갔어.

다시 들어온 티거가 딱 잘라 말했어.

"티거들은 꾸토리를 좋아하지 않아."

푸가 말했어.

"하지만 네가 분명 티거들은 꿀만 빼고 뭐든지 다 좋아한다고 했잖아."

"꿀하고 꾸토리만 빼고 뭐든지 다야."

푸는 이 말을 듣고 "아, 알겠어!"라고 말했어. 피글렛은 티거들이 꾸토리를 좋아하지 않는다는 말에 기분이 좋아져서 이렇게 말했지.

"엉겅퀴는 어때?"

티거가 말했어.

"엉겅퀴는 티거들이 가장 좋아하는 거야."

피글렛이 말했어.

"그럼 다 함께 이요르한테 가보자."

그렇게 셋은 출발했어. 걷고, 걷고, 또 걸어서 이요르가 있는 숲속 어딘가에 도착했지.

푸가 말했어.

"안녕, 이요르! 이쪽은 티거야."

이요르가 말했어.

"뭐라고?"

"얘 말이야."

푸와 피글렛이 함께 이요르에게 티거에 대해 설명해주었고, 티거는 아무 말도 하지 않은 채 행복이 넘쳐흐르는 미소를 띠고 있었지.

이요르는 티거 주변을 한 바퀴 빙 돌더니 돌아서서 반대쪽으로 다른 쪽으로도 빙 돌았어.

"이게 뭐라고 그랬지?"

"티거."

"아!"

피글렛이 설명했어.

"티거는 이제 막 왔어."

이요르가 다시 말했어.

"아!"

이요르는 한참 동안 생각한 다음 말했지.

"언제 가는데?"

그러자 푸는 이요르한테 티거가 크리스토퍼 로빈의 아주 좋은 친구이고, 숲에 살러 온 거라고 설명했어. 피글렛은 티거한테 이요르는 언제나 우울하니까 이요르가 하는 말은 신경 쓰지 말라고 설명했지. 이요르는 피글렛한테 오늘 아침은 그 말과 반대로 특별히 기분이 좋다고 설명했고, 티거는 아무에게나 아직 아침밥을 못 먹었다고 설명했어.

푸가 말했어.

"여기 뭔가가 있다는 걸 알고 왔어. 티거들은 맨날 엉겅퀴를 먹거든. 그래서 널 만나러 온 거야, 이요르."

이요르가 말했어.

"그런 말 마, 푸."

"아, 이요르, 내 말은 널 보고 싶지 않았다는 뜻이 아니라……."

"됐어, 됐어. 하지만 네가 새로 사귄 줄무늬 친구는, 당연하겠지만, 아침밥을 먹고 싶어 하겠지. 이 친구 이름이 뭐라고 그랬지?"

"티거."

"이리로 와, 티거."

이요르는 그 어떤 엉겅퀴보다도 가장 엉겅퀴처럼 보이는 엉겅퀴들이 나 있는 곳으로 앞장서서 걸어가더니 발굽을 흔들어 엉겅퀴를 가리켰어.

"내 생일날 먹으려고 아껴두었던 거야. 하지만 생일이 다 무슨 소용이겠어? 오늘 있더라도 내일이면 사라지는 건데. 마음껏 먹어, 티거."

티거는 이요르에게 고맙다고 말하고서 조금 걱정스러운 눈치로 푸를 쳐다보았어.

"이게 정말 엉겅퀴야?"

티거가 속삭였지.

푸가 말했어.

"응."

"티거들이 가장 좋아하는 거 말이지?"

"맞아."

"알았어."

그래서 티거는 한입 가득 엉겅퀴를 베어 물고 우적우적 씹었어.

"아야!"

티거는 주저앉아서 앞발을 입안에 집어넣었어.

푸가 물었어.

"왜 그래?"

티거가 웅얼거렸어.

"따가워!"

이요르가 말했어.

"네 새 친구가 벌에 쏘였나 봐."

말 그대로 푸의 새 친구는 가시를 뽑아내려고 고개를 흔들어대다가 멈추었어. 그리고 티거들이 엉겅퀴를 좋아하지 않는다고 설명했어.

이요르가 물었어.

"그럼 더 완벽하게 좋은 걸 찾아보지 그러니?"

푸가 말했어.

"하지만…… 티거들은 꿀이랑 꾸토리만 빼고 뭐든지 다 좋아한다고 말했잖아?"

티거가 말했어.

"그리고 엉겅퀴도."

그러면서 티거는 혀를 빼물고 뱅뱅 돌면서 뛰어다녔어.

푸는 안타까운 표정으로 티거를 바라보았어. 그러고는 피글렛한테 물었어.

"이제 어떻게 하지?"

피글렛은 이미 답을 알고 있었어. 그래서 푸가 물어오자마자 크리스토퍼 로빈을 만나러 가야 한다고 말했지.

이요르가 말했어.

"아마 캥거와 같이 있을 거야."

그러더니 이요르는 푸한테 다가가서 커다란 목소리로 속삭였어.

"네 친구한테 운동은 어디 다른 곳에 가서 하라고 말해주겠니? 곧 점심을 먹을 시간인데, 누가 내 점심밥 위를 통통 튀어 다니면서 뭉개놓는 건 싫거든. 사소한 문제이긴 해. 내가 좀 까다롭게 구는 걸 수도 있고. 우리들 모두가 자기만의 방식을 가지고 있잖아."

푸는 엄숙하게 고개를 끄덕이더니 티거를 불렀어.

"같이 캥거를 만나러 가자. 캥거는 분명히 네가 좋아할 만한 아침거리를 잔뜩 가지고 있을 거야."

티거는 마지막 한 바퀴를 돌고 나서 푸와 피글렛에게로 뛰어왔어.

티거는 다정하게 활짝 웃으면서 말했어.

"따가워서 그래! 가자!"

그러더니 쌩 하고 달려갔어.

푸와 피글렛은 티거 뒤에서 천천히 걸어갔지. 걸어가는 동안에 피글렛은 한마디도 하지 않았어. 아무것도 생각할 수가 없었거든.

푸도 아무 말 하지 않았는데, 그건 시를 생각하고 있기 때문이었어. 다 생각하고 나서는 시를 읊기 시작했어.

어쩌면 좋을까,
가엾은 꼬마 티거를?

아무것도 먹지 않는다면
더이상 자라지 않을 텐데.
티거는 꿀이랑 꾸토리랑
엉겅퀴를 좋아하지 않아.
맛과 빳빳한 털 때문이야.
하지만 동물이 좋아하는 맛있는 것들은 죄다
삼키기에 나쁘거나 너무 찔리기 쉬운걸.

피글렛이 말했어.
"어쨌든 티거는 지금도 충분히 덩치가 큰데."
"아주 큰 건 아냐."
"글쎄, 그렇게 보일지도 모르지."
푸는 이 말을 듣고 생각해보더니 혼자 중얼거렸어.

하지만 티거가 몇 파운드*이든
몇 실링**이든 몇 온스***이든

- 무게를 재는 단위로 1파운드는 453.6그램이다.
- 영국의 옛 화폐 단위다.
- 무게를 재는 단위로 1온스는 28.3495그램이다.

항상 튀어 다니기 때문에
언제나 더 커 보이지.

푸가 말했어.

"이게 시 전체야. 피글렛, 맘에 드니?"

"실링 부분만 빼면 완벽해. 그 말은 거기에 들어가면 안 될 것 같아."

푸가 설명했어.

"실링이 파운드 뒤에 오고 싶어 해서 거기에 넣은 거야. 뭐가 온다면 오게 놔두는 게 시를 짓는 가장 좋은 방법이거든."

피글렛이 말했어.

"아, 난 몰랐어."

티거는 줄곧 앞에서 통통 튀어 가고 있었는데, 가끔씩 뒤를 돌아보고 "이 길이 맞아?" 하고 물었어. 드디어 셋은 캥거네 집이 보이는 곳에 이르렀는데, 크리스토퍼 로빈이 그곳에 있었어. 티거는 크리스토퍼 로빈에게 달려들었어.

크리스토퍼 로빈이 말했지.

"아, 너구나, 티거! 난 네가 다른 곳에 있을 줄 알았는데."

티거가 뽐내며 말했어.

"숲에서 이것저것을 찾고 있었어. 푸랑 피글렛이랑 이요르는 발견했는데, 내 아침밥은 못 찾았어."

푸와 피글렛이 다가와 크리스토퍼 로빈을 껴안고 나서 무슨 일이 일어났는지 설명했어.

푸가 물었지.

"너 티거들이 뭘 좋아하는지 알아?"

크리스토퍼 로빈이 대답했어.

"잘 생각해봤다면 알았겠지. 그나저나 난 티거가 알 줄 알았는데."

티거가 말했어.

"나 알아. 세상에 있는 건 뭐든지 다 좋아해. 꿀하고 꾸토리하고, 그리고…… 그 따가운 건 뭐라고 그랬지?"

"엉겅퀴."

"맞아, 그것들만 빼고."

크리스토퍼 로빈이 말했어.

"아, 그렇다면 캥거가 너한테 아침으로 줄 무언가를 가지고 있을 거야."

그래서 넷은 다 같이 캥거네 집에 들어갔어. 아기 루는 "안녕, 푸, 안녕, 피글렛"이라고 말하더니 "안녕, 티거. 안녕,

티거"라고 두 번이나 말했어. 이 말은 전에 해본 적이 없는 데다가 재미있게 들렸거든. 넷은 캥거에게 자기들이 왜 왔는지를 설명했고, 캥거는 아주 친절하게 말했어.

"그럼 내 찬장을 들여다보고 마음에 드는 게 있는지 찾아보렴, 아가 티거야."

캥거는 티거가 겉으로는 아무리 커 보여도 루 만큼이나 따뜻하게 대해줘야 한다는 것을 바로 알아봤던 거야.

푸가 말했어.

"나도 봐도 될까?"

푸는 슬슬 아침 11시라는 것을 느끼고 있었어. 푸는 찬장 안에 들어 있는 작은 연유 깡통을 발견했는데, 티거들은 연유를 좋아하지 않을 거라는 느낌이 강하게 들었어. 그래서 깡통을 구석에 외따로 밀어 놓고 아무도 가로채지 못하게 눈을 떼지 않고 살펴보았어.

그런데 티거는 코를 여기로 들이밀고 앞발을 저기로 들이밀수록 티거들이 좋아하지 않는 것들만 잔뜩 발견했어. 찬장 속에 들어 있는 것들을 죄다 살펴봤는데도 먹을 만한 게 아무것도 없어서 캥거에게 물었지.

"이제 어떻게 되는 거야?"

캥거와 크리스토퍼 로빈과 피글렛은 모두 루를 빙 둘러싸고 루가 달인 엿기름을 먹는 걸 지켜보고 있었어.

루가 말했어.

"꼭 먹어야 돼요?"

캥거가 말했어.

"자, 아가, 약속했잖니. 설마 잊어버린 건 아니겠지."

티거는 피글렛한테 소곤거렸어.

"저게 뭐야?"

피글렛이 말했어.

"루가 먹는 튼튼해지는 약이야. 루는 저걸 엄청 싫어해."

티거가 가까이 다가가 루가 앉은 의자 등 뒤에 기대어 서더니 갑자기 혀를 쏙 내밀고 펄쩍 튀어 올라서 그걸 꿀꺽 삼켰어.

캥거는 깜짝 놀라 "아!" 하고 외치며 껑충 뛰어올랐다가 숟가락을 휙 낚아채서 티거의 입에서 안전하게 숟가락을 빼냈지.

물론 튼튼해지는 약은 벌써 사라진 뒤였지.

"티거, 아가!"

루는 티거가 재미있는 장난을 쳤다고 생각해 신이 났어.

"티거가 내 약을 먹어버렸대요, 티거가 내 약을 먹어버렸대요, 티거가 내 약을 먹어버렸대요!"

티거는 천장을 올려다보며 눈을 감고는 혀로 턱을 핥고 또 핥았어. 입 밖에 약이 묻어 있을 수도 있으니까. 그러더니 만족스러운 미소를 지으며 이렇게 말했어.

"그러니까 이게 바로 티거들이 좋아하는 거야!"

이렇게 해서 그 후로 티거가 캥거네 집에 살면서 아침으로 저녁으로 간식으로 달인 엿기름을 먹게 된 거란다. 가끔

씩 캥거는 티거가 더 튼튼해져야겠다 싶으면 루의 아침밥 한두 숟가락을 티거에게 약으로 먹이기도 했지.

피글렛은 푸한테 말했어.

"하지만 내 생각에 티거는 벌써 충분히 튼튼한 것 같아."

3

피글렛이 다시 헤팔럼을 만날 뻔한 날

하루는 푸가 집에 앉아서 꿀단지를 세고 있었는데, 문을 두드리는 소리가 났어.

푸가 말했어.

"열네 개, 들어와. 열네 개, 아니, 열다섯 개였나? 이런, 헷갈리잖아."

래빗이 인사했어.

"안녕, 푸."

"안녕, 래빗. 열네 개, 아닌가?"

"뭐가?"

"꿀단지를 세고 있었거든."

"열네 개가 맞을 거야."

"확실해?"

"아니."

래빗이 말했어.

"그게 그렇게 중요해?"

푸는 얌전히 말했어.

"그냥 궁금해서 그래. 그래야 '꿀단지가 열네 개 남았구나'라고 혼잣말을 할 수 있으니까. 열다섯 개일 수도 있지만. 아무튼 그러면 위안이 돼."

"그럼 열여섯 개인 걸로 하자. 어쨌든 난 이걸 물어보려고 왔어. 혹시 어디에선가 스몰small을 본 적 없니?"

푸가 말했어.

"못 본 것 같은데."

그러고 나서 푸는 좀 더 생각해보고 물었어.

"스몰이 누구야?"

래빗이 심드렁하게 말했어.

"내 친구들과 친척들 중 하나야."

푸한테는 별로 도움이 되지 않는 답변이었어. 래빗한테는 친구와 친척이 너무 많았거든. 게다가 종류나 체구도 아주 제각각이어서, 푸는 스몰이란 아이를 떡갈나무 꼭대기에서 찾아야 할지, 미나리아재비 꽃잎에서 찾아야 할지 도무지 알 수가 없었어.

푸가 말했어.

"난 오늘 아무도 못 봤어. '안녕, 스몰!'이라는 말을 한 적도 없고. 근데 스몰을 찾아서 무엇에 쓰려고?"

"무엇에 쓰려는 게 아니야. 하지만 그러든 그러지 않든 친구와 친척이 지금 어디에 있는지 알아두면 언제나 유용한 법이지."

푸가 말했어.

"아, 알겠다. 스몰이 길을 잃었니?"

"글쎄."

래빗이 말했어.

"하지만 최근에 스몰을 본 친구가 아무도 없는 걸 보면 그럴 거라고 짐작하고 있어."

래빗은 거들먹거리며 말을 이었어.

"크리스토퍼 로빈에게 스몰을 찾기 위한 수색대를 조직하겠다고 약속한 참이야. 너도 같이 가자."

푸는 꿀단지 열네 개에 애정을 담아 작별 인사를 했어. 꿀단지가 열다섯 개이기를 바라면서 말이야. 그리고 푸와 래빗은 숲으로 향했어.

래빗이 말했어.

"자, 이게 수색대야. 내가 이걸 편성했는데……."

푸가 말했어.

"이걸 어떻게 했다고?"

"편성했다고. 이 말은…… 그러니까 이건 수색대에서 맡은 일을 말하는 거야. 모두가 한꺼번에 같은 장소를 다 살펴볼 수는 없잖아. 그래서 말인데 푸, 너는 우선 여섯 그루 소나무를 수색한 다음, 아울네 집까지 가는 길을 살펴보았으면 해. 거기서 나를 찾아. 알겠지?"

"아니, 뭘……."

"그럼 한 시간 뒤에 아울네 집에서 보자."

"피글렛도 펀성*했어?"

---

* '편성하다'를 뜻하는 'organize'를 'organdize'로 잘못 발음한 것이다.

"모두 다 했어."

래빗은 그렇게 말하고 가버렸어.

래빗이 사라지자마자 푸는 깜박 잊고 래빗한테 스몰이 누구인지, 누구의 콧등 위를 눌러앉을 만큼 큰 친구와 친척인지, 아니면 실수로 누가 밟을 수도 있을 만큼 작은 그런 종류의 친구와 친척인지 묻지 않았다는 걸 기억했어. 하지만 이미 너무 늦어버려서, 푸는 피글렛을 먼저 찾아가 자기들이 무엇을 찾고 있는지 다시 물어본 다음 추적을 시작해야겠다고 생각했지.

푸는 혼잣말했어.

"피글렛을 여섯 그루 소나무에서 찾는 건 헛수고일 거야. 왜냐하면 피글렛은 자기만의 특별한 장소에서 편성되었을 테니까. 그러니까 난 먼저 그 특별한 장소를 찾아야 해."

푸는 머릿속에서 이렇게 적어나갔어.

찾는 순서

1. 특별한 장소(피글렛을 찾아야 하니까).

2. 피글렛(스몰이 누구인지 알아내야 하니까).

3. 스몰(스몰을 찾아야 하니까).

4. 래빗(내가 스몰을 찾았다고 말해야 하니까).

5. 다시 스몰(내가 래빗을 찾았다고 말해야 하니까).

푸는 쿵쿵쿵쿵 걸어가면서 말했어.

"오늘은 아주 귀찮은 날이 될 것 같네."

그리고 바로 그 순간에 그날은 정말 아주 귀찮은 하루가 되어버렸어. 어디로 가는지 제대로 보지도 않고 허겁지겁 걸어가다가, 그만 실수로 숲 한구석의 어떤 것에 발을 걸리고 말았거든. 그 찰나에 이런 생각이 들었어.

"내가 날고 있네. 아울이 하는 그거 말이야. 근데 난 아울이 어떻게 멈추는지 모르……."

그러다가 푸는 저절로 멈추었지.

쿵!

무언가가 찍찍거렸어.

"아야!"

푸는 생각했어.

"이상하네, 내가 진짜로 아야라고 하지도 않았는데 아야!라고 말하다니."

그때 작고 높은 목소리가 들렸어.

"살려줘!"

푸는 생각했지.

"또 나야. 또 사고를 당했어. 아마 어떤 우물에 빠졌을 거고, 그래서 내 목소리가 이렇게 찍찍거리는 거고, 채 준비가 되기도 전에 말이 먼저 나와버리는 거야. 마음속으로는 뭔가를 저질렀으니까 말이야. 이런!"

"살려…… 살려줘!"

"또야! 난 말하려고 하지도 않았는데 말을 하고 있어. 아주 심각한 사고를 당한 게 분명해."

그러다 푸는 자기가 무슨 말을 하려고 하면 오히려 말이 나오지 않을지도 모른다고 생각했어. 그래서 한번 확인해보려고 큰 소리로 외쳤어.

"곰돌이 푸한테 아주 심각한 사고가 일어났어!"

그때 찍찍거리는 목소리가 들려왔어.

"푸!"

푸는 신이 나서 말했어.

"피글렛이다! 너 어디에 있어?"

"밑에."

피글렛은 정말로 밑에 있는 것 같은 목소리를 냈어.

푸가 물었어.

"어디 밑에?"

"너 말이야."

피글렛이 찍찍거렸어.

"제발 일어나!"

"아!"

푸는 재빠르게 일어났어.

"피글렛, 내가 너한테 떨어진 거야?"

피글렛은 자기 몸 여기저기를 만져보았어.

"네가 내 위로 떨어졌어."

푸는 후회하며 말했어.

"그러려고 한 건 아니었어."

피글렛도 애석해하며 말했고.

"나도 밑에 깔리려고 했던 건 아니야. 하지만 이제는 괜찮아, 푸. 그리고 난 차라리 너라서 다행이라고 생각해."

푸가 물었어.

"어떻게 된 거야? 지금 여긴 어디지?"

"내 생각에는 구덩이 안에 빠진 것 같아. 누군가를 찾으려고 걸어가던 와중에 갑자기 길이 사라졌어. 그래서 어떻게 된 건지 알아보려고 막 일어났는데 뭔가가 나한테 떨어졌고. 그게 너였어."

"그랬구나."

피글렛은 푸에게 가까이 다가가면서 초조하게 말했어.

"푸. 우리가 함정에 빠진 것 같지 않아?"

푸는 전혀 그렇게 생각해본 적 없지만 이내 고개를 끄덕였어. 문득 피글렛이랑 같이 헤팔럼을 잡으려고 푸 함정을 만든 기억이 나면서 그제야 일이 어떻게 된 건지 짐작할 수 있었거든. 푸와 피글렛은 '푸'들을 잡기 위해 헤팔럼이 만들어놓은 함정에 빠진 거야! 그렇게 된 거였어. 푸의 말을 들은 피글렛은 달달 떨면서 물었어.

"헤팔럼이 오면 어떻게 될까?"

푸는 피글렛에게 용기를 북돋아주려고 씩씩하게 말했어.

"아마 헤팔럼은 널 알아보지 못할 거야, 피글렛. 넌 아주 작은 동물이잖아."

"하지만 푸 너는 알아볼 텐데."

푸는 곰곰이 생각해보고 말했어.

"아마 헤팔럼은 날 알아볼 테고 나도 헤팔럼을 알아보겠지. 우리는 오랫동안 서로를 알아보다가 헤팔럼이 '호-호!'라고 말할 거야."

피글렛은 헤팔럼이 "호-호!"라고 소리를 내는 모습을 상상하다가 소름이 돋았고, 귀를 쫑긋거리기 시작했어.

피글렛이 물었어.

"그럼 넌 뭐, 뭐라고 할 건데?"

푸는 무언가 할 만한 말을 생각해내려고 애썼지만, 생각하면 생각할수록 헤팔럼이 "호-호!"라고 할 때 대꾸할 만한 말이 없다는 생각이 들었어.

마침내 푸가 말했어.

"난 아무 말도 안 할 거야. 그냥 뭔가를 기다리는 것처럼 혼자 콧노래나 부를래."

피글렛은 걱정하면서 슬쩍 추측해보았어.

"그럼 헤팔럼이 다시 '호-호!'라고 할 텐데?"

"그러겠지."

피글렛은 정신없이 쫑긋거리는 귀를 진정시키느라 벽 한쪽에 귀를 대고 있어야만 했어.

푸가 말했어.

"헤팔럼이 다시 그 말을 하면 난 콧노래를 계속 부를 거야. 그러면 헤팔럼은 속이 타겠지. 약 올리듯 두 번씩이나 '호-호!'라고 했는데 상대방이 그저 콧노래만 부른다면 말이야. 그러니까 세 번째로 소리를 내려다가 갑자기 그걸 알게 되었을 때…… 글쎄, 그건……."

피글렛이 물었어.

"그건?"

"그게 아니라는 걸."

"뭐가 아닌데?"

푸는 자기가 무슨 말을 하고 싶은지 알고 있었지만 머리가 아주 나빠서 적절한 단어를 떠올릴 수가 없었어.

푸가 다시 말했어.

"그러니까 그건 그냥 아니야."

피글렛은 기대하면서 물었지.

"네 말은, 헤팔럼이 더는 '호-호'거리지 않을 거라는 거지?"

푸는 감탄한 듯한 표정으로 피글렛을 바라보면서 자기가 하려고 했던 말이 바로 그거라고 했어. 누구라도 줄곧 콧노래만 부르고 있는 상대 앞에서 영원히 "호-호!"거리고 있을 수만은 없잖아.

피글렛이 말했어.

"하지만 헤팔럼은 뭐든 다른 말을 할 거야."

"바로 그거야. 헤팔럼이 이렇게 말하겠지. '이게 다 뭐야?' 그럼 내가 이렇게 말할 거야. 피글렛, 내가 방금 떠올린 건데 이건 아주 좋은 방법인 것 같아. 나는 '이건 헤팔럼을 잡으려고 내가 만든 함정이야. 난 헤팔럼이 빠지기를 기다리고 있었고'라고 대답하는 거지. 그리고 계속 콧노래를 부르는 거야. 그럼 헤팔럼은 불안해서 안절부절못할걸."

"푸!"

이번에는 피글렛이 감탄하며 외쳤어.

"네 덕분에 살았어!"

푸는 확신할 수 없었어.

"정말로?"

피글렛은 확신했어. 피글렛의 머릿속에서는 푸와 헤팔럼이 말을 주고받는 모습이 떠올랐어. 그러는 와중에도 그런 멋진 대화를 주고받는 게 푸가 아니라 피글렛과 헤팔럼이었다면 얼마나 근사했을까 하는 서글픈 생각이 갑자기 들었지. 물론 푸를 무척 좋아하기는 하지만 말이야. 사실 피글렛은 푸보다 훨씬 똑똑하고, 만약 자기가 푸의 자리에 있었다면 훨씬 더 나은 대화를 나눌 수 있을 거라고 생각했지. 게다가 나중에 어느 날 밤 이날을 회상했을 때 마치 헤팔럼이 앞에 없는 것처럼 용감하게 말을 받아친 자기 모습을 떠올리면 큰 위안이 될 것 같았거든. 이 모든 일이 지금은 쉽게만 느껴졌지. 피글렛은 헤팔럼을 만나면 무슨 말을 할지 상상했어.

헤팔럼 (고소하다는 듯이) 호-호!
피글렛 (관심 없다는 듯이) 트랄 랄 라, 트랄 랄 라.
헤팔럼 (깜짝 놀라서 자신감이 떨어진 채) 호-호!
피글렛 (여전히 더욱 관심 없다는 듯이) 티들 엄 텀, 티들 엄 텀.
헤팔럼 (다시 호-호라고 말하려다 어색하게 기침을 하며) 흠 흠! 이게 다 뭐야?
피글렛 (놀란 듯이) 안녕! 이건 내가 만든 함정이야. 난 지금 헤팔럼이 떨어지기를 기다리고 있어.
헤팔럼 (무척이나 실망한 채) 아! (그리고 긴 침묵) 정말로?
피글렛 응.
헤팔럼 아! (초조하게) 나…… 나는 내가 피글렛들을 잡으려고 만든 함정이라고 생각했는데.

피글렛 (놀란 듯이) 오, 아니야!

헤팔럼 아! (안절부절못하며) 내…… 내가 잘못 알았나 봐.

피글렛 그런 것 같아. (예의바르게) 유감이네. (콧노래를 계속 부른다.)

헤팔럼 그럼…… 그럼…… 나는…… 글쎄, 난 이만 가보는 게 좋겠지?

피글렛 (심드렁하게 올려다보며) 그럴래? 그럼 어디에서든 크리스토퍼 로빈을 보면 내가 찾고 있다고 전해줘.

헤팔럼 (열심히 비위를 맞추려고 애쓰면서) 그럼! 당연하지! (허둥지둥 달려간다.)

푸 (원래는 그곳에 없어야 하지만 이 이야기에 푸가 빠져서는 안 되므로) 아, 피글렛, 넌 정말 똑똑하고 용감해!

피글렛 (겸손하게) 별것 아냐, 푸. (그러고 나서 크리스토퍼 로빈이 나타나면 푸는 크리스토퍼 로빈에게 모든 이야기를 전한다.)

피글렛이 이렇게 행복한 꿈을 꾸고 있고, 푸가 다시 열네 개였는지, 열다섯 개였는지 궁금해하는 사이에도, 스몰을 찾는 수색은 숲 곳곳에서 여전히 계속되고 있었어. 스몰의 진짜 이름은 베리 스몰 비틀*이었지만, 누구나 줄여서 스몰이라고 불렀어. 그마저도 누가 부를 일이 있을 때 그렇게 불렀다는 건데 "진짜 스몰이네!"**라고 말할 때를 빼고는 이름을 부르는 일은 거의 없었지.

스몰은 크리스토퍼 로빈과 아주 잠깐 같이 있다가 운동 삼아 가시금작화 덤불을 돌기 시작했는데, 나올 거라고 예상했던 쪽으로 돌아 나오지 않았어. 그래서 스몰이 어디에 있는지 아무도 몰랐던 거지.

크리스토퍼 로빈이 래빗에게 말했어.

"자기 집으로 가버린 것 같아."

래빗이 말했어.

"스몰이 '잘 가, 즐거운 시간을 보내게 해줘서 고마워'라고 인사했어?"

"아니, 그냥 '반가워'라고만 했어."

- * '비틀beetle'은 딱정벌레를 말하며, '베리 스몰 비틀Very Small Beetle'은 아주 작은 딱정벌레를 뜻한다.
- ** '작은'을 뜻하는 '스몰small'을 활용한 언어유희다.

"허!"

래빗은 조금 더 생각한 다음 다시 물었어.

"스몰이 아주 즐거웠고 갑자기 급하게 돌아가서 미안하다는 편지를 보냈어?"

크리스토퍼 로빈이 생각하기에 그건 아닌 것 같았어.

래빗이 다시 말했어.

"허!"

그러더니 아주 진지하게 말했어.

"상황이 심각해. 스몰은 길을 잃었어. 당장 수색을 시작해야 해."

다른 생각을 하던 크리스토퍼 로빈이 말했어.

"푸는 어디에 있어?"

하지만 래빗은 벌써 저만치 가버린 뒤였지.

할 수 없이 크리스토퍼 로빈은 집에 들어갔어. 오전 7시쯤 오래오래 산책을 하는 푸의 모습을 그림으로 그리다가 자기가 사는 나무 꼭대기까지 올라갔다가 다시 내려왔지. 그리고 푸가 무얼 하는지 알아보려고 숲을 가로질러 걸어갔어.

얼마 지나지 않아 로빈은 자갈 구덩이에 도착했어. 아래

를 내려다보니 푸와 피글렛이 등을 맞대고 앉아서 행복한 꿈에 빠져 있었지.

크리스토퍼 로빈은 불쑥 큰 소리로 외쳤어.

"호-호!"

피글렛은 깜짝 놀라서 잔뜩 겁을 먹고 제자리에서 15센티미터나 펄쩍 뛰어올랐지만, 푸는 여전히 꿈에서 깨지 않았어.

피글렛은 안절부절못했어.

"헤팔럼이야! 자, 지금이다!"

피글렛은 어느 한 단어라도 목구멍에 달라붙어 막히지 않도록 콧노래를 흥얼흥얼거렸어. 그러다가 방금 막 생각난 듯이, 아주 편안하고 즐거운 척하며 "트랄 랄 라, 트랄 랄 라" 하고 노래했지. 하지만 고개를 돌리지는 않았어. 만약에 둘레둘레하다가 자기를 빤히 내려다보고 있는 무척이나 사나운 헤팔럼을 보게 된다면 하려던 말도 쏙 들어가버릴 수 있으니까.

크리스토퍼 로빈이 푸와 비슷한 목소리로 말했어.

"럼 텀 텀 티들 엄."

언젠가 푸가 이런 노래를 만든 적이 있는데 기억나니?

트랄 랄 라, 트랄 랄 라,
트랄 랄 라, 트랄 랄 라,
럼 텀 텀 티들 엄.

 이 노래를 부를 때면 크리스토퍼 로빈은 언제나 푸와 비슷한 목소리로 불렀어. 그래야 노래와 훨씬 잘 어울리는 것 같았거든.
 피글렛은 조바심을 내며 말했어.
 "이런, 헤팔럼이 틀렸어. 다시 '호-호!'라고 말했어야 하는데. 내가 대신 말해주는 게 낫겠다."

피글렛은 자신이 할 수 있는 한 최대한 사납게 말했어.

"호-호!"

그러자 크리스토퍼 로빈이 평소와 같은 목소리로 물었어.

"피글렛, 어쩌다 거기 떨어진 거야?"

피글렛은 생각했어.

"끔찍해. 저 헤팔럼이 처음에는 푸의 목소리로 말하더니 그다음에는 크리스토퍼 로빈의 목소리를 흉내 내고 있어. 나를 겁주려고 그러는 게 틀림없어."

완전히 겁에 질린 피글렛이 아주 빠르게 찍찍거리면서 말했어.

"이건 '푸'들을 잡으려고 만든 함정이고, 난 거기에 빠지길 기다리고 있어. 호-호. 이게 다 뭘까? 그러고 나서 난 다시 '호-호'라고 말해."

크리스토퍼 로빈이 물었어.

"뭐라고?"

피글렛이 쉰 목소리로 답했어.

"이건 호-호를 잡으려는 함정이라고. 내가 방금 막 만든 거고, 난 지금 호-호가 오기, 오기를 기다리는 중이야."

그냥 두었다면 피글렛이 얼마나 오랫동안 그러고 있었을지 모르겠지만, 바로 그 순간 푸가 자리에서 벌떡 일어났어. 열여섯 개로 하기로 마음을 먹었거든. 그리고 푸는 등 한가운데 손이 닿지 않는 곳이 간지러워서 간지럽히는 것의 정체가 무엇인지 파악하려고 고개를 돌리다가 크리스토퍼 로빈을 발견했지.

푸는 신이 나서 소리쳤어.

"안녕!"

크리스토퍼 로빈도 말했어.

"안녕, 푸."

피글렛은 구덩이 위를 올려보았다가 다른 곳으로 급히 눈길을 돌렸어. 스스로가 얼마나 바보같이 보였던지 견딜 수 없어서 바다로 달아나서 선원이 되는 것이 낫겠다고 결심할 찰나였지. 그런데 문득 무언가가 눈에 띄었어.

피글렛이 소리쳤어.

"푸! 네 등에 뭔가 기어 올라가고 있어."

푸가 말했어.

"그런 것 같았어."

피글렛이 외쳤어.

"스몰이야!"

푸가 말했어.

"아, 이게 바로 그거구나, 그렇지?"

피글렛이 소리쳤어.

"크리스토퍼 로빈, 내가 스몰을 찾았어!"

크리스토퍼 로빈이 말했어.

"잘했어, 피글렛."

칭찬을 들은 피글렛은 다시 무척 행복해졌고, 결국 선원이 되지 않기로 마음을 굳혔어. 푸와 피글렛은 크리스토퍼 로빈의 도움을 받아 구덩이 밖으로 빠져나왔고 셋은 손을 잡고 걸어갔단다.

이틀 뒤 래빗은 숲에서 우연히 이요르를 만났어.

"안녕, 이요르. 뭘 찾고 있어?"

이요르가 말했어.

"물론 스몰이지. 금세 까먹었니?"

래빗이 말했어.

"아, 내가 말 안 했던가? 스몰은 이틀 전에 찾았어."

잠깐 침묵이 흘렀어.

이요르는 쓸쓸하게 말했어.

"하하, 즐겁고 떠들썩하고 뭐 그렇지? 사과하지 않아도 돼. 이런 일은 툭하면 일어나니까."

4

티거는 나무를 타지 않는다는 사실

어느 날 푸는 곰곰이 생각을 하다가 어제부터 이요르를 보지 못했으니까 이요르를 보러 가야겠다 싶었어. 혼자 노래를 부르며 히스 꽃 들판을 가로질러 가고 있는데, 갑자기 그저께부터 아울을 보지 못했다는 사실이 기억난 거야. 그래서 푸는 가는 길에 100에이커 숲에 잠깐 들러서 아울이 집에 있는지 확인해야겠다고 생각했지.

그렇게 푸는 줄곧 노래를 부르다가 징검다리가 놓여 있는 시내에 다다랐는데, 문득 세 번째 징검돌 한가운데에서 이번에는 캥거와 루와 티거가 어떻게 지내고 있는지 궁금해지기 시작한 거지. 셋은 모두 숲의 북서쪽에 살고 있었거든.

푸가 중얼거렸어.

"오랫동안 루를 못 봤어. 오늘도 못 보면 오랫동안이 더 길어질 거야."

그래서 푸는 시내 한가운데 돌 위에 주저앉아 직접 지은 노래의 가사를 바꿔 부르기 시작했어. 어떻게 할지 망설이면서 말이야.

이런 노래였어.

> 행복한 아침을 보낼 수 있어,
> 루를 만나면.
> 행복한 아침을 보낼 수 있어,
> 나는 푸니까.
> 별로 중요하지 않은 것 같아,
> 살이 더 찌지만 않는다면. (그리고 살이 더 찌지 않는 것 같아)
> 내가 뭘 하든 말이야.

햇살은 정말 기분 좋게 따뜻했고, 푸가 오랫동안 주저앉아 있었던 징검돌도 덩달아 따뜻해졌어. 그래서 남은 아침 시간을 이렇게 시내 한가운데에서 그저 푸인 채로 보내겠다고 마음을 먹으려는 찰나에 래빗이 떠올랐어.

"래빗, 래빗이랑 이야기하고 싶어. 래빗은 똑똑한 말을 하니까. 아울처럼 길고 어려운 단어는 쓰지 않아. 짧고 쉬운 말만 쓰지. '점심이나 먹을까?'나 '많이 먹어, 푸' 같은 거 말이야. 정말로 래빗을 만나러 가야 할 것 같아."

래빗을 생각하자 다른 가사가 떠올랐어.

아, 난 래빗의 말투가 좋아,
맞아, 그렇지.

최고로 친절한 말투거든,
우리 둘이 있을 때 말이야.
많이 먹으라는 래빗의 말이
습관인지도 모르지만,
기분 좋은 습관이지
푸에게는 말이야.

푸는 이 노래를 다 부르고 돌 위에서 일어난 다음, 징검돌을 되돌아가서 래빗네 집으로 향했어.

하지만 얼마 가지 않아서 푸는 혼자 중얼거렸지.

"좋아, 근데 래빗이 외출하지는 않았을까?"

"아니면 래빗네 집에서 나오다가 앞문에 다시 끼면 어떡하지? 문이 충분히 크지 않아서 그랬던 것처럼 말이야."

"물론 내가 더 뚱뚱해지지 않았으니까 그럴 일은 없겠지만, 래빗네 집 입구가 더 말라버렸을 수도 있으니까."

"그러니까 그러는 게 낫지 않을까……."

이렇게 중얼중얼하는 사이에 푸는 아무 생각 없이 서쪽으로, 서쪽으로 걸어가다가 문득 자기 집 문 앞에 서 있는 자신을 발견했어.

그때 시각은 11시였어.

뭔가 작은 것을 좀 먹을 시간이였지…….

30분 뒤, 푸는 언제나 정말로 하려고 했던 일을 하고 있었어. 피글렛을 보러 가는 거 말이야. 푸는 쿵쿵쿵쿵 걸어가면서 발등으로 입을 훔쳤어. 털 사이로는 부드러운 노래가 흘러나왔는데, 바로 이런 노래야.

> 행복한 아침을 보낼 수 있어,
> 피글렛을 만나면.
> 행복한 아침을 보낼 수 없어,
> 피글렛을 만나지 않으면.
> 별로 중요하지 않은 것 같아,
> 아울이나 이요르를 못 보는 건(혹은 다른 친구들도)
> 난 아울이나 이요르를 보러 가는 게 아니야(혹은 다른 친구들도).
> 크리스토퍼 로빈도 아니지.

이렇게 적어 놓으면 그렇게 썩 좋은 노래 같지는 않지만, 푸한테는 햇살이 아주 반짝이는 아침 11시 30분에 옅은 황

갈색 솜털 사이로 흘러나온 이 노래가 여태껏 부른 노래 중에서 가장 멋진 노래 같았어. 푸는 이 노래를 계속 불렀어.

한편 피글렛은 집 밖에서 조그만 구멍을 파느라고 아주 바빴어.

푸가 인사했지.

"안녕, 피글렛."

피글렛은 깜짝 놀라서 폴짝 뛰었어.

"안녕, 푸, 당연히 너일 줄 알았어."

"나도 알았어. 그런데 넌 뭐하고 있는 중이야?"

"꾸토리를 하나 심고 있어, 푸. 이게 자라서 떡갈나무가 되면 몇 킬로미터씩 걷고 또 걷지 않아도 아주아주 많은 꾸토리가 우리 집 바로 문 앞에 생기게 돼. 무슨 말인지 알겠지, 푸?"

"만약 꾸토리가 자라지 않으면?"

"자랄 거야. 크리스토퍼 로빈이 그럴 거라고 했으니까. 그래서 지금 내가 이걸 심고 있는 거고."

푸가 말했어.

"그럼 내가 우리 집 앞에 벌집을 하나 심으면 그게 자라서 벌통이 되겠네?"

피글렛은 그것까지는 확신할 수가 없었어.

푸가 말했어.

"아니면 벌집 하나가 아니라 한 조각만 심는다던가. 너무 욕심을 부려서도 안 되니까. 그럼 난 벌통 한 조각만 갖게 될지도 모르는데, 하필 그게 나쁜 조각이라서 벌들이 붕붕거리기만 하고 꼴˚을 만들지 않을 수도 있겠네, 이런!"

피글렛도 그러면 좀 곤란하겠다고 맞장구를 쳤어.

"게다가 푸, 방법도 모르면서 식물을 키우는 건 아주 어려운 일이야."

피글렛은 파놓은 작은 구멍에 도토리를 넣었어. 흙으로 덮은 다음에 그 위에서 폴짝폴짝 뛰었지.

• 푸가 '꿀'의 철자를 몰라서 "꼴"이라고 한 것이다.

푸가 말했어.

"나도 알아. 크리스토퍼 로빈이 하려나* 씨앗을 줘서 우리 집 문 앞에 심었거든. 곧 하려나로 뒤덮일 거야."

피글렛은 폴짝폴짝 뛰면서 조심스럽게 말했어.

"난 그 꽃 이름이 한련화라고 생각했는데."

"아냐. 그게 아니야. 그건 하려나 꽃이라고."

피글렛은 뛰는 걸 멈추고 앞발로 이마를 닦았어.

"이제 뭘 하지?"

푸가 말했어.

"캥거랑 루랑 티거를 보러 가자."

"으응, 가, 가자."

피글렛은 아직도 티거를 조금 무서워했어. 티거는 반갑다고 인사할 때 너무 통통 튀어대서, 언제나 피글렛의 귓속을 흙투성이로 만들어버리거든. 심지어는 캥거가 "얌전하게 굴어야지, 티거, 아가야"라고 타이르면서 넘어진 친구를 다시 일어서도록 부축해준 다음에도 그런다니까. 어쨌든

---

* '한련화'를 뜻하는 'nasturtium'를 'mastershalum'으로 잘못 발음한 것이다.

둘은 캥거네 집으로 출발했어.

마침 캥거는 그날 아침, 스스로 이젠 정말 엄마다워졌다는 생각이 들어서 집 안의 살림살이를 점검하고 싶었어. 루의 조끼가 몇 개나 되는지, 비누가 몇 장 남았는지, 티거의 턱받이에 생긴 얼룩이 두 개 있다던지 뭐 그런 거 말이야. 캥거는 루가 먹을 물냉이 샌드위치랑 티거가 먹을 달인 엿기름 샌드위치를 싸주고서, 나쁜 행동은 하지 말고 아침 나절 동안 숲에서 오래오래 놀다오라고 당부하고 내보냈어. 그렇게 둘은 도시락을 들고 놀러 나갔지.

숲으로 걸어가면서 티거는 루한테 티거들이 무엇을 할 수 있는지 전부 늘어놓았어. 루가 알고 싶어 했거든.

루가 물었어.

"날 수도 있어?"

티거가 말했어.

"당연하지. 아주 훌륭한 날기 선수야. 티거들은 그래. 무지 훌륭한 날기 선수야."

"우와! 아울처럼 잘 날 수 있어?"

"그럼. 그저 날고 싶어 하지 않을 뿐이야."

"왜 날고 싶어 하지 않는데?"

"글쎄, 어쨌든 티거들은 그냥 나는 걸 좋아하지 않아."

루는 이해할 수 없었어. 날 수만 있다면 아주 근사할 것 같다고 항상 생각했거든. 하지만 티거는 그 이유를 티거가 아닌 다른 누구에게는 설명하기 힘들다고 했어.

루가 말했어.

"그럼 캥거들처럼 멀리 뛸 수도 있어?"

"응. 하고 싶으면."

"난 뛰는 게 좋아. 너랑 나랑 누가 더 멀리 뛰는지 겨루어 보자."

"할 수는 있지만, 지금 여기서 멈추면 안 돼. 늦는다고."

"뭐에 늦는데?"

"뭐든 우리가 맞추어 가고 싶은 것에."

티거는 그렇게 말하면서 조금 서둘러 걸어갔어.

잠시 후에 둘은 여섯 그루 소나무에 도착했지.

루가 말했어.

"난 수영할 줄 알아. 강물에 빠진 적이 있는데, 거기서 헤엄을 쳤거든. 티거들도 수영할 줄 알아?"

"물론이지. 티거들은 뭐든지 다 할 수 있어."

그러자 루는 가장 높은 소나무 밑에 서서 나무를 올려다보며 물었어.

"푸보다 나무를 더 잘 타?"

"나무 타기는 티거들이 가장 잘해. 푸들보다도 더."

"이 나무에도 올라갈 수 있어?"

"티거들은 언제나 이런 나무에 올라가. 하루 종일 올라갔다가 내려왔다가……."

"우와, 티거. 정말이야?"

티거는 용감하게 말했어.

"내가 보여줄게. 내 등에 업혀서 봐."

티거들이 할 수 있다고 말한 것들 중에서 티거가 정말로 할 수 있다고 확신이 든 유일한 일이 나무 타기였어.

루는 신이 나서 찍찍거렸지.

"우와, 티거…… 우와, 티거…… 우와, 티거!"

그래서 루는 티거의 등에 올라탔고, 둘은 나무 위로 올라갔어.

처음 3미터를 올라갈 때까지만 해도 티거는 행복하게 중얼거렸어.

"올라간다!"

그다음 3미터를 올라가면서는 이렇게 말했고.

"내가 늘 말했잖아. 티거들이 나무를 탈 수 있다고."

다음 3미터를 올라가면서는 이렇게 말했어.

"이건 쉬운 일이 아니야, 명심해."

그다음 3미터를 올라갈 땐 이렇게 말했지.

"물론 내려갈 수도 있어. 거꾸로 말이야."

그러고 나서는 이렇게 덧붙였어.

"그건 어려울 거야……"

"떨어지지 않는 한은……"

"그렇게 된다면……"

"쉽겠지."

'쉽겠지'라는 말을 한 바로 그때, 티거가 밟고 서 있던 나뭇가지가 갑자기 부러졌어. 몸이 꺼진다고 느끼는 찰나에 티거는 위에 있던 나뭇가지를 간신히 붙잡았는데…… 천천히 턱을 나뭇가지 위로 올리고…… 한쪽 뒷다리를 올리고…… 다른 쪽 다리도 올린 다음…… 마침내 나뭇가지 위에 앉아서 숨을 가쁘게 몰아쉬었어. 티거는 나무 타기 말고 차라리 수영할 줄 안다고 할 걸 하며 후회했어.

루가 티거의 등에서 내려와 곁에 앉더니 신이 난 목소리로 말했어.

"우와, 티거, 우리가 나무 꼭대기에 있는 거야?"

"아니."

"그럼 꼭대기까지 갈 거야?"

"아니."

"아!"

루는 슬펐어. 하지만 곧 희망에 차서 말했어.

"방금 전에는 굉장했어. 네가, 아니, 우리가 뚝 떨어져서 바닥에 쿵! 할 뻔했다가 안 그런 거. 그거 다시 한번 해줄 수 있어?"

"아니."

루는 잠시 아무 말도 하지 않다가 다시 입을 열었어.

"티거, 샌드위치 먹을까?"

"그러자, 샌드위치는 어딨어?"

"나무 밑에."

티거가 말했어.

"내 생각에는 아직 먹지 않는 게 좋겠어."

그래서 둘은 그대로 앉아 있었지.

그때쯤 푸와 피글렛이 함께 걸어가고 있었어. 푸는 피글렛에게 노래하듯이 살이 더 찌지 않는다면 무엇을 하든 별로 중요하지 않을뿐더러 살이 더 찌고 있다고 생각하지도 않는다고 말하고 있었어. 그때 피글렛은 자기가 심은 꾸토리가 싹을 틔우려면 얼마나 걸릴까 하고 생각하고 있었지.

갑자기 피글렛이 말했어.

"저길 봐, 푸! 저기 소나무에 뭔가가 있어."

푸는 궁금해하며 올려다보았어.

"정말이네! 어떤 동물이야."

피글렛은 푸의 팔을 잡았어. 푸가 겁먹을지도 모르니까.

그리고 괜히 다른 곳을 쳐다보면서 말했어.

"아주 사나운 동물일 수도 있을까?"

푸는 고개를 끄덕였어.

"저건 재귤라˚야."

• '재규어jaguar'를 'jagular'로 잘못 발음한 것이다.

"재귤라들은 뭘 하는데?"

피글렛이 물었어. 속으로는 재귤라들이 아무 일도 하지 않기를 바라면서 말이야.

푸가 말했어.

"재귤라들은 나뭇가지 사이에 숨어 있다가 누가 지나가면 그 머리 위로 뛰어내려. 크리스토퍼 로빈이 말해줬어."

"저 밑으로 가지 않는 게 좋겠어, 푸. 재귤라가 나무에서 뛰어내리다 다칠지도 모르잖아."

"재귤라들은 안 다쳐. 걔네는 아주 훌륭한 뛰어내리기 선수거든."

피글렛은 그래도 여전히 아주 훌륭한 뛰어내리기 선수 밑으로 지나가는 건 큰 실수를 하는 거라고 생각했어. 그러고는 깜박 잊어버렸던 일이 생각나 잽싸게 돌아가려고 하는 그때, 재귤라가 둘을 향해 소리를 내질렀어.

"도와줘! 도와줘!"

푸는 더 재미있어하면서 말했어.

"재귤라들은 항상 저래. '도와줘! 도와줘!'라고 소리를 외친 다음에 누가 올려다보면 위로 뛰어내린다니까."

피글렛은 크게 소리를 질렀어.

"난 아래를 보고 있어."

혹시라도 재귤라가 실수로 무슨 일을 저지르지 않도록 말이야.

그러자 재귤라 옆에 앉은 무언가가 아주 신이 난 채 앙앙거리지 뭐니.

"푸랑 피글렛이다! 푸랑 피글렛이다!"

갑자기 피글렛은 오늘이 생각했던 것보다 훨씬 멋진 날이라는 생각이 들었어. 따뜻한 데다가 햇빛이 내리쬐는…….

피글렛이 소리쳤어.

"푸! 저건 티거하고 루 같아!"

푸가 말했지.

"정말 그렇네. 난 재귤라 한 마리와 또 다른 재귤라인 줄 알았는데."

피글렛이 외쳤어.

"안녕, 루! 거기서 뭐해?"

루가 소리쳤어.

"내려갈 수가 없어, 내려갈 수가 없어! 재밌지 않아? 푸, 재밌지 않아? 티거랑 난 아울처럼 나무에서 살고 있어. 우린 영원히 영원히 여기에 있을 거야. 난 피글렛네 집이 보여. 피글렛, 여기에서 네 집이 보여. 우리 되게 높지? 아울네 집도 우리만큼 높은 데에 있을까?"

피글렛이 물었어.

"루, 거기엔 어떻게 올라간 거야?"

"티거 등에 업혀서! 그런데 티거들은 내려갈 수가 없대. 꼬리가 거치적거려서. 티거들은 올라가기만 할 수 있는데, 처음 올라올 땐 깜박 잊고 있다가 방금 전에 생각났대. 그래서 우린 영원히 영원히 여기에 있어야 한대…… 더 올라가지 않는다면. 티거, 뭐라고 그랬지? 아, 티거가 그러는데 더 높이 올라가면 피글렛네 집이 잘 보이지 않을 거래. 그래서 그만 올라가려고."

그 말을 다 듣고 나서 푸가 심각하게 말했어.

"피글렛, 우린 어떻게 해야 할까?"

그러더니 푸는 티거의 샌드위치를 먹기 시작했어.

피글렛이 걱정스레 물었어.

"쟤들은 못 내려오고 있는 거지?"

푸는 고개를 끄덕였어.

피글렛이 물었어.

"네가 저기까지 올라가면 안 될까?"

"할 수는 있지, 피글렛. 근데 루는 등에 업고 내려올 수 있어도 티거는 그럴 수 없어. 그러니까 우린 뭔가 다른 방법을 생각해내야 돼."

푸는 생각에 잠긴 얼굴로 루의 샌드위치도 먹기 시작했어.

마지막 샌드위치를 먹어 치우기 전에 푸가 무언가를 생각해냈을지는 나도 몰라. 푸가 막 마지막 샌드위치에 손을 뻗은 그때, 고사리 덤불 속에서 타다닥 하는 소리가 나더니 크리스토퍼 로빈과 이요르가 어슬렁어슬렁 걸어 나왔어.

이요르가 말했어.

"내일 우박이 엄청 많이 떨어진다고 해도 난 놀라지 않을 거야. 눈보라든 뭐든 뭐 어때? 오늘 날씨가 맑다고 해도 아무 의미가 없지. 거기엔 아무런 의…… 그 단어가 뭐였더라? 어쨌든 아무것도 없어. 그냥 지나가는 날씨일 뿐이야."

"푸다!"

크리스토퍼 로빈이 평온하게 말했어.

"안녕, 푸!"

로빈은 아직 내일이 오지 않았으니 미리 걱정할 필요가 없다고 생각했거든.

피글렛이 말했어.

"크리스토퍼 로빈이다! 로빈은 뭘 해야 할지 알 거야."

둘은 후다닥 달려갔어.

푸가 입을 열었어.

"아, 크리스토퍼 로빈."

이요르가 끼어들었어.

"과 이요르."

"티거랑 루가 여섯 그루 소나무 위에 있는데 내려오지 못하고 있어. 그런데……."

피글렛이 끼어들었어.

"내가 방금 말하고 있었는데, 있잖아, 크리스토퍼 로빈……."

이요르가 말했지.

"과 이요르……."

"네가 여기에 있다면 뭔가 해야 할 일을 떠올릴 거라고 말이야."

크리스토퍼 로빈은 티거와 루를 올려다보며 무언가를 생

각해내려고 애썼어.

피글렛은 열심히 말했어.

"내 생각에는 이요르가 나무 밑동에 서고, 푸가 이요르의 등에 올라서고, 다시 내가 푸의 어깨 위에 올라서면……."

이요르가 말했지.

"그러다가 이요르의 등이 갑자기 뚝 부러지면 다같이 웃을 수 있겠네. 하하! 꽤 웃기긴 한데, 별 도움은 안 되겠어."

피글렛은 온순하게 말했어.

"글쎄, 내가 생각했던 건……."

그때 푸가 화들짝 놀라서 물었어.

"그렇게 하면 정말 등이 부러질까, 이요르?"

"거기가 바로 흥미진진한 부분이야, 푸. 나중 일까지는 확실히 알 수 없기 때문이지."

"아!"

푸가 말했어.

모두들 다시 궁리하기 시작했어.

갑자기 크리스토퍼 로빈이 소리를 질렀지.

"나 좋은 생각이 났어!"

이요르가 말했어.

"잘 들어, 피글렛. 그러면 우리가 뭘 해야 하는지 알 수 있을 거야."

크리스토퍼 로빈이 말했어.

"내가 외투를 벗은 다음, 모두들 한 귀퉁이씩 붙잡는 거야. 루랑 티거가 그 위로 뛰어내리면 돼. 내 외투는 루와 티거한테 아주 부드럽고 폭신폭신할 테니까 둘 다 다치지 않을 거야."

이요르가 말했어.

"티거를 내려오게 하기. 그리고 아무도 다치지 않기. 이 두 가지를 명심해, 피글렛. 그러면 괜찮을 거야."

하지만 피글렛은 듣고 있지 않았어. 피글렛은 크리스토퍼 로빈의 파란색 멜빵을 다시 볼 수 있다는 생각에 들떠 있었거든. 예전에 훨씬 어렸을 때 그 멜빵을 딱 한 번 본 적이 있는데, 피글렛은 그 멜빵을 보고 흥분한 나머지 그날 저녁에는 평소보다 30분이나 일찍 잠에 들어야 했지. 피글렛은 그날 이후로 줄곧 그 멜빵이 정말로 자기가 기억하는 것만큼 파랗고 팽팽한지 궁금해했어. 크리스토퍼 로빈이 외투를 벗자, 그 멜빵은 정말 피글렛이 생각한 그대로였어. 그러자 피글렛은 이요르가 다시금 더없이 친근하게 느껴져서 그 곁에 서서 외투의 한 귀퉁이를 잡고서는 행복한 미소를 지었지.

이요르는 그 미소에 대한 대답으로 소곤거렸어.

"지금 사고가 일어나지 않을 거라는 말이 아니야, 명심해. 사고는 참 이상한 거거든. 사고를 당하기 전까지는 절대 알 수 없으니까."

루는 자기가 무엇을 해야 하는지 알아듣고서는 몹시 흥분해서 소리쳤어.

"티거, 티거, 우리가 뛰어내리는 거야! 내가 뛰는 걸 봐, 티거! 내가 뛰는 건 나는 것 같을 거야. 티거들도 할 수 있어?"

그러고 나서 루는 큰 소리로 찍찍거렸어.

"나 지금 간다, 크리스토퍼 로빈!"

그리고 루는 뛰어내렸어. 외투 한가운데로 말이야. 떨어지는 속도가 얼마나 빨랐는지 루는 거의 원래 있던 높이까지 튀어 올라갔고…… 꽤 오랫동안 "우와!" 하고 말하면서 통통 튀었어. 마침내 멈추어 서자 루는 "우와, 굉장해!"라고 말했지. 모두들 루를 땅 위에 내려주었어.

루가 소리쳤어.

"어서, 티거, 별거 아니야."

하지만 티거는 나뭇가지를 꼭 움켜잡으며 중얼거렸어.

"캥거들처럼 뛰는 동물한테야 당연히 쉽겠지. 하지만 티거들처럼 헤엄치는 동물은 사정이 아주 다르단 말이야."

티거는 자신이 강물에 드러누워 동동 떠가거나 섬에서 다른 섬으로 물살을 가르며 헤엄치는 모습을 상상했고, 그것이야말로 정말로 티거다운 삶이라고 생각했지.

크리스토퍼 로빈이 소리쳤어.

"어서, 괜찮을 거야."

티거가 초조하게 말했어.

"잠깐만. 눈에 조그만 나무껍질이 들어갔어."

그러고 나서 티거는 가지를 따라 느릿느릿 움직였어.

루는 앙앙거렸어.

"어서, 쉽다니까!"

그러자 티거도 갑자기 그 일이 쉬워 보였어.

티거가 비명을 지르며 나무에서 뛰어내렸어.

"악!"

그때 크리스토퍼 로빈이 다른 친구들에게 소리쳤지.

"조심해!"

요란하게 무언가가 부딪히는 소리와 찢기는 소리가 나더니, 모두가 땅 위에서 한 무더기로 뒤엉켰어.

크리스토퍼 로빈과 푸와 피글렛이 먼저 일어나서 함께 티거를 일으켜주었어. 모두의 밑에는 이요르가 깔려 있었지.

크리스토퍼 로빈이 소리쳤어.

"이런, 이요르! 다쳤니?"

크리스토퍼 로빈은 아주 걱정스럽게 이요르를 만져보다가 먼지를 털어주고는 다시 일어서도록 도와주었어.

이요르는 오랫동안 아무 말도 하지 않았어. 그러더니 입을 열었지.

"티거 거기 있어?"

티거는 거기 있었어. 금세 다시 통통 튀어대면서 말이야.

크리스토퍼 로빈이 말했어.

"응, 티거 여기 있어."

이요르는 말했지.

"그럼, 나 대신 걔한테 아주 고맙다고 전해줘."

5

크리스토퍼 로빈이 아침마다 하는 일

그날도 래빗에게는 아주 바쁜 하루가 될 참이었어. 래빗은 일어나자마자 모든 일이 자기한테 달린 것 같은 거만한 기분이 들었지. 무언가를 편성한다거나, 래빗이라고 서명한 공고문을 작성한다거나, 아니면 다른 이들 모두가 그 문제에 관해 어떻게 생각하는지 알아보기에 적당한 날이었어. 푸네 집으로 후다닥 달려가서 "아주 좋아, 그럼 내가 피글렛한테 알려줄게"라고 말한 다음, 피글렛한테 가서 "푸 생각은…… 하지만 그전에 먼저 아울을 찾아가는 게 좋겠어"라고 말하기에 완벽한 아침이기도 했고. 그날은 모두가 "맞아, 래빗"이나 "아니, 래빗"이라면서 래빗이 명령하기만을 기다리는 일종의 대장스러운 날이었지.

래빗은 집 밖으로 나와 무엇을 할지 궁리하면서 따뜻한

봄날 아침 공기를 킁킁대며 들이마시고 있었어. 가장 가까이에 캥거네 집이 있었고, 캥거네 집에는 루가 있었지. 루는 숲에 사는 그 누구보다도 "맞아, 래빗", "아니, 래빗"을 잘했어. 그렇지만 요즘 그 집에는 얼마 전부터 다른 동물이 살고 있었어. 별나고 통통 튀어대는 티거 말이야. 그 아이는 어디 가는 길을 가르쳐주려고 하면 언제나 자기가 앞장을 서고, 목적지에 도착해서 우쭐해하며 "다 왔어!"라고 말할라치면 그사이에 어디로 갔는지 보이지도 않는 그런 종류의 티거거든.

래빗은 햇빛을 받고 서서 수염을 돌돌 말며 생각에 잠겨 말했어.

"아니, 캥거네 집은 아냐."

래빗은 그쪽으로 가지 않겠다는 걸 단단히 다짐이라도 하듯 왼쪽으로 틀었다가 다른 방향으로 내달렸는데, 그 방향은 크리스토퍼 로빈네 집으로 가는 길이었어.

"어쨌든 크리스토퍼 로빈은 나한테 의지하고 있어. 로빈은 푸와 피글렛과 이요르를 좋아하지. 나도 그래. 하지만 그 아이들은 머리에 든 거라곤 없으니 딱히 신경 쓸 필요가 없어. 또 크리스토퍼 로빈은 아울을 존경해. '화요일'을 쓸 줄 아는 녀석을 존경하지 않을 수는 없을 테지. 철자를 제대로 쓰지 못 하는 점이 걸리긴 하지만. 그래도 철자가 전부는 아니지. 화요일을 제대로 쓰는 게 별로 대단치 않게 여겨지는 날도 있으니까 말이야. 또 캥거는 루를 돌보느라 너무 바쁘고, 루는 너무 어리고, 티거는 너무 튀어 다녀서 전혀 도움이 안 되니까, 역시 나 말고는 아무도 없겠군. 가서 크리스토퍼 로빈이 뭘 해야 하는지 알아보고 대신해줘야겠어. 오늘은 일을 하기에 딱 맞는 날이니까."

래빗은 행복하게 내달렸고, 곧 시내를 건너서 친구들과

친척들이 사는 곳에 이르렀어. 오늘 아침에는 친구들과 친척들이 보통 때보다도 훨씬 더 많아 보였어. 래빗은 너무 바빠서 악수도 못하고, 고슴도치 한두 마리한테는 고개를 까딱해 보이고, 몇몇에게는 거드름을 피우며 "안녕, 안녕"이라고 말하고, 좀 작은 녀석들한테는 친절하게 "아, 거기 있었구나"라고 말하고는, 어깨 너머로 앞발을 흔들어 보이고 가버렸어. 래빗이 남기고 간 흥분감과 무언지 모를 분위기 때문에 헨리 러시를 포함한 비틀네 가족 몇몇은 곧장 100에이커 숲으로 가서 나무를 기어 올라갔어. 그 일을, 그게 뭐든 간에 제대로 보려면, 그 일이 일어나기 전에 꼭대기에 도착해야 한다고 생각하면서 말이야.

래빗은 시시각각 점점 더 특별해지는 기분으로 100에이커 숲까지 내달렸어. 곧 크리스토퍼 로빈이 사는 나무에 도착했지. 래빗은 문을 두드리고, 한두 번 큰 소리로 크리스토퍼 로빈을 부르고, 물러서서 앞발을 들어 햇빛을 가린 다음, 뒤로 조금 물러서서 다시 나무 꼭대기를 향해서 이름을 부르고, 그러다가 사방에 대고 "안녕!", "나야!", "래빗이야!" 하고 외쳐 댔는데…… 아무 일도 일어나지 않았어. 래빗이 멈추어 서서 귀를 기울이자 온 세상이 래빗을 따라 멈추어

서서 귀를 기울였어. 햇살이 내리쬐는 숲은 너무나 고요하고 잠잠하고 평화로웠지. 머리 위 까마득히 떨어진 곳에서 종달새가 갑자기 노래를 부르기 전까지는 말이야.

"이런! 나가고 없나 봐."

래빗이 다시 확인하려고 문 앞까지 되돌아갔다가, 완전히 오늘 아침은 망쳤다고 생각하면서 돌아선 그때였어. 땅바닥에 놓인 종이 쪽지가 눈에 띄었어. 방금 막 문에서 떨어진 것처럼 핀도 꽂혀 있었지.

래빗은 다시 꽤 행복한 기분을 느끼며 말했어.

"하! 또 다른 공고문이로군!"
거기에는 이렇게 쓰여 있었어.

    나가씀.

    고돔.

    바쁨.

    고돔.

        크. 로.

래빗은 다시 말했어.
"하! 다른 친구들한테 알려줘야겠군."
그리고 거드름을 피우며 서둘러 달려갔어.
가장 가까운 집은 아울네여서 래빗은 100에이커 숲에 있는 아울네 집으로 뛰어갔어. 아울네 집 문 앞에서 문고리를 두드리고 줄을 잡아당긴 다음, 다시 줄을 잡아당기고 문고리를 두드렸어. 마침내 아울의 머리가 쑥 나왔어.
"가봐, 난 지금 생각하느라 바쁘다고…… 아, 너였어?"
아울을 만나면 항상 이런 식이었지.
래빗은 간단하게 말했어.

"아울, 너랑 난 머리가 있지. 하지만 다른 애들은 그저 솜 뭉치밖에 없어. 이 숲에서 어떤 생각을 해야 한다면, 그러니까 말 그대로 생각이란 걸 해야 한다면, 그건 너랑 내가 해야 하는 걸 거야."

아울이 말했어.

"그래, 내가 하고 있던 게 그거야."

"이걸 읽어봐."

아울은 래빗한테서 크리스토퍼 로빈의 쪽지를 낚아채 초조하게 들여다보았어. 아울은 자기 이름을 '우알'이라고 쓸 줄 알았고, 화요일을 수요일이 아니라는 걸 알 수 있게끔 쓸 수 있는 데다가, 꽤 편안하게 읽을 줄도 알았지. 누가 어깨 너머로 쳐다보면서 계속 "어때?"라고 묻지만 않는다면 말이야. 그리고······.

래빗이 말했어.

"어때?"

현명하고 사려 깊어 보이는 아울이 말했어.

"그렇군, 네가 무슨 말하는지 알겠어. 의심할 여지 없이."

"어떤데?"

"정확해. 바로 그거야."

아울은 조금 더 생각해보고 이렇게 덧붙였어.

"만약 네가 오지 않았다면 내가 너한테 가야 했을 거야."

래빗이 물었어.

"어째서?"

아울은 자신을 이 곤란한 상황에서 꺼내줄 만한 일이 당장 일어나기를 바라면서 말했어.

"바로 그 이유 때문이야."

래빗이 진지하게 말했어.

"어제 아침에도 난 크리스토퍼 로빈을 보러 갔었어. 그런데 크리스토퍼 로빈은 외출 중이었어. 문에는 이 공고문이

꽂혀 있었고."

"이것과 같은 공고문이었나?"

"다른 거였어. 하지만 뜻은 같았지. 정말 이상해."

"놀랍군."

아울은 공고문을 다시 들여다보았는데, 바로 그 순간 크리스토퍼 로빈의 등˙에 무슨 일이 생긴 것 같은, 궁금증이 들었어.

아울이 물었어.

"너 무슨 짓을 했니?"

"아무것도 안 했어."

아울이 사려 깊게 말했어.

"아주 잘했어."

래빗은 아울이 예상한 대로 다시 말했어.

"어때?"

"정확해."

잠깐 동안 아울은 더는 아무런 생각도 나지 않았는데, 갑

˙ 크리스토퍼 로빈의 쪽지에 적혀 있던 '고돔Backson'을 '등back'으로 잘못 이해한 것이다.

자기 좋은 수가 번뜩 떠올랐어.

"래빗, 첫 번째 공고문에 적혀 있던 단어들을 정확하게 말해줘. 아주 중요해. 모든 게 여기에 달렸어. 첫 번째 공고문에 쓰인 정확한 단어들 말이야."

"정말 이거랑 똑같았어."

아울은 래빗을 빤히 쳐다보면서 나무에서 밀어버리면 어떨까 하고 생각했어. 하지만 그건 언제든 나중에 할 수 있는 일이니까, 지금 둘이서 나누고 있는 이야기를 이해해보려고 다시 애를 썼어.

아울은 래빗의 대답을 못 들은 것처럼 말했지.

"제발 정확한 단어를 얘기해줘."

"'나가씀 고돔'이라고 쓰여 있었어. 이거랑 똑같이. 거기도 '바쁨, 고돔'이라고 쓰여 있었다니까."

아울은 마음이 놓여 한숨을 푹 내쉬었어.

"아! 이제야 우리 얘기가 어디로 흘러왔는지 알겠어."

"그래, 그런데 크리스토퍼 로빈은 어디 간 거야? 그게 요점이라고."

아울은 다시 공고문을 들여다보았어. 많이 배운 동물인 아울에게 글을 읽는 것쯤은 식은 죽 먹기였지. "나가씀, 고돔. 바쁨, 고돔." 공고문에 흔히 쓰이는 문구들이었으니까.

아울이 말했어.

"아주 명확해. 무슨 일이 일어난 거야, 래빗. 크리스토퍼 로빈은 고돔과 함께 어딘가에 갔어. 크리스토퍼 로빈과 고돔은 둘 다 바쁘지. 래빗, 최근에 숲 어디에선가 고돔을 본 적이 있어?"

"모르겠는데. 그래서 내가 여기 온 거야. 고돔이 어떻게 생겼더라?"

아울이 말했어.

"글쎄, 그건 땡땡이 무늬이거나 약초처럼 생긴, 그저······."

"적어도 그게 어떻게 생긴 거냐면······."

"그러니까, 실은······."

아울은 솔직하게 털어놓았어.

"그러니까 사실은 나도 그게 누군지 몰라."

래빗이 말했어.

"고마워."

래빗은 아울네를 떠나 푸를 만나려고 서둘러 뛰어갔어. 멀리 가지 않아 어떤 시끄러운 소리가 들렸지. 래빗은 멈추어 서서 귀를 기울였어.

5장 · 크리스토퍼 로빈이 아침마다 하는 일 ··· 385

그 소리는 이런 거였어.

시끄러운 소리, 푸 지음.
아, 나비들이 날아다니고,
겨울날들은 이제 저무네,
달맞이꽃들도 눈에 띄려
애쓰고 있네.
멧비둘기들은 구구거리고,
나무들은 일어나 열심히 일을 하네,
그래야 제비꽃이 초록색 들판에서
푸르게 필 수 있으니까.

아, 꿀벌들은 조그만 날개로
윙윙거리며 콧노래를 하네.
다가오는 여름은
재미있을 거라고.
젖소들은 구구 울고,
멧비둘기들은 음매음매 우네.
그래서 푸도 햇빛을 받으며

푸푸거리지.

봄이 정말로 봄봄 하니까
종달새가 노래하는 것도 볼 수 있고,
초롱꽃이 딸랑거리는 소리도
들을 수 있네.
뻐꾸기는 구구 거리지 않고,
뻐뻐거리고 꾸꾸거리고,
푸도 그저 푸푸거리네.
새처럼 말이야.

래빗이 인사했어.
"안녕, 푸."
푸는 꿈꾸는 듯한 소리로 대답했어.
"안녕, 래빗."
"그 노래는 네가 지은 거야?"
"글쎄, 내가 지었다고 할 수 있지. 머리로 한 건 아니지만."
푸는 겸손하게 말을 이었어.
"왜냐하면 래빗, 왜 그런지 너도 알겠지만 가끔씩 노래가 나한테 다가오거든."

"아!"

무엇이든 절대로 다가오게 놔둔 적이 없고 언제나 먼저 가서 데려오는 래빗이 말했지.

"그건 그렇고, 요점은 이거야. 혹시 숲에서 땡땡이 무늬가 있거나 약초 같이 생긴 고둠을 본 적 있어?"

푸가 말했어.

"아니, 전혀, 절대…… 아니야. 티거는 좀 전에 봤는데."

"그건 전혀 도움이 안 돼."

"응. 나도 그럴 거라고 생각했어."

"피글렛은 봤어?"

푸가 유순하게 답했어.

"응. 근데 그것도 전혀 도움이 안 되지?"

"글쎄, 그건 피글렛이 뭔가를 봤느냐에 따라 다르지."

푸가 말했어.

"피글렛은 날 봤어."

래빗은 푸 옆 땅바닥에 앉았다가 아까보다는 덜 중요해진 듯한 기분을 느끼며 일어났어.

"이러는 데에는 다 이유가 있어. 요즘 크리스토퍼 로빈이 아침마다 무슨 일을 하는지 궁금해서 그래."

푸가 물었어.

"무슨 일?"

"그러니까, 크리스토퍼 로빈이 아침에 뭘 하는 걸 본 적 있으면 말해줄래? 요 며칠 사이에 말이야."

"응. 어제는 같이 아침을 먹었어. 여섯 그루 소나무 옆에서.

난 조그만
바구니를 꾸렸지.
아주 조그만,
딱 적당한 크기로 말이야,

보통만큼 큼지막
한 바구니인데,
잔뜩……."

래빗이 말했어.

"알았어, 알았어. 내가 묻는 건 그다음 일이야. 11시와 12시 사이에 크리스토퍼 로빈을 본 적 있어?"

5장 · 크리스토퍼 로빈이 아침마다 하는 일 … 389

푸가 말했어.

"글쎄, 11시…… 11시 정각이라…… 11시라면, 알겠지만 난 보통 집으로 돌아가는 걸. 한두 가지 정도 할 일이 있거든."

"그러면 11시 15분에는?"

"글쎄……."

"11시 반에는?"

"음, 반이라…… 좀 더 지나서라면…… 크리스토퍼 로빈을 봤을 텐데."

그런 생각을 하다가 푸는 요즘에 크리스토퍼 로빈을 자주 보지 못했다는 걸 기억해냈어. 아침에 말이야. 오후에는 봤어. 저녁에도 봤지. 아침밥 먹기 전에도 봤어. 아침밥을 먹은 직후에도 봤고. 그러고 나서 크리스토퍼 로빈은 "또 만나, 푸"라고 말하고 가버리곤 했던 것 같아.

래빗이 말했어.

"바로 그거야. 어디로 갔는데?"

"뭘 찾고 있었던 것 같아."

"뭘?"

"내가 방금 말하려고 했던 게 바로 그거야. 크리스토퍼 로빈이 찾고 있던 건, 그러니까…… 그러니까……."

"땡땡이 무늬가 있거나 약초처럼 생긴 고둠?"

"응. 그런 거. 아닐 수도 있지만."

래빗은 푸를 쏘아보았어.

"정말 도움이 안 되네."

푸가 겸연쩍게 말했어.

"도움이 안 되어서 미안해. 난 노력했는데."

래빗은 푸에게 노력해줘서 고맙다고 말하고는, 지금 이요르를 만나러 갈 건데 푸가 같이 가고 싶다면 그래도 괜찮다고 말했어. 하지만 푸는 새로운 노래 가사가 다가오는 것 같아서 자기는 피글렛을 기다릴 테니 잘 가라고 인사를 했지. 그래서 래빗은 그곳을 떠났어.

하지만 피글렛을 먼저 만난 건 래빗이었어. 피글렛은 제비꽃 한 다발을 꺾으려고 아침 일찍 일어났지. 제비꽃을 꺾

어서 집 한가운데에 있는 단지에 넣고 있었는데, 아무도 이 요르에게 제비꽃을 꺾어 가져다준 친구가 없다는 게 생각 난 거야. 생각하면 생각할수록 제비꽃을 한 번도 선물받아 본 적이 없는 동물로 산다는 건 정말 슬픈 일이라는 생각이 들었어. 그래서 피글렛은 다시 재빨리 밖으로 달려 나가서 "이요르, 제비꽃", "제비꽃, 이요르"라고 중얼거리면서 제비 꽃을 꺾었지. 만약 잊어버려도 그날은 그럴 수 있는, 그런 날이었거든. 피글렛은 커다란 꽃다발을 만들고 아주 행복해 하면서 이요르가 사는 곳까지 꽃향기를 맡으며 내달려갔어.

피글렛은 조금 긴장한 상태로 말을 걸었어. 이요르가 바빠 보였거든.

"저기, 이요르."

이요르는 한쪽 발을 들더니, 가보라는 듯이 흔들었어.

"내일, 아니면 그다음 날 와."

피글렛은 이요르가 무얼 하는지 보려고 가까이 다가갔어. 이요르는 땅바닥에 막대기 세 개를 놓고 들여다보고 있었어. 막대기 두 개는 한쪽 끝만 닿아 있었고, 나머지 막대기가 그 위에 걸쳐져 있었어. 피글렛은 그게 무슨 함정일지도 모른다고 생각했어.

피글렛이 말했어.

"아, 이요르, 난 그냥……."

이요르는 여전히 막대기를 뚫어져라 보면서 말했어.

"꼬마 피글렛이니?"

"응, 이요르, 그런데 난……."

"이게 뭔지 알겠니?"

"아니."

"이건 에이A야."

피글렛이 말했어.

"오."

이요르가 매몰차게 말했어.

"오O가 아니라 에이야. 귀가 안 들리는 거야, 아니면 네가 크리스토퍼 로빈보다 더 잘 안다고 생각하는 거야?"

피글렛이 말했어.

"응."

다시 피글렛은 "아, 아니"라고 잽싸게 말을 바꿨어.

그러고서 이요르 가까이 다가갔지.

이요르는 단호하게 말을 이었어.

"크리스토퍼 로빈이 에이라고 했으니까 이건 에이야······ 누가 밟기 전까지는."

피글렛은 부리나케 뒤로 폴짝 물러나서 제비꽃 향기를 맡았어.

이요르가 말했어.

"에이가 무슨 뜻인지 알아, 꼬마 피글렛?"

"아니, 이요르, 난 몰라."

"그건 학식이고, 교육이고, 너와 푸가 갖지 못한 모든 것을 의미해. 그게 바로 에이의 뜻이야."

피글렛은 다시 이렇게 말했어.

"오."

그리고 잽싸게 설명했지.

"내 말은, 그런가?라는 뜻이었어."

"너한테만 말하는 건데, 사람들은 이 숲을 오가면서 '그냥 이요르일 뿐이니까 별것 아냐'라고 말해. 왔다 갔다 하면서 '하하!'라고도 하지. 하지만 그놈들이 에이에 대해 뭘 알기는 할까? 그렇지 않아. 그놈들한테 이건 막대기 세 개일 뿐이야. 그러나 학식이 있는 이들한테는, 이 점을 명심해야 한다, 꼬마 피글렛, 학식이 있는 이들이란 '푸들'이나 피글렛들을 말하는 건 아니니까. 이건 위대하고 영광스러운 에이야. 결코, 누구든 와서 함부로 망가트릴 수 있는 그런 게 아니라고."

피글렛은 초조하게 뒤로 물러나 도움을 청하려고 주위를 둘러보았어. 누군가를 발견하고는 기쁜 얼굴로 말했지.

"래빗이 오네. 안녕, 래빗."

래빗은 거만한 태도로 다가와서 피글렛한테 고개를 까딱이고는, 이삼 분만에 "그럼 안녕"이라고 말할 것 같은 목소리로 말했어.

"아, 이요르, 너한테 뭐 하나만 물어보려고. 요즘 아침마다 크리스토퍼 로빈한테 무슨 일이 있는지 알아?"

이요르는 여전히 나뭇가지를 바라보고 있었어.

"내가 지금 보고 있는 게 뭘까?"

래빗이 단박에 말했어.

"막대기 세 개."

이요르가 피글렛을 돌아보더니 말했어.

"봤지?"

그러고선 근엄하게 말했어.

"이제 네 질문에 대답하지."

래빗이 말했어.

"고마워."

"크리스토퍼 로빈이 아침마다 뭘 하냐고? 공부를 해. 교육을 받기 시작했지. 지식을 탐…… 크리스토퍼 로빈이 뭐라고 했던 것 같은데, 내가 다르게 말하는 걸 수도 있지만, 지식을 탐고하고 있다고. 나도 보잘것없지만 내 나름대로 말하는데, 그 단어가 맞다면, 그러니까…… 나도 크리스토퍼 로빈이 하는 걸 하고 있는 중이야. 예를 들자면……"

래빗이 말했어.

"에이구나. 하지만 그렇게 잘 쓴 글씨는 아니야. 어쨌든 난 돌아가서 다른 친구들한테 알려줘야겠다."

이요르는 잠시 막대기들을 내려다보았다가 피글렛을 바라보았어.

"래빗이 방금 뭐라고 했지?"

피글렛이 말했어.

"에이."

"네가 말해줬니?"

"아니, 이요르, 난 안 그랬어. 그냥 래빗이 알고 있었던 것 같아."

"래빗이 알고 있었다고? 이 에이란 글자를 래빗이 알고 있었다고?"

"응, 이요르. 래빗은 똑똑하잖아, 래빗은 그래."

이요르는 막대기 세 개를 마구 짓밟으면서 비웃듯이 말했어.

"똑똑하다고!"

이요르는 이제 여섯 조각이 된 막대기 위로 털썩 주저앉으면서 비참하게 말했어.

"교육이라고!"

이요르는 막대기들을 걷어차면서 물었어.

"배우는 게 무슨 소용이야? 래빗도 다 알고 있는걸! 허!"

피글렛이 잔뜩 긴장한 채 입을 열었어.

"내 생각에는……."

이요르가 말했어.

"하지 마."

피글렛이 말했어.

"내 생각에는 제비꽃이 아주 멋진 것 같아서, 여기."

피글렛은 제비꽃 다발을 이요르 앞에 내려놓고 쏜살같이 달아났어.

다음 날 아침에 크리스토퍼 로빈네 문에는 이런 공고가 붙어 있었어.

나갔음.

곧 옴.

    크. 로.

그렇게 숲에 사는 모든 동물들은, 물론 땡땡이 무늬가 있거나 약초 같이 생긴 고둠만 빼고 말이야, 크리스토퍼 로빈이 아침마다 무엇을 하는지 알게 되었단다.

· 6 ·

푸, 새로운 놀이를 만들다

시냇물은 숲의 가장자리에 이를 무렵 다 자라나서 강이나 다름없어 보였어. 어른이 되었기 때문에 어렸을 때처럼 뛰어다니지도, 팔짝팔짝 뛰지도, 콸콸거리지도 않고 훨씬 느릿느릿하게 움직였단다. 이제는 어디로 가는지 알고 있었으니까. 시냇물은 "서두를 필요 없어. 언젠가는 그곳에 도착할 거야"라고 중얼거렸어. 하지만 숲 높은 곳에 있는 조그만 꼬마 시내들은 열심히 이리저리 길을 내며 흘러 다녔어. 늦기 전에 알아내야 할 것들이 너무 많았거든.

외지에서 숲으로 들어오는 길목에는 아주 널따란, 그러니까 도로만큼이나 폭이 넓은 길이 하나 있었어. 그런데 그 길을 따라 숲으로 들어오려면 강을 먼저 건너야만 했지. 그래서 강을 건너는 곳에는 도로만큼이나 넓은, 양편으로 나무 난간이 세워져 있는 나무다리가 하나 있었단다. 크리스토퍼 로빈은 원하면 난간 맨 윗단에 턱을 괼 수 있지만, 그보다는 난간 맨 아랫단을 밟고 올라서는 게 훨씬 재미있다고 생각했어. 그렇게 하면 난간 위로 몸을 내밀어 아래로 천천히 미끄러져 가는 강물을 지켜볼 수가 있었거든. 푸도 원하면 턱을 난간 맨 아랫단에 괼 수 있지만, 그보다는 바닥에 엎드려서 고개를 밑으로 들이밀고 아래로 천천히 미끄러져 가는 강물을 지켜보는 걸 즐겼어. 이 방법은 피글렛과 루가 강물을 볼 수 있는 유일한 방법이기도 했고, 둘은 너무 작아서 난간 맨 아랫단에도 키가 닿지 않았거든. 셋은 나란히 엎드려 강물을 지켜보곤 했고…… 강물은 어딘가에 닿기 위해 서두르지도 않고 아주 느긋하게 흘러갔어.

어느 날 푸가 그 다리 쪽으로 걸어가면서 솔방울에 대한 시를 지으려고 애쓰고 있을 때였어. 길 양쪽으로 솔방울이 널려 있었고, 푸는 노래가 찾아오는 느낌을 받았어.

푸는 솔방울 하나를 집어서 들여다보다가 중얼거렸어.

"이건 아주 근사한 솔방울이니까 여기에 맞는 시를 지어줘야 해."

하지만 아무것도 생각해낼 수가 없었지. 그런데 갑자기

푸의 머릿속에 이런 시가 떠오른 거야.

조그만 전나무한테 일어난
수수께끼 같은 일.
아울은 자기 나무라고 하고,
캥거도 자기 나무라고 하네.

"이건 말이 안 돼. 캥거는 나무에 살지 않잖아."

푸는 이제 막 다리에 도착했어. 그런데 앞을 잘 보고 걷지 않아서 무언가에 걸려 넘어졌고, 그 바람에 솔방울이 푸의 앞발에 튕겨서 강물로 떨어지고 말았어.

푸는 다리 아래로 느릿느릿 흘러 내려가는 솔방울을 지켜보며 말했어.

"이게 뭐람."

푸는 시와 어울릴 만한 다른 솔방울을 주우러 돌아왔어.

그러다 문득 그냥 강물을 구경해야겠다고 생각했지. 그날은 평화로운 날이었거든. 그래서 푸는 엎드려 강물을 내려다보았고, 강물은 아래로 느릿느릿 흘러가고 있었는데…… 갑자기 아까 푸가 떨어뜨렸던 솔방울이 같이 떠내려가는 모습이 보였어.

"이상하네. 난 솔방울을 저쪽에서 떨어뜨렸는데 이쪽으로 나오다니! 또 떨어뜨려도 그럴려나?"

푸는 왔던 길을 되돌아가서 솔방울을 더 주워왔어.

정말 그랬어. 내내 그랬지. 이번에 푸는 두 개를 같이 떨어뜨리고 나서 난간 밑으로 몸을 내밀고 어느 쪽이 물속에서 먼저 나올까 지켜보았어. 솔방울 하나가 먼저 떠올랐는데, 하필이면 두 개의 크기가 같아서, 푸는 먼저 나온 솔방울이 자기가 이기길 바랐던 솔방울인지 다른 솔방울인지 구분할 수가 없었어. 그래서 그다음에 푸는 커다란 솔방울 한 개와 작은 솔방울 한 개를 떨어뜨렸지. 그러자 푸가 생각한 대로 커다란 솔방울이 먼저 떠올랐고, 푸가 생각한 대로 작은 솔방울이 나중에 떠올랐으니까 푸가 두 번 이긴 셈

이야…… 차를 마시려고 집으로 돌아갈 때까지 푸는 서른여섯 번을 이기고 스물여덟 번을 졌는데, 그 말은 푸가…… 그러니까 푸가…… 음, 36에서 28을 빼봐, 어쨌든 그게 푸가 해낸 일이야. 그 반대가 아니라.

그렇게 해서 시작된 놀이 이름이 푸막대기야. 푸가 만들고 푸와 친구들이 즐겨 하게 된 놀이지. 대신 솔방울보다 구별하기 쉬운 막대기를 가지고 놀았지.

하루는 푸와 피글렛, 래빗과 루가 푸막대기 놀이를 하고 있었어. 래빗이 "시작!"이라고 말하면, 모두들 자기 막대기를 강물에 던지고 나서, 건너편 난간으로 후다닥 달려가 밑으로 몸을 내밀고 누구 막대기가 가장 먼저 나오는지 지켜보았어. 그렇지만 막대기가 나오는 시간은 너무너무 오래 걸렸어. 그날따라 강물이 굉장히 여유를 부리면서 목적지에 도착하든지 말든지 거의 신경을 쓰지 않는 것처럼 보였지.

루가 소리쳤어.

"내 막대기가 보여! 아, 아니네. 다른 거야. 피글렛, 너는 네 거가 보여? 난 내 막대기인 줄 알았는데 아니야. 저기 있다! 아니, 아니네. 푸, 너는 네 거 보여?"

푸가 말했어.

"아니."

루가 말했어.

"내 막대기는 어딘가 걸렸나 봐. 래빗, 내 막대기가 걸린 게 분명해. 피글렛, 네 막대기도 걸렸어?"

래빗이 말했어.

"무슨 일이든 항상 생각보다 더 걸리기 마련이야."

루가 물었지.

"얼마나 오래 걸릴 것 같은데?"

갑자기 푸가 말했어.

"피글렛, 네 막대기가 보여."

피글렛은 물에 빠질까 봐 몸을 많이 내밀지는 못한 채 답했어.

"내 막대기는 회색빛이 도는데. 그래, 보인다. 내 쪽으로 오고 있어."

래빗은 자기 막대기를 찾느라고 점점 더 몸을 앞으로 내밀었고, 루는 강동강동 안달하면서 "어서 와라, 막대기야! 막대기, 막대기, 막대기야!"라고 소리를 질렀어. 아직까지 피글렛의 막대기만 눈에 보였는데, 그건 자기가 이기고 있다는 뜻이었기 때문에 피글렛은 아주 흥분했지.

푸가 말했어.

"온다!"

피글렛은 신이나서 찍찍거렸어.

"정말 내 거지?"

"응, 회색이야. 아주 커다란 회색 막대기 같아. 온다! 아주…… 큰…… 회색…… 아, 이런, 그게 아냐, 저건 이요르야."

이요르가 둥둥 떠내려왔어.

모두들 소리를 질렀어.

"이요르!"

아주 고요하고, 무척이나 위엄 있는 모습으로, 다리를 들어 올린 채 이요르가 다리 밑에서 떠내려왔어.

루가 무지막지하게 흥분해서 외쳤어.

"이요르다!"

이요르가 말했어.

"그러니?"

이요르가 작은 소용돌이 안으로 휩쓸려 들어가 천천히 세 바퀴를 돌고 말했어.

"난 몰랐네."

루가 말했어.

"너도 놀고 있는 줄 몰랐어."

이요르가 답했어.

"난 놀고 있는 게 아니야."

래빗이 말했어.

"이요르, 거기서 지금 뭐 하는 거야?"

"세 가지 보기를 줄게, 래빗. 골라봐. 땅에 구멍을 파고 있다? 땡. 어린 떡갈나무에 올라가 이 가지 저 가지를 뛰어다니고 있다? 땡. 누가 나를 강물에서 꺼내주기를 기다리고 있다? 딩동댕. 래빗은 시간만 주어진다면 언제나 정답을 맞히지."

푸는 괴로워하며 말했어.

"하지만, 이요르, 우리가 뭘 할 수…… 그러니까 내 말은 우리가 어떻게 할…… 네 생각에는 만약 우리가……."

이요르가 말했어.

"그래, 그 셋 가운데에 하나가 바로 정답이야. 고마워, 푸."

루가 무척 감탄하며 말했어.

"이요르가 돌고 또 돌고 있어."

이요르는 쌀쌀맞게 대꾸했지.

"그래서?"

루는 자랑스럽게 말했어.

"나도 수영할 줄 알아."

이요르가 말했어.

"빙빙 돌 수는 없잖아. 이게 훨씬훨씬 더 어려워. 오늘은 수영을 할 기분이 전혀 아니었는데."

이요르는 느릿느릿 돌면서 말을 이었어.

"하지만 기왕 들어온 김에 오른쪽에서 왼쪽으로 가볍게 도는 원운동을 연습하기로 했어. 아마 이렇게 말하면 좀 낫겠지."

다른 소용돌이로 빠져들면서 이요르는 덧붙였어.

"아니, 왼쪽에서 오른쪽으로야, 지금은 그렇게 됐으니까. 어쨌든 이건 다른 누구도 아닌 내 일이야."

모두들 생각하느라고 아무 말도 하지 않았어.

마침내 푸가 입을 열었어.

"나한테 방법 같은 게 생각났는데, 아주 좋은 건 아닌 것 같아."

이요르가 말했어.

"내 생각도 그래."

래빗이 말했어.

"말해봐, 푸. 한번 들어보자."

"그러니까 우리 모두가 함께 돌이나 뭐 그런 것들을 던지는 거야. 이요르의 옆에 한쪽으로 말이야. 그럼 그게 물결을 일으켜서 이요르를 반대쪽으로 밀어낼 거야."

래빗이 말했어.

"그거 아주 정말 좋은 생각이다!"

푸는 다시 행복한 기분이 들었어.

이요르가 말했어.

"좋아. 푸, 내가 언제 밀려나고 싶은지 알려줄게."

피글렛은 초조해하며 물었어.

"근데 잘못해서 이요르가 맞으면?"

이요르가 말했어.

"아니면 잘못해서 이요르가 맞지 않을 수도 있지. 본격적으로 놀이를 시작하기 전엔 모든 가능성을 생각해봐야 해, 피글렛."

그때 이미 푸는 자기가 들 수 있는 가장 큰 돌을 가져와서 앞발로 돌을 잡고 다리 너머로 몸을 내밀고 서 있었어.

푸가 설명했어.

"이요르, 난 돌을 던지려는 게 아니고 그냥 떨어뜨리려는 거야. 그러니까 난 잘못 맞힐 리가…… 내 말은, 잘못해서 널 맞힐 가능성은 없다는 거야. 잠깐만 도는 걸 멈추어줄래? 네가 계속 돌고 있어서 내가 좀 헷갈리거든."

이요르가 말했어.

"아니, 난 도는 게 좋아."

래빗은 이제 자기가 지휘권을 잡을 때라고 느꼈어.

"자, 푸, 내가 '지금이야!'라고 말하면 돌을 떨어뜨려. 그리고 이요르, 내가 '지금이야!'라고 말하면 푸가 돌을 떨어뜨릴 거야."

이요르가 말했어.

"말해줘서 고맙지만, 래빗, 그건 나도 알아."

래빗이 말했어.

"푸, 준비됐어? 피글렛, 푸한테 자리를 좀 비켜줘. 루, 조금만 물러서렴. 자, 준비됐지?"

이요르가 말했어.

"아니."

래빗이 말했어.

"지금이야!"

푸는 돌을 떨어뜨렸어. 물이 요란스럽게 튀었고, 이요르는 사라졌어…….

다리 위의 관객들한테는 걱정스러운 순간이었어. 모두가 들여다보고 또 들여다보았는데…… 피글렛의 막대기가 래빗 바로 앞에서 떠오르는 걸 보고도 모두들 신나하지 않을 정도였지. 푸는 자기가 나쁜 돌을 골랐거나, 자기 작전이 먹히지 않는 날인가 보다라고 생각했는데, 바로 그때 강둑 근처에서 회색빛 나는 무언가가 언뜻 보이더니…… 조금씩 커지고 커져서…… 마침내 이요르가 나타났어. 모두들 함성을 지르며 다리를 내려가 이요르를 영차영차 당겼어. 곧 이요르는 마른 땅 위에 서게 되었지.

피글렛이 이요르를 만지면서 말했어.

"오, 이요르, 흠뻑 젖었구나!"

이요르는 몸을 한번 흔들어대더니, 누구든 꽤 오래 강물 속에 있으면 어떻게 되는지 피글렛에게 설명 좀 해달라고 부탁했어.

래빗이 다정하게 말했어.

"잘했어, 푸. 우리의 작전은 정말 좋았어."

이요르가 물었어.

"그게 뭐였는데?"

"널 이렇게 강둑 위로 밀어내는 거 말이야."

이요르는 깜짝 놀라서 말했어.

"날 밀어내? 날 밀어냈다고? 설마 내가 밀어졌다고 생각하는 건 아니겠지, 그렇지? 난 잠수한 거야. 푸가 나한테 커다란 돌을 떨어뜨리려고 하기에 돌에 가슴을 세차게 얻어맞지 않으려고 잠수해서 직접 강둑으로 헤엄쳐왔다고."

피글렛은 푸를 위로해주려고 소곤거렸어.

"사실은 안 그랬는데."

푸도 안절부절못하며 말했어.

"나도 그랬다고 생각하지 않아."

피글렛이 말했어.

"그냥 이요르의 생각일 뿐이야. 난 네 작전이 아주 좋았다고 생각해."

푸는 마음이 조금 편안해지는 걸 느꼈어. 머리가 아주 나쁜 곰이 어떤 것을 생각할 때 머릿속에서는 아주 그럴듯해 보이던 것이 밖으로 튀어나와서 남들이 빤히 쳐다보면, 전혀 다른 게 되어버리는 일이 가끔 생기거든. 어쨌든 강물에 빠졌던 이요르가 무사히 강물 밖으로 나왔고, 아무런 해를 입지 않았으니 다행이었지.

래빗이 피글렛의 손수건으로 이요르의 몸을 닦아주면서 물었어.

"이요르, 어쩌다가 강에 떨어진 거야?"

"떨어지지 않았어."

"하지만 어떻게……."

"난 튕긴 거라고."

루가 흥분한 채 말했어.

"우와, 누가 밀었어?"

"누가 나한테 뛰어든 거지. 난 그저 강가에서 생각을 하고 있었어. 생각 말이지, 이게 무슨 뜻인지 너희들 중에 아는 녀석이 있는지 모르겠지만, 어쨌든 그러고 있을 때 누가 소란스럽게 뛰어들었어."

모두들 말했어.

"아, 이요르!"

래빗이 예리하게 물었어.

"미끄러지지 않은 건 확실해?"

"물론 미끄러졌지. 미끌미끌한 강둑에 서 있는데 뒤에서 누가 소란스럽게 뛰어든다면 당연히 너도 미끄러질 거야. 내가 뭘 했다고 생각하는 거니?"

루가 물었어.

"하지만 누가 그랬는데?"

이요르는 대답하지 않았어.

피글렛이 조바심을 내며 말했어.

"티거일 거야."

푸가 말했어.

"하지만 이요르, 그게 장난이었어 아니면 사고였어? 그러니까……."

"나도 끊임없이 질문했어, 푸. 강 밑바닥에서조차 '이게 마음에서 우러나온 장난일까 아니면 단순하기 짝이 없는 우연일까?' 하고 중얼거리느라 쉬지도 못했다고. 난 수면 위로 둥둥 떠오르면서 '젖었군'이라고 중얼거렸지. 무슨 뜻인지 알아듣겠어?"

래빗이 물었어.

"그때 티거는 어디에 있었지?"

이요르가 뭐라고 대답하기도 전에, 뒤에서 야단스러운 소리가 들리더니 관목 사이로 티거가 나타났어.

티거가 명랑하게 말했어.

"모두들 안녕!"

루가 말했어.

"안녕. 티거."

래빗이 갑자기 아주 진지해져서 근엄하게 물었어.

"티거, 좀 전에 무슨 일이 있었지?"

티거는 약간 불안해하며 말했어.

"조금 전이라니, 언제?"

"네가 이요르에게 튀어들어서 강으로 밀어 넣었을 때 말이야."

"난 이요르한테 튀어든 적이 없는데."

이요르는 퉁명스럽게 말했어.

"네가 나한테 튀어들었잖아."

"난 정말로 안 그랬어. 그냥 기침을 했는데, 어쩌다가 이요르 뒤에 서 있었거든. 그리고 '그르르르르…… 으프프프…… 프트스츠츠츠즈'라고 말한 것뿐인데."

래빗이 넘어진 피글렛을 일으켜 세우고 먼지를 털어주면서 말했어.

"왜 그래, 피글렛? 괜찮아?"

피글렛은 잔뜩 긴장한 채 말했어.

"저 소리 때문에 깜짝 놀랐어."

이요르가 말했어.

"바로 그게 튀어든다는 거야. 갑자기 놀라게 하는 거. 아주 기분 나쁜 습관이지. 난 티거가 숲에서 지내는 건 상관 안 해. 무척 큰 숲인 데다가 뛸 만한 공간도 충분하니까. 하지만 왜 하필이면 내가 사는 조그만 구석으로 와서 튀어대는지 이해할 수가 없어. 그렇다고 거기에 뭐 특별히 좋은 게 있는 것도 아니고. 물론 춥고, 습하고, 지저분한 것을 좋아하는 녀석들에게는 꽤나 특별한 곳일지도 모르지만, 그렇지 않으면 그저 구석일 뿐이야. 그러니까 누구든지 튀어대고 싶으면······."

티거가 뚱하게 말했어.

"난 튀어대지 않았어. 기침한 거라고."

이요르가 말했어.

"튀어댔든 기침을 했든 강바닥에 빠지면 그게 그거야."

래빗이 말했어.

"글쎄, 내가 해줄 수 있는 말은…… 그러니까, 저기 크리스토퍼 로빈이 오네. 크리스토퍼 로빈이 대신 말해줄 거야."

크리스토퍼 로빈은 따뜻한 햇살을 받으며 아무 걱정 없이 숲에서 다리로 내려오고 있었어. 19를 두 번 곱한 값이 몇인지는 전혀 중요하지 않은, 그렇게 행복한 오후였거든. 로빈은 이런 생각도 했어. 만약에 자기가 다리 난간 맨 아랫단에 올라서서 몸을 내밀고 아래로 천천히 흘러가는 강물을 보다가 갑자기 알아야 할 모든 것을 알게 되면, 그것들 중 몇 가지는 확실히 알지 못하는 푸한테 이야기해줘야겠다고 말이야. 하지만 로빈이 다리에 다다르자 동물들이 전부 그곳에 모여 있는 모습을 보고, 지금은 그런 생각을 할 오후가 아니라 무언가를 해야 할 오후란 걸 깨달았어.

래빗이 먼저 입을 열었어.

"크리스토퍼 로빈, 이게 어떻게 된 거냐면, 티거가……."

티거가 말했어.

"아니야, 난 안 그랬어."

이요르가 말했어.

"어쨌든 난 거기에 있었어."

푸도 말했어.

"하지만 티거도 그러려고 한 건 아니었을 거야."

피글렛도 말했지.

"티거는 그냥 튄 거야. 티거도 어쩔 수 없었을 거야."

루도 열심히 말했고.

"티거, 나한테도 한번 튀어들어 봐. 이요르, 티거에게 나한테도 그래 보라고 말해줘. 피글렛, 네 생각은······."

래빗이 말했어.

"그만, 그만. 우리가 전부 한꺼번에 말해선 안 돼. 중요한 건, 크리스토퍼 로빈이 어떻게 생각하냐 이거야."

티거가 말했어.

"난 기침만 했어."

이요르가 말했어.

"티거가 튀어들었어."

티거가 말했어.

"글쎄, 난 튀침 같은 건 했지."

래빗이 앞발을 들어 올렸어.

"쉿! 중요한 건 크리스토퍼 로빈이 이 모든 일에 대해 어떻게 생각하는지라니까."

크리스토퍼 로빈은 이게 다 무슨 일인지 확실히 알지 못한 채 입을 열었어.

"글쎄, 내 생각에는……."

모두들 말했어.

"네 생각에는?"

"내 생각에는 우리 모두가 푸막대기 놀이를 해야 할 것 같아."

그래서 모두들 그렇게 했단다. 푸막대기 놀이를 한 번도 해본 적이 없는 이요르가 가장 여러 번 이겼어. 루는 강물에 두 번 빠졌는데 첫 번째는 실수로 그런 거고, 두 번째는 일부러 그런 거야. 갑자기 저 멀리 숲에서 캥거가 뛰어오고 있는 걸 보았고, 잠자러 가야 할 시간이라는 걸 깨달았거든. 그래서 래빗이 같이 가주겠다고 했지. 티거와 이요르도 같이 갔어. 이요르는 티거한테 푸막대기 놀이에서 이기는 방법을 말해주고 싶었거든. 막대기를 놓을 때 약간 살랑살랑 흔들면서 놓으면 돼, 내 말이 무슨 뜻인지 알겠지? 티거, 하면서 말이지.

다리 위에는 크리스토퍼 로빈과 푸와 피글렛만 남았어. 셋은 오랫동안 아무 말없이 조용히 흘러가는 강물을 내려

다보고 있었고, 강물도 아무 말이 없었지. 이런 여름날 오후에는 강물도 조용하고 평화로운 기분을 느끼거든.

피글렛이 나른하게 말했어.

"티거는 사실 괜찮은 아이야."

크리스토퍼 로빈이 말했어.

"물론이지."

푸가 말했어.

"사실 다들 그래. 내 생각이 맞지 않을 수도 있지만."

크리스토퍼 로빈이 말했어.

"난 네 말이 맞다고 생각해, 푸."

7

통통 튀지 않는 티거 만들기 대작전

어느 날, 래빗과 피글렛이 푸네 집 문 앞에서 이야기를 나누고 있었어. 피글렛은 래빗의 이야기를 듣고 있었고, 푸는 그 곁에 가만히 앉아 있었어. 나른한 여름날 오후였고 숲은 부드러운 소리로 가득 차 있었는데, 그 모든 소리가 푸한테는 "래빗이 하는 말은 듣지 않아도 돼. 내 이야기를 들어 봐"라고 말하는 것 같았어. 그래서 푸는 래빗의 말을 흘려 들으려고 편안한 자세를 잡은 다음 간간이 눈을 뜨고 "아!"

하고 말하고 다시 눈을 감고 "정말이야"라고 말하기도 했어. 래빗은 간간이 아주 진지하게 "무슨 말인지 알지, 피글렛?"이라고 말했고, 피글렛은 자기가 이해했다는 걸 보여주려고 아주 진지하게 고개를 끄덕였지.

드디어 래빗이 이야기를 끝냈어.

"사실은, 요즘 티거가 너무 튀어대서 우리가 교훈을 가르쳐줄 때가 된 것 같아. 그렇게 생각하지 않니, 피글렛?"

피글렛은 요즘 티거가 너무 튀어대니까 티거를 튀지 않게 하는 방법을 생각해낸다면 그건 정말 좋은 아이디어일 거라고 말했어.

래빗이 말했어.

"그게 딱 내가 생각한 거야. 넌 어떻게 생각해, 푸?"

푸는 번쩍 눈을 뜨더니 이렇게 대답했어.

"완전."

래빗이 물었어.

"뭐가 완전인데?"

푸가 말했어.

"네가 말한 거 말이야. 의심할 여지가 없어."

피글렛은 푸의 옆구리를 쿡 찔렀고, 어딘가 딴 데 와 있는 듯한 기분이 점점 들던 푸는 천천히 일어나 정신을 가다듬고 주위를 둘러보았다.

피글렛이 물었어.

"그런데 어떻게 하지? 어떤 교훈을 말하는 거야, 래빗?"

"바로 그게 중요한 거야."

푸는 '교훈'이라는 단어를 전에 어디에선가 들은 적 있는 것 같았어.

"곱빼기라는 게 있는데, 크리스토퍼 로빈이 언젠가 나한테 그걸 가르쳐주려고 했거든. 근데 그게 안 됐어."

래빗이 물었어.

"뭐가 안 됐다고?"

피글렛도 물었어.

"안 된 게 뭐라고?"

푸는 고개를 가로저었어.

"나도 잘 몰라. 그게 그냥 안 됐어. 근데 우리가 무슨 얘기를 하고 있었지?"

피글렛은 나무라듯이 말했어.

"푸, 래빗이 하는 말 못 들었어?"

"들었어. 하지만 귀에 작은 보풀이 있었단 말이야. 래빗,

다시 한번 더 말해줄래?"

래빗은 했던 말을 또 하는 걸 전혀 귀찮아하지 않아서 어디서부터 다시 이야기해줄지 물었어. 푸는 귀에 보풀이 일어났을 때부터라고 말했는데, 래빗이 그게 언제냐고 물으니까 푸는 잘 들리지 않아서 모르겠다고 대답했어. 그때 피글렛이 나서서 정리했어. 자신들이 하려고 했던 건 티거를 튀지 못하게 하는 방법을 생각해내는 거고, 아무리 티거를 좋아해도 티거가 튀어댄다는 건 사실이라고 말이야.

푸가 말했어.

"아, 알겠어."

래빗이 말했어.

"티거는 너무 지나쳐. 그래서 이렇게 된 거라고."

푸는 생각하려고 애써봤지만, 아무런 도움이 되지 않는 것들만 자꾸 떠올랐어. 그래서 아주 조용하게 콧노래를 부르기 시작했단다.

    만약에 래빗이

    더 크고

    더 뚱뚱하고

더 힘이 세고

아니면 티거보다

더 컸다면,

혹은 티거가 더 작았다면,

래빗한테 튀어대는

티거의 나쁜 습관은

더 이상

아무렇지 않을 텐데,

만약에 래빗이

키가 더 컸다면.

래빗이 물었어.

"지금 푸가 뭐라고 한 거야? 괜찮은 말이었어?"

푸가 풀이 죽은 목소리로 말했어.

"아니…… 괜찮지 않았어."

래빗이 말했어.

"어쨌든 나한테 아이디어가 있는데, 잘 들어봐. 우리가 티거를 데리고 티거가 가본 적이 없는 곳으로 긴 탐험을 떠나는 거야. 그곳에서 티거를 잃어버리고 다음 날 아침에 우리가 티거를 발견하면, 여기가 중요해, 그때 티거는 완전히 다른 티거로 다시 태어나는 거지."

푸가 물었어.

"어떻게?"

"왜냐하면 겸손한 티거가 되어 있을 테니까. 티거는 슬픈 티거, 우울한 티거, 초라하고 가엾은 티거 그리고 '아, 래빗, 널 만나서 너무 기뻐!'라고 말하는 티거가 되어 있을 거야. 그게 이유야."

푸는 다시 물었어.

"나랑 피글렛을 보고도 기뻐할까?"

"물론이지."

푸가 말했어.

"그거 좋겠다."

피글렛은 잘 모르겠다는 듯이 말했어.

"난 티거가 내내 슬퍼하는 건 싫은데."

래빗이 설명했어.

"티거들은 절대 계속 슬퍼하지 않아. 티거들은 눈 깜빡할 새에 슬픔을 이겨내거든. 내가 확인차 아울한테 물어봤는데, 그게 바로 티거들이 슬픔을 이겨내는 방식이래. 어쨌든 우리가 딱 5분만이라도 티거를 초라하고 슬프게 만들 수 있다면, 우린 근사한 일을 해내는 거지."

피글렛이 물었어.

"크리스토퍼 로빈도 그렇게 생각할까?"

"그럼. 크리스토퍼 로빈은 '멋진 일을 해냈구나, 피글렛. 다른 일이 없었더라면 내가 그 일을 했을 텐데. 고마워, 피글렛'이라고 말할 거야. 물론 푸, 너한테도 말이야."

피글렛은 그 말을 듣고 아주 기분이 좋아져서 자기들이 티거에게 하려는 일이 아주 근사하고, 푸와 래빗과 함께한다면 아주 작은 동물일지라도 아침에 일어나서 마음 편하게 할 수 있는 그런 일이라고 생각했어. 이제 남은 문제는 이거야. 티거를 어디에서 잃어버릴까?

래빗이 말했어.

"티거를 북극에 데리고 가자. 우리가 북극을 찾아내느라 정말 긴 탐험을 했잖아. 그러니까 티거가 다시 못 찾게 하는 것도 분명 오래 걸릴 거야."

이번에는 푸가 기분이 좋아질 차례였어. 북극을 발견한 게 바로 푸였으니까. 티거는 그곳에서 "북극 발견자 푸, 푸가 북극을 찾다"라고 쓰여 있는 표지판을 보게 될 텐데, 그러면 티거는 푸가 어떤 종류의 곰인지 알게 되겠지. 지금은 아마 모르는 것 같지만 말이야.

그렇게 셋은 다음 날 아침에 출발하기로 하고, 캥거와 루와 티거네 집에서 가장 가까이에 사는 래빗이 그 집에 가서 티거에게 내일 뭐 할지 물어보기로 했어. 티거가 아무 일도 없다고 하면 푸와 피글렛과 다 함께 탐험을 하는 건 어떤지 떠보기로 했지. 만약 티거가 "좋아"라고 대답하면 일이 잘 풀리는 거고, "싫어"라고 대답하면…….

래빗이 말했어.

"티거는 안 그럴 거야. 나한테 맡겨."

래빗이 허겁지겁 뛰어갔어.

이튿날은 완전히 다른 날이었어. 햇빛이 쨍쨍 내리쬐는 더운 날이 아니라 춥고 안개 낀 날씨였거든. 푸는 날씨가 어떻든 전혀 신경 쓰지 않았지만, 춥고 안개 낀 날이면 꿀벌들이 날씨 때문에 꿀을 만들지 못할 거란 생각에 안타까웠어. 피글렛이 푸를 데리러 왔을 때 푸는 피글렛에게 그 이야기를 했는데, 피글렛은 그런 생각은 별로 안 해봤지만, 숲 꼭대기에서 하루 종일 길을 잃는다면 얼마나 춥고 비참할까 하는 생각은 해봤다고 말했지. 하지만 피글렛과 푸가 래빗네 집에 도착하자, 래빗은 오늘이야말로 딱 좋은 날이라고 말했어. 티거는 언제나 남들보다 앞서서 튀어다니니, 티거가 눈앞에서 사라지자마자 우리 셋이 다른 쪽으로 달아나면 흐린 날씨 때문에 티거가 자기들을 절대 볼 수 없을 거라면서 말이야.

피글렛이 말했어.

"절대면 안 되잖아?"

"그러니까, 우리가 다시 티거를 발견하기 전까지는 말이야, 피글렛. 내일이든 언제가 됐든. 자, 가자. 티거가 우리를 기다리고 있어."

그렇게 셋이 캥거네 집에 도착하자, 티거의 절친한 친구인 루도 함께 기다리고 있는 걸 보았어. 일이 난처하게 되었지. 하지만 래빗은 앞발로 입을 가리고 푸에게 "나한테 맡겨"라고 속삭이더니 캥거한테 다가갔어.

래빗이 말했어.

"루는 가지 않는 게 좋겠어. 오늘은 안 돼."

"왜?"

루가 말했어. 원래 루는 들으면 안 되는데 말이야.

래빗은 고개를 가로저었어.

"오늘은 날씨가 춥고 험하잖아. 게다가 넌 오늘 아침에 콜록거렸고."

루는 분한 얼굴로 물었어.

"그걸 어떻게 알아?"

캥거는 루를 나무랐어.

"오, 루, 너 엄마한테 그런 말 한 적 없잖니."

루가 말했어.

"비스킷이 목에 걸려서 콜록거린 거예요. 엄마가 말하는 그런 게 아니에요."

캥거가 말했어.

"오늘은 안 되겠구나, 아가. 다른 날 가렴."

루는 잔뜩 기대한 얼굴로 물었어.

"내일요?"

캥거가 말했어.

"그때 가서 보자꾸나."

루는 서럽게 말했어.

"엄만 맨날 보자고만 하고 아무것도 못하게 하잖아요."

래빗이 말했어.

"이런 날에는 아무도 앞을 제대로 볼 수 없어, 루. 우리도 그렇게 멀리 가지는 않을 거고, 오후에는 모두…… 모두……
아, 티거, 왔구나. 가자. 안녕, 루! 오늘 오후에 우린 모두……
가자, 푸! 모두 준비됐지? 좋아, 출발하자."

 그렇게 넷은 길을 나섰어. 처음에는 푸와 피글렛과 래빗
이 나란히 걷고 티거가 그런 셋 주위를 빙빙 원을 돌면서
뛰어다녔어. 길이 좁아지자 이번에는 래빗과 피글렛과 푸
가 줄지어 걸어갔고 티거는 그런 셋 주위를 타원형을 그리
며 튀어 다녔지. 그러다가 양옆으로 가시금작화 덤불이 삐
쭉빼쭉 자라나 있는 길에 이르자 티거는 맨 앞에서 통통 튀
어대며 갔어. 가끔은 래빗에게 튀어들기도 했고 아닐 때도
있었지. 북쪽으로 올라갈수록 안개가 점점 더 짙어져서 티
거가 가끔 안 보였는데, 거기에 없나 보다라고 생각하면 다
시 나타나서 "여기야, 빨리 와"라고 말했고 무슨 말을 꺼내

기도 전에 다시 사라지기를 반복했어.

래빗이 돌아서서 피글렛을 콕 찔렀어.

"다음 번이야. 푸한테 전해."

피글렛은 푸한테 말했어.

"다음 번이야."

푸는 피글렛한테 말했지.

"다음이 뭐라고?"

티거가 갑자기 나타나서 래빗에게 튀어들었다가 다시 사라졌어.

래빗이 말했어.

"지금이야!"

래빗이 길가의 움푹 팬 구덩이로 튀어들었고, 푸와 피글렛도 래빗을 따라 뛰었어. 셋은 고사리 덤불 속에 웅크리고 앉아 귀를 기울였어. 가만히 멈추어서 귀를 기울여보면 숲은 아주 고요하다는 걸 알 거야. 셋에게도 아무것도 보이지 않았고 아무것도 들리지 않았지.

래빗이 말했어.

"쉿!"

푸가 말했어.

"그러고 있어."

타다다닥 하는 소리가 들리더니…… 다시 잠잠해졌어. 티거가 말했어.

"얘들아!"

그 소리가 갑자기 너무 가까이에서 들려와서, 피글렛은 하마터면 펄쩍 뛸 뻔했어. 마침 푸가 피글렛을 깔아뭉개다시피 앉아 있어서 다행이었지.

티거가 소리쳤어.

"어디에 있어?"

래빗이 푸의 옆구리를 찔렀고, 푸는 피글렛의 옆구리를 찌르려고 피글렛을 찾아보았지만 찾을 수가 없었어. 피글렛은 될 수 있는 한 조용하게 축축한 고사리 냄새를 들이마시고 있었어. 그러고 있으니까 용기가 샘솟고 무척 신이 났어.

티거가 말했어.

"이상하네."

잠깐 잠잠하더니 티거가 다시 타다다닥 어디론가 멀리 가는 소리가 들렸어. 셋은 조금 더 기다렸어. 숲이 너무나 고요해서 조금씩 겁이 들기 시작할 때쯤, 래빗이 일어나 기지개를 켰어.

래빗이 뿌듯해하며 속삭였어.

"어때? 내가 말한 대로 된 것 같지?"

푸가 말했어.

"쭉 생각해봤는데, 내 생각에는……."

래빗이 말했어.

"잠깐, 말하지 마. 뛰어, 어서."

셋은 부리나케 달아났어. 래빗이 맨 앞에서 달렸고.
좀 멀찌감치 가서야 래빗은 입을 열었어.

"이제 괜찮아. 푸, 무슨 말을 하려고 했어?"

"별거 아니야. 우리가 왜 이쪽으로 가고 있지?"

"집으로 가는 길이니까."

"아!"

피글렛이 불안해하며 말했어.

"내 생각에는 좀 오른쪽으로 온 것 같아. 푸, 넌 어떻게 생각해?"

푸는 두 앞발을 내려다보았어. 푸는 둘 중에 하나가 오른발이라는 걸 알고 있었고, 한쪽을 오른발로 정하면 나머지 하나는 왼발이라는 것도 알고 있었지. 그런데 그걸 어떻게 정하기 시작해야 하는지는 도무지 기억나지 않는 거야.

푸가 느릿느릿 말했어.

"글쎄……."

래빗이 말했어.

"어서, 이 길이 맞다니까."

셋은 계속 걸어가다가 10분 뒤에 다시 멈추어 섰어.

래빗이 말했어.

"정말 멍청하긴. 그렇지만 아까 난…… 아, 그래. 가보자."

10분 뒤에 래빗이 말했어.

"다 왔어. 아니, 아니네."

10분 뒤에 래빗이 다시 말했어.

"자, 내 생각에는 지금 우리가…… 아니, 내 생각보다 우리가 아주 조금 더 오른쪽으로 온 건가?"

10분 뒤에 래빗이 다시 말했지.

"이상하네, 안개 속에서는 어쩌면 모든 게 이렇게 똑같아 보이는지. 넌 알고 있었어, 푸?"

푸는 그렇다고 대답했어.

30분 뒤에 래빗이 말했어.

"우리가 숲을 잘 알아서 얼마나 다행인지 몰라. 아니면 길을 잃었을 테니까."

그러더니 숲을 잘 아는 동물이라면 으레 그렇듯 별일 아니라는 듯 웃었어.

피글렛이 뒤에서 살금살금 다가와 푸에게 속삭였어.

"푸!"

"왜, 피글렛?"

피글렛은 푸의 앞발을 잡았어.

"아무것도 아니야. 그냥 네가 곁에 있다는 걸 확인하고 싶어서."

한편 티거는 친구들이 자기를 따라오기를 기다렸지만 아무리 기다려도 오질 않았어. 게다가 "얘들아, 빨리 와"라고 재잘거릴 상대도 없으니 그만 지겨워져서 집으로 돌아가야겠다고 마음먹었지. 티거는 부지런히 집으로 돌아왔어. 티거를 본 캥거가 처음으로 한 말은 "우리 착한 티거, 튼튼해지는 약 먹을 시간에 딱 맞춰 왔구나"였어. 캥거는 티거에게 약을 따라주었어. 루는 자랑스럽게 "난 벌써 먹었어"라고 말했고, 티거는 약을 꿀꺽 삼키고 나서 "나도야"라고 말했지. 그런 다음 루와 티거는 다정하게 몸장난을 치며 놀았는데, 그러다가 티거는 의자 한두 개를 실수로 넘어뜨렸고, 루는 의자 하나를 일부러 넘어뜨렸어. 그 모습을 본 캥거는 "자, 이제 밖에 나가서 놀거라"라고 말했어.

루가 물었어.

"어디로요?"

캥거는 둘에게 바구니를 건네주었어.

"나가서 솔방울을 좀 주워 오렴."

그래서 티거와 루는 여섯 그루 소나무로 가서 그곳에 간 이유를 잊어버릴 때까지 서로에게 솔방울을 던지면서 놀았지. 그러다가 바구니는 소나무 아래에 남겨둔 채 저녁을 먹으러 집으로 돌아왔어. 막 저녁 식사를 마쳤을 때 크리스토퍼 로빈이 문으로 고개를 쏙 들이밀었어.

"푸는 어디 갔어?"

캥거가 물었어.

"티거, 아가, 푸는 어디 있니?"

티거가 무슨 일이 있었는지 설명하는 동안, 루도 비스킷을 먹고 기침한 일에 대해 설명했고, 캥거는 둘이 한꺼번에 말하지 말라고 타일렀지. 바람에 옆에서 듣고 있던 로빈이 푸와 피글렛과 래빗이 안개 낀 숲 북쪽 끝에서 완전히 길을 잃었다는 사실을 추측해내기까지 시간이 조금 걸렸지.

티거는 루에게 귓속말을 했어.

"티거들은 이상한 구석이 있는데, 티거들은 절대로 길을 잃지 않아."

"그건 왜 그런 거야, 티거?"

티거가 설명했어.

"그냥 그러는 거야. 그냥 그래."

크리스토퍼 로빈이 말했어.

"어쨌든 우리가 가서 걔네들을 찾아봐야겠어. 그 수밖에 없어. 가자, 티거."

티거는 루에게 설명했어.

"내가 가서 걔네들을 찾아봐야겠어."

루는 캥거에게 간절하게 물었어.

"나도 찾으러 가면 안 돼요?"

캥거가 말했어.

"오늘은 안 될 것 같구나, 아가. 다른 날 가렴."

"그럼, 만약에 친구들이 내일도 길을 잃어버리면 그땐 나도 찾으러 가도 돼요?"

캥거가 말했어.

"그때 가서 보자꾸나."

그 말이 무슨 뜻인지 금방 이해한 루는 혼자 구석으로 가서 뛰는 연습을 했어. 마침 그 연습을 하고 싶기도 했고, 크리스토퍼 로빈과 티거가 자기들끼리만 나가면서 루가 속상해할 거라고 생각하는 것도 싫었거든.

"사실은."

래빗이 말했어.

"우리가 길을 잃어버린 것 같아."

셋은 숲 북쪽 끝에 있는 조그만 모래언덕에서 쉬고 있었어. 푸는 모래에 차츰 싫증이 났고, 모래가 자기들을 따라다니는 건 아닌지 의심하고 있었지. 어느 쪽에서 출발하든 언제나 모래언덕에서 끝이 났고, 모래언덕이 자욱한 안개를 뚫고 다가오는 래빗은 그때마다 의기양양하게 "이젠 어딘지 알겠어!"라고 말했지. 그러면 푸도 슬픈 얼굴로 "나도"라고 말했고, 피글렛은 아무 말도 하지 않았어. 피글렛은 무언가 할 말을 생각해내려고 애썼지만 생각나는 말이라고는 "도와줘, 도와줘!"뿐이었어. 하지만 푸와 래빗이 옆에 있는데 그런 말을 한다는 건 좀 그렇잖아.

긴 침묵이 흘렀어. 래빗은 누구도 자기에게 이렇게 멋진 탐험을 하게 해줘서 고맙다는 말을 하지 않자, 먼저 입을 열었어.

"자, 계속 가는 게 나을 것 같아. 어느 길로 가볼까?"

푸가 천천히 말했어.

"이건 어때? 모래언덕이 보이지 않을 때, 우리가 반대로 모래언덕을 찾아다니는 거야."

래빗이 말했어.

"그렇게 하면 무슨 소용인데?"

"그게, 여태 쭉 집을 찾아다녔지만 못 찾았잖아. 그러니까 우리가 대신 이 모래언덕을 찾아다니면 모래언덕이 숨을지도 몰라. 그렇게 되면 좋잖아. 우리가 발견하지 못했던 뭔가를 찾을지도 모르고, 바로 그게 우리가 정말로 찾아다닌 걸 수도 있으니까."

래빗이 말했어.

"그럴 리가 없어."

푸가 순순히 말했어.

"그래, 지금은 그렇네. 근데 내가 처음 말하기 시작할 땐 분명 뭔가 있긴 했어. 중간에 뭐가 어떻게 되긴 했지만."

래빗이 말했어.

"내가 이 모래언덕을 떠났다가 다시 돌아오면 여길 당연히 찾을 수 있어."

푸가 말했어.

"글쎄, 내 생각엔 아마 그러지 못할 것 같아. 그냥 그런 생각이 드네."

피글렛이 불쑥 말했어.

"한번 해봐. 푸랑 나는 여기서 기다리고 있을게."

래빗은 피글렛이 얼마나 어리석은지 보여주려고 한바탕 웃고 나서 안개 속으로 걸어갔어. 래빗은 백 미터쯤 걸어갔다가 돌아서서 다시 걸어왔지. 푸와 피글렛은 래빗을 기다렸다가 20분 정도 지나자 푸가 일어섰어.

"그냥 생각해봤는데. 피글렛, 이제 그만 집에 가자."

피글렛은 몹시 신이 나서 소리를 질렀어.

"하지만 푸, 너 길 알아?"

"아니. 근데 우리 집 찬장에 들어 있는 꿀단지 열두 개가 몇 시간 동안이나 나를 불러대고 있어. 아까는 래빗이 말을 해대는 바람에 잘 알아들을 수가 없었거든. 하지만 꿀단지 열두 개 말고는 아무도 말을 하지 않는다면, 내 생각에 피글렛, 그 소리가 어디에서 들려오는지 알 수 있을 것 같아. 가자."

둘은 함께 길을 떠났어. 오랫동안 피글렛은 꿀단지들을 방해하지 않으려고 아무 말도 하지 않았지. 그러다가 피글렛이 갑자기 찍찍거리는 소리를 내더니…… 우와 하는 소리를 냈는데…… 이제 여기가 어디쯤인지 알 것 같았거든. 그래도 혹시 아닐 수도 있으니까 겉으로 말하지는 못했어. 꿀단지들이 계속 부르든 말든 상관없을 만큼 피글렛의 자신감이 커졌을 때, 앞에서 외치는 소리가 들려오더니 안개 속에서 크리스토퍼 로빈이 나타났어.

크리스토퍼 로빈은 걱정한 티를 내지 않으려고 애쓰면서 무심하게 말했어.

"아, 너희들 거기 있었구나."

푸가 말했어.

"우린 여기 있어."

"래빗은 어디 있니?"

"나도 몰라."

"아…… 그래, 티거가 래빗을 찾을 수 있을 거야. 티거가 너희 모두를 찾고 있거든."

푸가 말했어.

"글쎄, 난 뭔가 작은 걸 좀 먹어야 해서 이만 집에 가야겠어. 피글렛도 그렇고. 우린 아직 아무것도 못 먹었거든……."

"나도 너랑 같이 가서 있을래."

이렇게 크리스토퍼 로빈은 푸와 함께 집으로 가서 아주 아주 오랫동안 푸를 지켜보았단다…….

크리스토퍼 로빈이 푸를 지켜보는 사이, 티거는 래빗을 찾느라고 소리를 왕왕 질러대면서 숲을 헤집고 돌아다녔어. 마침내 초라하고 가엾은 래빗이 그 소리를 들었어. 초라하고 가엾은 래빗은 소리가 들리는 쪽을 향해 안개 속을

헤치며 달려갔는데, 갑자기 그 소리가 티거로 돌변했지 뭐니. 다정한 티거, 훌륭한 티거, 커다랗고 도움을 주는 티거, 튀어대긴 하지만 티거라면 당연히 그래야 하는, 아름답게 통통 튀는 티거 말이야.

래빗은 외쳤어.

"아, 티거, 널 만나서 기뻐."

8

용감한 피글렛, 아주 멋진 일을 해내다

푸와 피글렛네 집 중간 지점에는 생각하는 자리가 있어. 때때로 서로 만나기로 한 날이면 그곳에서 만났지. 따뜻하고 바람이 불지 않는 날이면, 그곳에 나란히 앉아서 이제 무엇을 할까 생각하곤 했어.

어느 날 둘이 아무것도 하지 않기로 마음먹었을 때, 푸는 모두에게 그곳이 어떤 장소인지 알려주려고 이런 시를 지었어.

>따뜻하고 햇빛이 내리쬐는 이 자리는
>푸의 자리야.
>여기서 푸는
>무얼 할지 생각하지.

아, 이런, 깜박했다…….
여긴 피글렛의 자리이기도 해.

그날은 바람이 밤새 나뭇가지에 매달려 있는 나뭇잎을 모두 불어 날린 다음, 나뭇가지도 불어 날리려고 하는 그런 가을 아침이었어. 푸와 피글렛은 생각하는 자리에 앉아 여느 날처럼 생각을 하고 있었지.

푸가 말했어.

"내가 생각한 건, 우리가 푸 모퉁이로 가서 이요르를 만나는 거야. 이요르네 집이 바람에 쓰러졌을지도 모르고, 우리가 다시 집을 지어주면 이요르가 좋아할 테니까."

피글렛이 말했어.

"내가 생각한 건, 우리가 크리스토퍼 로빈네 집에 가서 크리스토퍼 로빈을 만나는 거야. 집에 없으면 만날 수 없겠지만."

푸가 말했어.

"가서 모두를 만나자. 이렇게 바람이 부는 날에 몇 킬로미터를 걸어가서 갑자기 누군가의 집에 들어가면, 집 주인은 '안녕, 푸, 뭔가 작은 걸 좀 먹으려고 했는데 딱 맞춰 잘

왔어'라고 말하겠지. 그러면 우린 딱 맞추어 잘 찾아간 거고, 그런 날이야말로 사이좋은 날이야."

피글렛은 모두를 만나러 가려면, 스몰을 찾는다거나 아니면 타멈대˚를 편성한다거나 하는 그런 이유가 있어야 한다고 생각했어. 푸가 무언가를 생각해낼 수만 있다면 말이야.

푸는 생각할 수 있었어.

"우리가 가는 건 오늘이 목요일이기 때문이야. 그러니까 모두에게 아주 행복한 목요일이 되길 바란다고 말하러 가는 거지. 가자, 피글렛."

둘은 자리에서 일어났는데, 피글렛이 그만 털썩 주저앉고 말았어. 바람이 그렇게 세게 부는 줄 몰랐거든. 푸가 도와준 덕분에 피글렛은 자리에서 다시 일어났고, 둘은 그렇게 길을 떠났단다. 먼저 푸의 집으로 갔는데, 다행히 둘이 도착했을 때 마침 푸가 집에 있었어. 푸는 들어오라고 했고, 둘은 뭔가 작은 걸 좀 먹고 나서 캥거네 집으로 향했어. 둘은 손을 꼭 잡고 "그렇지 않아?", "뭐가?", "안 들려" 하고

---

* '탐험대'를 뜻하는 'expedition'을 'expotition'으로 잘못 말하는 숲속 친구들을 따라 말하는 것이다.

8장 · 용감한 피글렛, 아주 멋진 일을 해내다 ··· 461

크게 외쳐대며 걸어갔지. 캥거네 집에 도착했을 즈음에는 바람에 하도 시달린 나머지, 거기에 머무르면서 점심까지 먹었단다. 그사이에 밖은 꽤 쌀쌀해져서, 둘은 최대한 빠른 걸음으로 래빗네 집을 향해 걸어갔어.

푸는 래빗네 집에 도착해서, 다시 밖으로 나가도 될지 확인하려고 한두 번 들락날락해보고는 말했어.

"우린 네가 아주 행복한 목요일을 보내길 바란다고 말하러 왔어."

래빗이 물었어.

"왜, 목요일이 무슨 날인데?"

푸가 설명하자, 인생이 온통 중요한 일들로만 가득 찬 래빗이 별거 아니라는 듯이 말했어.

"아, 난 또 뭐라고. 정말로 무슨 일이 생긴 줄 알았잖아."

푸와 피글렛은 잠깐 앉아 있다가 곧 다시 길을 나섰어. 이젠 바람이 뒤에서 불어서 둘은 더 이상 고함을 칠 필요가 없었어.

푸는 생각에 잠긴 얼굴로 말했어.

"래빗은 똑똑해."

피글렛이 말했어.

"그래, 래빗은 똑똑하지."

"그리고 머리가 좋아."

"그래, 머리가 좋지."

그리고 한참 동안 침묵이 흘렀어.

푸가 말했어.

"내 생각엔 그래서 래빗이 어떤 일은 전혀 이해하지 못하는 것 같아."

그때쯤 크리스토퍼 로빈은 집에 있었어. 오후였으니까.

로빈이 둘을 보고 너무나 반가워해서 푸와 피글렛은 차 마실 시간이 아주 가까워질 때까지 그곳에 머물렀어. 나중에 마셨다는 사실조차 잊어버릴 것 같은 차에 가까운 무언가를 마신 다음, 이요르를 만나러 서둘러 푸 모퉁이에 갔지. 그래야 너무 늦기 전에 아울과 제대로 된 차를 마실 수 있을 테니까.

둘은 명랑하게 소리쳤어.

"안녕, 이요르!"

이요르가 말했어.

"아! 길을 잃어버렸니?"

피글렛이 말했어.

"우린 그냥 널 만나러 왔어. 집이 괜찮은지도 볼 겸. 푸, 봐봐, 집이 아직도 서 있어!"

이요르가 말했어.

"나도 알아. 무척 이상한 일이지. 벌써 누가 와서 엎어놓았어야 하는데."

푸가 말했어.

"우린 네 집이 바람에 쓰러진 건 아닌지 궁금해서 왔어."

이요르가 말했어.

"아, 그래서 아무도 신경 쓰지 않았던 거군. 아마 잊어버렸을 거라고 생각했어."

"어쨌든 만나서 기뻐, 이요르. 우린 이제 아울을 보러 가려고."

"잘됐네. 너희들도 아울이 마음에 들 거야. 아울이 어젠가 그젠가 날아가다가 나를 봤는데, 사실 나한테 말을 걸진 않았어. 물론 아울은 나를 알아봤지. 정말 다정하다니까. 아주 든든해."

푸와 피글렛은 주춤주춤 뒤로 물러나면서 될 수 있는 대로 질질 끌며 "그래, 잘 있어, 이요르"라고 말했어. 갈 길은 멀었고, 둘은 어서 벗어나고 싶었지.

이요르가 말했어.

"잘 가. 바람에 날려가지 않게 조심해라, 꼬마 피글렛. 그렇게 되면 다들 널 그리워할 테니까. 모두들 정말로 궁금해서 '꼬마 피글렛은 어디로 날아간 걸까?'라고 묻겠지. 어쨌든 잘 가. 어쩌다가 내가 사는 곳을 지나가줘서 고마워."

둘은 정말 마지막으로 말했어.

"안녕."

그러고 나서 푸와 피글렛은 아울네 집을 향해 발을 힘겹게 내디뎠단다.

바람은 다시 앞에서 불어오고 있었고, 피글렛의 귀는 완전히 뒤로 젖혀져서 팔락거렸어.

마치 깃발처럼 말이야.

피글렛은 사투를 벌였어.

100에이커 숲의 피난처에 도착하는 데 이미 오랜 시간이 흐른 것 같았어. 푸와 피글렛은 다시 똑바로 서서 조금 초조해진 채로 나무 꼭대기 사이에서 사납게 윙윙대는 바람 소리에 귀를 기울였어.

피글렛이 물었어.

"푸, 우리가 나무 아래에 서 있는데 나무가 쓰러진다면 어떻게 될까?"

푸는 신중하게 생각한 다음에 말했어.

"그러지 않을 거야."

피글렛은 푸의 대답을 듣고 나니 마음이 놓였어. 잠시 후에 둘은 아울네 집 문 앞에 서서 신나게 노크를 하고 줄을 잡아당겼어.

푸가 말했어.

"안녕, 아울. 우리가 너무 늦지 않았다면…… 그러니까 내 말은, 잘 지냈니, 아울? 피글렛이랑 나는 오늘이 목요일이라 네가 잘 지내는지 보러 왔어."

아울은 친절하게 말했어.

"앉아, 푸, 너도 앉아, 피글렛. 편하게 있어."

둘은 아울에게 고맙다고 말한 다음 이보다 더 편안할 수 없는 듯한 자세로 앉았어.

푸가 말했어.

"너도 알겠지만, 아울, 우린 아주아주 서둘러서 왔어. 늦지 않으려고…… 돌아가기 전에 널 만나려고 말이야."

아울은 침통하게 고개를 끄덕이며 말했어.

"내 말이 틀리면 바로잡아줘. 오늘은 밖에 바람이 아주 세차게 부는 날인 것 같은데, 맞지?"

피글렛은 얌전히 앉아 집에 안전하게 돌아갈 수 있기를 바라면서 귀를 녹이다가 말했어.

"아주 많이."

아울이 말했어.

"그럴 것 같았어. 피글렛, 네 오른쪽 벽에 걸린 초상화에 있는 로버트 삼촌도 꼭 이렇게 바람이 세찬 날 아침 늦게 돌아오시다가…… 이게 무슨 소리지?"

무언가가 우지직 부러지는 소리가 들렸어.

푸가 말했어.

"조심해! 시계를 조심해! 비켜, 피글렛! 피글렛, 내가 너한테 넘어지고 있어!"

피글렛은 비명을 질렀어.

"도와줘!"

푸가 있던 쪽 벽이 천천히 기울더니 푸가 앉아 있던 의자가 피글렛 쪽으로 미끄러졌어. 시계는 부드럽게 벽난로

를 따라 미끄러지다가, 꽃병들을 쓸어 담더니, 방금 전까지는 바닥이었지만 이제는 어떻게 하면 벽처럼 보일지 고민 중인 그곳 위로 와르르 쏟아졌어. 벽난로 앞 깔개가 되기로 한 로버트 삼촌은 자기가 걸려 있던 벽을 카펫 삼아 미끄러져 내려가다가 자리를 막 뜨려던 피글렛의 의자와 딱 마주쳤어. 그 순간 어디가 북쪽인지 도무지 분간이 가지 않았지. 그리고 또 한번 '쩍'하는 소리가 났고…… 아울의 방은 정신없이 한데 모여 뒤섞였다가…… 마침내 잠잠해졌어.

방 한쪽 구석에서는 식탁보가 꿈틀거렸어.

공처럼 돌돌 말려서

데굴데굴 방을 굴렀지.

그러고는 한두 번 폴짝거렸어.

식탁보에서 두 귀가 불쑥 나오고, 다시 방 안을 가로질러 굴러가더니, 저절로 풀어졌어.

피글렛이 안절부절못하며 말했어.

"푸."

의자 하나가 대답했어.

"응."

"우리 지금 어디에 있는 거야?"

의자가 말했어.

"나도 확실히 몰라."

"여기…… 여기 아울네 집 맞지?"

"그런 것 같아. 왜냐하면 막 차를 마시려고 했는데 못 마셨잖아."

"아! 그런데 아울이 원래 편지함을 천장에 달아놨었나?"

"그랬어?"

"응, 봐봐."

"난 볼 수가 없어. 뭔가에 깔려서 엎드려 있는데, 이건 피글렛, 천장을 올려다보기에 좋지 않은 자세거든."

"어쨌든, 아울이 그랬어, 푸."

"아마 아울이 변화를 주고 싶었나 보지."

그때 방 한구석에 있는 탁자 뒤에서 요란스러운 소리가 들리더니, 아울이 나타났어.

"아, 피글렛."

아울은 아주 짜증스러워 보였어.

"푸는 어디 있지?"

푸가 대답했어.

"나도 잘 모르겠어."

아울은 목소리가 들리는 쪽으로 돌아서서 몸 일부만 보이는 푸를 향해 얼굴을 잔뜩 찌푸렸어.

아울은 쏘아붙였어.

"푸, 네 짓이지?"

푸가 소심하게 대답했어.

"아니야, 내 생각엔 아니야."

"그럼 대체 누가 한 짓이야?"

피글렛이 말했어.

"내 생각엔 바람이 그런 것 같아. 바람이 집을 쓰러뜨린 거야."

"아, 그래? 난 푸가 한 줄 알았는데."

푸가 말했어.

"아니야."

아울은 곰곰이 생각하다가 말했어.

"바람이 한 짓이라면 푸의 잘못이 아니지. 누구도 푸를 탓해서는 안 돼."

아울은 그렇게 친절하게 말하고 나서 새 천장을 살펴보기 위해 날아올랐어.

푸가 다 들리도록 속삭였어.

"피글렛!"

피글렛이 푸를 향해 몸을 숙였어.

"아울이 나한테 뭘하면 안 된다고 했는지 들었어?"

"널 탓하지 않는다고 했어."

"아! 난 또 아울이…… 아, 그렇구나."

피글렛이 말했어.

"아울, 내려와서 푸를 좀 도와줘."

아울은 감탄하면서 우편함을 보고 있다가 다시 아래로 내려왔어.

피글렛과 아울은 함께 안락의자를 밀고 당기기를 반복했고, 잠시 후에 푸는 의자 밑에서 빠져나와 다시 두리번거릴 수 있게 되었지.

아울이 말했어.

"세상에! 방을 좀 봐. 참 근사하기도 하지!"

피글렛이 물었어.

"푸, 이제 우린 어떻게 해야 하지? 뭐 생각나는 거 있어?"

푸가 말했어.

"글쎄, 방금 뭔가 생각나기는 했어. 대단한 건 아니고."

그리고 푸는 노래하기 시작했어.

나는 배를 깔고
누운 채로 생각했어.
지금은 그냥 오후 낮잠을
자는 척 하는 게 좋겠어.
나는 배를 깔고 엎드려서
콧노래를 부르려고 했지만,
딱히 떠오르는 건 없었어.
내 얼굴은 납작하게
바닥에 붙어 있었고,
곡예사라면 괜찮았겠지만
친절한 곰에게는
너무 가혹했지.
의자 아래서 꼼짝 못하는 건 말이야.
그리고 쥐어짜이는 느낌,
더 세게 조여오는 느낌은
곰의 가엾고 낡은 코에도 가혹하고,
목이며 입이며 귀며
온몸 구석구석에게도
정말 너무 지나친 일이었어.

"이게 다야."

푸가 말했어.

아울은 가소롭다는 듯이 헛기침을 하더니 푸한테 그게 다라면 이제는 최선을 다해 이 집을 탈출하는 방법에 대해서 이야기하자고 말했어.

아울이 말했어.

"왜냐하면 더는 문이었던 곳으로 나갈 수가 없게 되었거든. 뭔가가 그 위로 떨어졌어."

피글렛이 걱정스럽게 물었어.

"하지만 문이 없다면 어떻게 나갈 수 있어?"

"그게 문제야, 피글렛. 그래서 내가 푸한테 이 문제에 대해 열심히 의견을 말해보라고 말하고 있잖니."

푸는 이전에는 벽이었던 바닥에 앉아서, 한때는 문이 있었고 문이 나 있는 벽이기도 했던 천장을 올려다보면서 이 문제를 진지하게 생각해보려고 애썼어.

푸가 물었어.

"아울, 피글렛을 등에 태우고 우편함까지 날아갈 수 있어?"

피글렛이 잽싸게 대답했어.

"안 돼. 아울은 못해."

아울은 그렇게 하는 데 꼭 필요한 등 근육에 대해 설명했어. 언젠가 푸와 크리스토퍼 로빈에게 같은 설명을 한 적 있는데, 마침 다시 한번 설명할 기회가 오기를 기다리고 있던 참이었거든. 이게 무슨 말인지 누군가가 이해하려면 아주 쉬운 방식으로 두 번은 설명해줘야 하는, 그런 말이었으니까.

푸가 말했어.

"왜냐하면, 너도 알아듣겠지만, 아울, 만약 우리가 피글렛을 우편함 안에 집어넣을 수 있다면, 피글렛이 편지를 넣는 구멍으로 빠져나가서, 나무 아래로 내려가 도움을 구하러 달려갈 수 있을 테니까."

피글렛은 푸가 말한 대로 하고 싶기는 하지만, 요즘 덩치가 커져서 아마 할 수 없을 거라고 냉큼 말했어. 그리고 아울은 커다란 편지가 올 경우를 대비해 얼마 전에 우편함의 구멍을 크게 만들었으니 푸가 말한 대로 할 수 있을 거라고 말했지. 그러자 피글렛은 "하지만 네가 그렇게 하는 데 꼭 필요한 등 근육 때문에 안 될 거라고 했잖아?"라고 되받아쳤고, 아울은 "그래, 그건 그렇지. 그럼 거기에 대해선 더 생각해봐도 소용없겠군"이라고 대답했어. 피글렛은 "그럼 다른 방법을 생각해보는 게 낫겠다"라고 말하고는 다시 생각하기 시작했어.

그렇지만 푸의 마음은 홍수가 났을 때 자기가 피글렛을 구해서 모두가 아주 열렬하게 찬사를 보냈던 그때로 가 있었어. 그런 일은 그렇게 자주 일어나지 않았지만 푸는 그런 일이 다시 일어나주기를 바랐지. 그 순간, 갑자기 지난번에 꼭 그랬던 것처럼 아이디어 하나가 푸의 머릿속에 찾아들었어.

푸가 말했어.

"아울, 나 방금 뭔가 생각났는데."

"참 똘똘하고 쓸모 있는 곰이기도 해라."

푸는 똥똥하고˚ 쓸모 있다는 말을 듣고 자랑스러웠지만 그저 우연히 생각이 났을 뿐이라고 겸손하게 말했어. 푸의 아이디어는 이런 거였어.

우선 피글렛을 줄로 묶고 아울이

• 아울이 말한 '똘똘한astute'을 푸가 '똥똥한stout'으로 잘못 알아들은 것이다.

줄의 다른 쪽 끝을 부리에 물고 우편함까지 날아가는 거야. 그 줄을 우편함의 철망 사이로 집어넣고 아울과 푸가 힘을 합쳐 줄을 힘껏 잡아당기면 다른 쪽 줄에 매달린 피글렛이 천천히 위로 올라갈 테지, 그럼 모든 일이 잘 풀리는 거지.

아울이 말했어.

"피글렛은 위로 올라갈 수 있을 거야, 줄이 끊어지지만 않으면."

피글렛은 정말 그러면 어떻게 하냐는 듯이 물었어.

"줄이 끊어질까?"

아울이 대답했어.

"그땐 다른 줄로 하면 돼."

피글렛에게는 그닥 위안이 되지 않는 말이었지. 푸와 아울이 잡아당길 수 있는 줄이 얼마나 많든지 간에, 거기에 매달렸다가 떨어지는 건 언제나 피글렛일테니까. 하지만 지금으로서는 그 방법 말고는 딱히 별 수가 없었어. 피글렛은 끈에 묶여 천장으로 올라가지 않아도 되던, 숲속에서 아주 행복했던 시절들을 한번 되돌아본 다음, 푸를 쳐다봤어. 그리고 용감하게 고개를 끄덕이면서 아주 영리한 개, 게, 계, 영리한 게, 계, 계획이라고 말했지.

푸가 피글렛을 위로하는 투로 속삭였어.

"끊어지지 않을 거야. 너는 작은 동물인 데다가 내가 밑에 서 있을 거고, 네가 우리 모두를 구한다면 나중에 네가 아주 대단한 일을 했다는 소문이 날 거야. 그리고 아마 난 노래를 만들겠지. 그럼 다른 애들이 '피글렛이 한 일이 무척 대단해서 푸가 존경하는 노래를 지은 거래'라고 말할 거야."

피글렛은 푸의 말을 듣고 훨씬 기분이 나아졌어. 심지어 모든 준비가 끝났을 때는 느릿느릿 천장으로 올라가고 있는 자신이 너무 자랑스러워서 하마터면 "날 좀 봐!" 하고 소리를 지를 뻔했지. 푸와 아울이 자기를 보다가 잡고 있는 줄을 놓칠까 봐 걱정되어서 그러진 않았지만.

"올라간다!"

푸가 신나게 외쳤어.

아울도 거들었고.

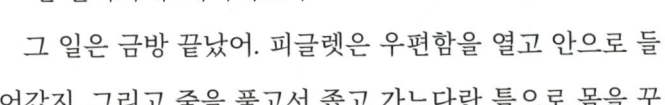

"잘 올라가네. 계획대로야."

그 일은 금방 끝났어. 피글렛은 우편함을 열고 안으로 들어갔지. 그리고 줄을 풀고서 좁고 가느다란 틈으로 몸을 꾸역꾸역 밀어넣기 시작했어. 문이 진짜 문이었던 시절, 우알* 이 자기 자신에게 보냈던 뜻밖의 편지들이 미끄러져 들어오곤 했던 곳 말이야.

피글렛은 꾸역꾸역 몸을 밀어넣었고, 또 힘껏 쑤욱 밀어 넣더니, 마지막으로 꾸욱 짜내듯이 빠져나왔어. 기쁘고 신이 난 피글렛은 고개를 돌려 두 죄수에게 찍찍거리며 마지막 말을 크게 소리쳤어.

"난 괜찮아, 아울. 나무가 바람에 쓰러져서 문이 막혔는데, 크리스토퍼 로빈과 내가 치울 수 있어. 푸를 꺼낼 밧줄도 가지고

올게. 지금 당장 크리스토퍼 로빈에게 말하러 갈 건데, 내려가는 건 문제 없을 것 같아. 그러니까 내 말은, 물론 위험하지만 나는 잘할 수 있다는 뜻이야. 한 30분쯤 뒤에 크리스토퍼 로빈이랑 같이 돌아올게. 잘 있어, 푸!"

• 아울은 자기 이름을 '우알WOL'이라고 쓴다.

피글렛은 푸가 "잘 가, 고마워, 피글렛"이라고 대답하기도 전에 쌩하니 사라져버렸어.

아울은 편안하게 자리를 잡고 앉았지.

"30분이라, 그럼 내가 아까 하다 만 로버트 삼촌의 이야기를 마저 할 수 있겠군…… 네 밑에 깔린 초상화의 주인공 말이야. 자, 어디 보자, 내가 어디까지 말했더라? 옳지, 그래. 마치 오늘처럼 바람이 세차게 부는 날이었는데, 로버트 삼촌이……."

푸는 두 눈을 감았어.

9

이요르가 찾아준 아울의 새집

푸는 100에이커 숲을 돌아다니다가 한때 아울네 집이었던 곳에 멈추어 섰어. 이제는 전혀 집처럼 보이지 않았고 그저 바람에 쓰러진 나무 같았지. 그런 게 집이라면 당장 다른 새집을 찾아야 할 거야. 그날 아침, 푸는 현관문 밑으로 수수께끼 같은 쪽지를 받았는데, 거기에는 "아울을 위해 새집을 찾고˚ 있는 중이니 너도 도와줘 —래빗"이라고 써 있었어. 푸가 무슨 내용인지 궁금해하던 와중에 래빗이 찾아와서 직접 그 쪽지를 읽어줬지.

래빗이 말했어.

"모두에게 이 편지를 한 장씩 돌리고 나서 무슨 내용인지

• '찾는다'는 뜻의 'searching'을 래빗이 'scerching'으로 잘못 쓴 것이다.

9장 · 이요르가 찾아준 아울의 새집 … 485

다시 알려주고 있어. 그래야 다 같이 집을 찾아다닐 테니까. 그럼 난 지금 매우 바빠서, 이만 안녕."

그러고 나서 래빗은 멀리 달려가버렸어.

푸는 천천히 따라갔어. 아울을 위한 새집을 찾아주는 것보다 더 근사한 일이 푸에게는 있었거든. 아울의 옛집에 대한 푸 노래를 만드는 거였어. 아주 오래전 피글렛에게 노래를 만들겠다고 호언장담했었는데, 막상 그날 이후 피글렛은 푸와 만나도 아무 말도 하지 않았어. 왜 아무 말도 안 하는지는 척하면 알 수 있었지. 피글렛은 누군가가 노래나, 나무, 줄, 폭풍우가 쳤던 밤에 대해 언급할 때마다 항상 코끝이 금세 분홍빛으로 물들고, 잽싸게 말을 돌렸으니까.

푸는 예전에 아울의 집이었던 곳을 바라보면서 혼잣말을 했어.

"하지만 쉬운 일이 아니야. 시나 노래는 우리가 찾을 수 있는 게 아니라, 우리를 찾아오는 거니까. 그동안 우리가 할 수 있는 일은 그 아이들이 우리를 찾아올 수 있는 곳에 가는 것뿐이야."

푸는 희망을 품고 기다리며…… 그렇게 한참을 기다리다가 말했어.

"그냥 이렇게 시작해야겠다. '여기 나무가 누워 있어.' 왜냐하면 그게 사실이니까. 그리고 무슨 일이 생기는지 두고 봐야지."

그다음에 생긴 일은 이런 거야.

여기 나무가 누워 있어.
아울이(새야) 아주 좋아했던 나무지.
꼿꼿이 서 있을 땐 말이야.

그날은 아울은 친구와 이야기를 나누고 있었어.
바로 나 말이야(혹시 모를까 봐).
그런데 무언가 오! 하고 일어났어.

바람이 아주 사납게 불더니
아울이 가장 좋아하던 나무를 쓰러트렸지.
그 순간 모든 것이 나빠 보였어.
아울과 우리의 말이야.
아니, 아울과 우리에게였던가?
아무튼 내가 알기로는 그보다 더 나쁠 순 없었어.

그러다 피글렛(정말로!)이 뭔가를 생각해냈어.
"용기를 내! 희망은 언제나 있어
가느다란 끈이 있다면 좋아.
없다면 좀 굵은 실이라도 괜찮아."

그렇게 피글렛은 우편함으로 올라갔어.
푸와 아울은 "오!", "흠" 하며 바라봤고,
편지가 들어오는 곳("편지만 넣을 것"이라고 쓰인 그곳)

틈 사이로 피글렛은 머리를,

그리고 발가락을 쑥-!

오, 용감한 피글렛(피글렛!) 호!

피글렛이 떨었냐고? 움찔했냐고?

아니, 아니, 절대.

피글렛은 조금씩 조금씩

편지가 들어오는 곳으로 비집고 들어갔어.

내가 봤어, 피글렛이 그렇게 들어가는 걸.

피글렛은 달리고 또 달리다가

딱 멈춰 서서 소리쳤어.

"우리의 새, 아울을 도와줘!"

"우리의 곰, 푸도 도와줘!"

그러자 숲의 다른 친구들이 달려오기 시작했어.

"도와줘! 도와줘! 구해줘!"

피글렛은 소리치며 길을 알려줬어.

자, 피글렛(피글렛!)을 위해 노래하자, 호!

곧 문이 활짝 열렸고

우리는 둘 다 무사히 밖으로 나왔어.

노래하자, 호! 피글렛을 위해, 호!

푸는 이 노래를 세 번 부르고 나서 이렇게 말했어.

"다 됐다. 내가 생각했던 것하고는 다른 게 찾아왔지만 어쨌든 찾아왔어. 이제 피글렛한테 이 노래를 불러줘야지."

아울을 위해 새집을 찾고 있는 중이니 너도 도와줘

―래빗

"이게 다 뭐야?"

이요르가 묻자, 래빗이 설명했어.

"아울의 옛집에 무슨 일이 생겼니?"

이요르가 묻자, 래빗이 설명했어.

이요르가 말했어.

"아무도 나한테 말해주지 않아. 아무도 나한테 소식을 전해주지 않는다고. 오는 금요일이면 누군가가 나한테 말을 걸지 않은 지도 벌써 17일째가 돼."

"분명 17일까지는 아닐 텐데……."

"금요일이 되면 그렇다니까."

"오늘은 토요일이니까 10일째가 되겠네. 게다가 나만 해도 지난주에 여기 왔었다고."

"대화는 안 했잖아. 첫 대화도 없었고, 다음 대화도 없었어. 너는 '안녕'이라고 말하고는 번개같이 지나가버렸어. 그때 내가 뭐라고 대답할지 생각하고 있었는데, 백 미터 떨어진 언덕에서 네 꼬리가 보였어. 난 '뭐라고?'라고 말하려고 했는데…… 물론 이미 때는 늦어버렸지."

래빗이 말했어.

"그게, 내가 무척 바빴거든."

이요르가 말했어.

"우리 사이에는 오고가는 게 없어. 생각을 주고받지도 않고, 기껏해야 '안녕…… 뭐라고……'일 뿐이지. 내 말은 그런 건 아무 소용이 없다는 거야. 더군다나 그나마도 반도 못했는데 상대방의 꼬리밖에 안 보인다면 말이야."

"그건 네 잘못이야, 이요르. 넌 한 번도 우리를 만나러 온

적이 없잖아. 그저 숲 한구석에 박혀서 다른 친구들이 널 찾아오기만을 기다렸으니까. 너도 가끔은 친구들을 만나러 가는 게 어때?"

이요르는 잠깐 동안 생각하느라 입을 다물었어. 그리고 마침내 말했지.

"네가 뭔가 중요한 말을 한 것 같아, 래빗. 이제 조금 더 움직여봐야겠다. 왔다 갔다 해볼게."

"좋아, 이요르. 언제든 마음이 내키면 누구네 집이든 찾아가도록 해."

"고마워, 래빗. 만약에 누군가가 큰 소리로 '이런, 이요르잖아'라고 버럭하면 다시 되돌아 나오면 되겠지."

래빗은 잠시 한쪽 발로만 서 있다가 말했어.

"어쨌든, 난 이만 가봐야겠어. 오늘 아침은 특히 더 바쁘거든."

"잘 가."

"뭐라고? 아, 너도 잘 있어. 혹시 지나가다가 아울이 살 만한 집을 만나면 꼭 알려줘."

"신경 써볼게."

그렇게 래빗은 길을 떠났어.

푸는 피글렛을 찾아갔어. 둘은 걸어서 100에이커 숲으로 함께 돌아오고 있었어. 한동안 아무 말없이 걷다가, 푸가 조금 수줍게 말을 꺼냈어.

"피글렛."

"왜, 푸?"

"너 그거 기억나? 내가 너를 존경하는 노래를 만들겠다고 했던 거?"

피글렛의 코 주위가 발그레해졌어.

"그랬었나, 푸? 아, 그래. 그랬었던 것 같아."

"그거 완성했거든, 피글렛."

분홍빛이 천천히 코에서 귀로 물들어 올라가더니, 그곳에 자리를 잡았어. 피글렛은 약간 쉰 목소리로 물었어.

"그랬어, 푸? 그러니까…… 그러니까…… 그게 언제였지?…… 정말 다 만들었다고?"

"응, 피글렛."

피글렛의 귀 끝이 갑자기 붉게 달아올랐어. 무슨 말이든 하려고 한두 번 쌕쌕거렸지만 아무 말도 나오지 않았어. 그래서 푸가 말을 이었어.

"7절까지 있어."

피글렛은 최대한 태연한 척하며 말했어.

"7절이라고? 푸, 넌 노래를 7절까지 만든 적은 별로 없잖아, 그렇지?"

"한 번도 없었어. 아마 한 번도 들어본 적 없을 거야."

피글렛은 잠깐 멈추어 서서 나뭇가지 하나를 집어 들었다가 다시 내던지고 나서 물었어.

"다른 애들도 알아?"

"아니. 네가 어느 쪽을 더 좋아할지 궁금해하고 있었거든. 지금 불러줄까, 아니면 다른 친구들을 찾을 때까지 기다렸다가 모두 앞에서 불러줄까?"

피글렛은 잠시 생각했어.

"내 생각에, 가장 좋은 건 네가 지금 불러주고…… 그리고…… 그러고 나서 모두 앞에서 또 불러줬으면 좋겠어. 그러면 모두가 노래를 듣고 있을 때, '아, 푸가 나한테 말했었지'라면서 처음 듣는 척할 수 있을 테니까."

그래서 푸는 피글렛한테 노래를 불러주었어. 7절까지 전부 다. 피글렛은 아무 말도 하지 않았고, 그저 가만히 서서 시뻘겋게 타고 있었지. 이제까지 피글렛을 위해 "호!"라고 노래를 불러준 친구는 아무도 없었으니까. 노래가 끝나자 피글렛은 아무 소절이나 한 소절만 다시 불러달라고 하고 싶었는데 정말 그런 건 아니었어. 피글렛은 "아, 용맹한 피글렛"이라고 시작되는 그 소절을 다시 듣고 싶었지. 그 내용이야말로 시를 시작하는 무척이나 사려 깊은 방법이라고 생각했거든.

마침내 피글렛이 물었어.

"내가 정말로 그 모든 걸 했다고?"

"글쎄, 시에서는…… 한 편의 시 안에서는…… 응, 네가 한 거야. 이 시가 네가 그랬다고 말하거든. 그리고 다른 애들은 그걸 보고 아는 거고."

"난…… 난 처음에 조금 움찔했던 거 같아서. 그런데 시에서는 '떨었냐고? 움찔했냐고? 아니, 아니, 절대'라고 되어 있잖아. 그래서 물어보는 거야."

"넌 마음속으로만 움찔한 거야. 그리고 그건 아주 작은 동물들이 움찔하지 않는 가장 용감한 방법이야."

피글렛은 행복한 한숨을 폭 내쉬고 나

서 자기 자신에 대해 생각하기 시작했어. 피글렛은 용감했다고…….

둘이 아울의 옛집에 도착했을 때 이요르를 제외한 모두가 그곳에 모여 있었단다. 크리스토퍼 로빈은 무엇을 해야 할지 일러주었고, 혹시나 듣지 못한 친구들이 있을까 봐 래빗이 이어서 바로 또 이야기를 했어. 그러면 모두가 그 일을 했어. 밧줄을 가져와서 의자며, 그림들이며, 물건들을 옛집에서 꺼냈지. 새집으로 옮기려고 말이야.

캥거는 아래에서 물건들을 묶으면서 아울한테 "이 낡고 더러운 행주는 이제 더는 필요 없지, 그지? 또 이 카펫은 구멍 투성이야"라고 소리쳤고, 위에 있던 아울은 화가 나서 "당연히 필요하고말고! 가구는 어떻게 배치하느냐에 따라 달라지는 거고, 그건 행주가 아니라 내 숄이야"라고 되받아쳤어.

루는 가끔씩 뚝 떨어졌다가 새로운 물건과 함께 밧줄을 타고 올라오기를 반복했어. 그럴 때마다 캥거는 조금 당황했어. 루를 어디에서 찾아야 할지 알 수 없었거든. 캥거는 괜히 아울한테 화풀이를 했어. 집이 눅눅하고 너무 지저분해서 정말 수치스럽고 이젠 무너져도 이상할 게 없다고 말이야.

"저기를 봐, 저기 구석에서 끔찍한 독버섯이 무더기로 자라고 있는 거 보여?"

아울은 전혀 모르고 있었기 때문에 좀 놀라서 내려다보았어. 그게 뭔지 확인하고 나서는 빈정대듯이 픽 웃었고, 그건 스폰지라고 설명했어. 더없이 평범한 목욕 스폰지도 못 알아보다니, 정말 난감하다고 덧붙이면서 말이야.

캥거는 "어쨌든!"이라고 대꾸했고, 그때 루가 잽싸게 떨어지더니 "아울의 스폰지를 볼래! 아, 있다! 아, 아울! 아울, 이건 스폰지가 아니라 스뽄지야! 스뽄지가 뭔지 알아, 아울? 그건 스뽄지가 온통……"이라고 말했어. 그때 캥거가 재빨리 "루, 아가!"라고 외치면서 루의 말을 가로막았어. 화요일의 철자를 쓸 줄 아는 어른한테는 그런 식으로 말하면 안 되니까.

그때 푸와 피글렛이 다가오자 순식간에 모두가 행복해졌

고, 잠시 일을 멈추고 푸가 지은 새 노래를 들으며 쉬기로 했어. 다들 입을 모아 푸한테 아주 훌륭한 노래라고 칭찬하자 피글렛은 관심 없다는 듯이 말했지.

"아주 괜찮지, 그렇지? 노래로는 말이야."

푸가 물었어.

"새집은 어떻게 됐어? 새집을 찾았어, 아울?"

크리스토퍼 로빈이 한가롭게 풀을 잡아 뜯으며 말했어.

"새집에 어울리는 이름은 찾았어. 그러니까 이제 집만 있으면 돼."

아울은 거드름을 피우며 말했어.

"이렇게 부를 거야."

아울은 모두에게 자기가 만든 것을 보여주었어. 네모난 판자 위에 물감으로 새집의 이름이 적혀 있었어.

우알레리*

---

* '올빼미 서식지'를 뜻하는 'Owlery'를 아울이 'The WOLERY'라고 잘못 쓴 것이다.

이렇게 모두들 신나 있는 순간에 뭔가가 나무 사이로 다가오더니 아울과 부딪혔어. 판자는 땅바닥에 떨어졌고 피글렛과 루는 열심히 판자를 들여다보았지.

아울은 심통이 난 목소리로 말했어.

"아, 너였구나."

래빗이 말했어.

"안녕, 이요르! 너 왔구나! 어디에 있다가 온 거야?"

이요르는 들은 체도 안 했어. 루와 피글렛을 밀어낸 다음, '우알레리' 위에 털썩 주저앉으며 말했지.

"안녕, 크리스토퍼 로빈. 우리 둘뿐인가?"

크리스토퍼 로빈이 속으로 웃으면서 대답했어.

"그래."

"나도 들었는데…… 그 소식이 내가 사는 숲의 구석까지 퍼져서…… 아무도 살고 싶어 하지 않는 저 아래의 축축한 곳까지 말이야…… 어떤 녀석이 집을 찾고 있다고 하던데. 내가 집을 하나 찾았거든."

래빗이 친절하게 말했어.

"와, 잘했어."

이요르는 래빗 쪽으로 천천히 고개를 돌렸다가 다시 크리스토퍼 로빈에게로 고개를 돌렸어.

이요르는 큰 소리로 속삭였어.

"뭔가가 끼어들었군. 하지만 상관없어. 신경 쓰지 않으면 그만이야. 나랑 같이 가면, 크리스토퍼 로빈, 내가 그 집을 보여줄게."

크리스토퍼 로빈은 껑충 뛰어올랐어.

"가자, 푸."

루가 소리쳤어.

"가자, 티거!"

래빗이 말했어.

"우리도 갈까, 아울?"

아울은 다시 모습을 드러낸 나무판자를 집어들었어.

"잠깐만 기다려."

이요르는 모두를 밀어내듯 발을 휘휘 저었어.

"크리스토퍼 로빈과 나는 간단한 산책을 하러 가는 거야. 몰려다니는 건 딱 질색이야. 로빈이 푸와 피글렛을 데리고 가고 싶어 한다면 거기까진 승낙하겠지만, 그 이상은 안 돼. 나도 숨은 쉬어야지."

래빗은 남아서 자기가 현장 책임자가 될 수 있다고 생각하자 기뻐하면서 말했어.

"좋아. 그럼 우린 계속해서 물건들을 꺼낼게. 자, 티거, 밧줄은 어디에 있니? 아울, 무슨 일이야?"

아울은 판자에 적은 새집의 이름이 지저분하게 번진 것을 방금 발견하고 뭐라고 하지는 않았지만, 이요르를 향해서 엄하게 기침을 한 번 했어. 이요르는 우알레리라고 적힌 판자를 등에 이고 씩씩하게 친구들과 함께 가버렸어.

잠시 후 넷은 이요르가 찾은 집에 거의 도착했는데, 도착하기 전부터 푸와 피글렛은 서로의 옆구리를 찌르면서 "그거야!", "그럴 리가 없어!", "정말 그거라니까!"라는 대화를 주고받았어.

마침내 그곳에 도착하니까 정말 그랬어.

이요르는 피글렛의 집 앞에 멈추어 서서 우쭐대며 말했어.

"이거야! 이름도 달렸고, 모든 게 다 있어!"

"아!"

크리스토퍼 로빈은 웃어야 할지 말아야 할지 망설였어.

이요르가 말했어.

"아울한테 어울리는 집이지, 그렇지, 꼬마 피글렛?"

그때 피글렛이 아주 훌륭한 일을 했어. 푸가 자신을 위해 지어준 멋진 노래 가사를 떠올리며 말했지.

"응, 아울에게 정말 잘 어울리는 집이야. 아울이 이 집에서 아주 행복했으면 좋겠어."

그리고 피글렛은 꿀꺽하고 침을 두 번 삼켰어. 자기도 이 집에서 아주 행복했으니까.

이요르는 뭔가 잘못된 것을 느끼고 조금 불안해하며 물었어.

"넌 어떻게 생각해, 크리스토퍼 로빈?"

크리스토퍼 로빈은 우선 물어보고 싶은 게 있었지만, 어떻게 물어봐야 할지 고민하고 있던 참이었어.

마침내 로빈이 입을 열었어.

"음, 정말 멋진 집이다. 만약 집이 바람에 쓰러지면 어디든 다른 데로 가야 하잖아. 그렇지, 피글렛? 네 집이 바람에 쓰러진다면 넌 어떻게 할 거야?"

피글렛이 미처 생각할 겨를도 없이 푸가 대신 대답했어.

"우리 집에 와서 나랑 같이 살 거야. 그렇지, 피글렛?"

피글렛은 푸의 앞발을 꼭 쥐었어.

"고마워, 푸. 그러면 정말 좋겠다."

· 10 ·

푸,
이제는 우리 모두
어른이 되어야 해

 크리스토퍼 로빈은 떠나려고 하고 있었어. 아무도 왜 떠나는지 몰랐고, 어디로 가는지도 몰랐지. 사실 크리스토퍼 로빈이 떠난다는 걸 어떻게 알게 된 건지도 아무도 몰랐어. 하지만 어찌되었든 숲에 있는 모든 동물들은 결국 그런 일이 일어나고 있다는 걸 느끼고 있었지. 심지어 래빗의 친구들과 친척들 중에서 가장 작은 이들도 크리스토퍼 로빈의 발을 언젠가 한번은 본 것 같았지만, 아마 다른 것일지도 몰라서 자신 있게 말하지는 못했어. 래빗의 또 다른 친구와 친척인 '늦게'와 '일찍'이도 둘이 만나면 "글쎄, 일찍?", "글쎄, 늦게?" 하고 희망이 없다는 듯이 말을 주고받을 뿐이었지. 대답을 기다릴 이유조차 없어 보이는 대화였어.

 어느 날, 더 이상 기다릴 수 없다고 느낀 래빗이 머리를 짜내서 공고문을 만들었어.

이런 내용이었어.

> 모두가 푸 모퉁이에 모여서 왼쪽부터 서명한 결이안*을
> 통과시키기 위해 회의할 것을 공고함 —래빗

래빗은 '결이안'이라는 단어를 자기가 생각한 모양과 비슷하게 보일 때까지 두세 번을 고쳐 썼어. 공고문을 다 쓰고 나서는 그것을 들고 숲속 친구 모두를 찾아다니며 소리 내어 읽어주었고, 친구들은 기꺼이 참석하겠다고 말했어.

그날 오후에 이요르는 모두가 자기 집 쪽으로 올라오고 있는 것을 보았어.

"글쎄, 놀라운 일이군. 나도 가는 건가?"

래빗은 푸한테 속삭였어.

"이요르는 신경 쓰지 마. 오늘 아침에 전부 이야기해줬으니까."

모두들 이요르에게 "안녕"이라고 말했지만, 이요르는 거

---

* '결의안'을 뜻하는 'resolution'을 'rissolution'으로 잘못 쓴 것이다.

들떠보지도 않고 안녕하지 않다고 했어. 그러고 나서 모두가 자리에 앉았어.

모두 자리를 잡자, 래빗이 다시 일어나 말했어.

"모두 우리가 왜 이 자리에 모였는지 알고 있겠지만, 난 나의 친구 이요르에게 부탁해서……."

"바로 나야."

이요르가 말했어.

"위대한 이요르."

"난 이요르에게 결의안을 제출해달라고 부탁했어."

래빗은 다시 자리에 앉았어.

"자, 그럼 이요르, 부탁해."

이요르는 느릿느릿 일어
났어.

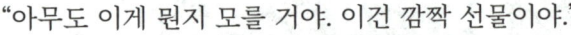

"재촉하지 마. 나한테 '자,
그럼'이라고 하지 말라고."

그러고 나서 이요르는 귀
뒤에 꽂아 둔 종이를 꺼내 펼쳤어.

"아무도 이게 뭔지 모를 거야. 이건 깜짝 선물이야."

이요르는 마치 자신이 아주 중요한 존재라도 된 듯이 헛
기침을 하더니 다시 입을 열었어.

"기타 여러 가지 등등 여러분, 우선 시작하기 전에, 아니
면 끝나기 전에 먼저 할 말이 있는데, 여러분에게 읽어줄
시 한 편이 있어요. 종래까지…… 종래까지는…… 복잡한 단
어인데 어떤 뜻이냐면…… 그냥 이 단어가 무슨 뜻인지 직
접 들어보면 알 거예요…… 내가 말한 것처럼, 종래까지 이
숲에서 지어진 모든 시는 푸, 그러니까 유쾌한 태도를 갖추
고 있지만 놀라울 만큼 머리가 나쁜 곰돌이의 작품이었지
요. 지금 내가 여러분에게 읽어줄 이 시는 이요르, 그러니
까 이 몸이 어느 고요한 순간에 지은 것이에요. 그러니 누
군가 루의 막대사탕을 치우고 아울 좀 깨워줘요. 그래야 우

리 모두 이걸 감상할 수 있을 테니까. 나는 이것을 이렇게 부르지요…… '시'라고."

그 시는 이런 거야.

크리스토퍼 로빈이 떠난다.
적어도 난 떠나는 것 같다.
어디로 가냐고?
그건 아무도 모르지.
그러나 그는 떠나고 있네…….
내 말은 그가 간다는 뜻이지.
("모르지"와 운을 맞추려고.)
우리가 속상해하냐고?
("어디로 가냐고?"와 운을 맞추려고.)
우리는 그래 아주 많이.
(2행에 나오는 "생각해"와 맞출 운을 아직 찾지 못함, 이런.)
("이런"에 맞출 운도 찾지 못함, 이런.)
이런 이런 이 두 개가 서로 운이 맞군,
이런.
사실 이건 내가 생각했던 것보다

훨씬 어려워.

나는…….

(오, 이건 아주 좋네.)

나는 처음부터 다시

시작해야겠지.

하지만 더 쉬운 일은

그냥 멈추는 거야.

크리스토퍼 로빈, 잘 가.

나는

(좋아.)

나는

그리고 너의 모든 친구는……

보낸다……

그러니까, 내 말은 너의 모든 친구가

보낸다……

(이 부분이 아주 어색하고, 계속 엇나가고 있음.)

그러니까, 어쨌든, 우리는 보낸다,

우리의 사랑을.

끝.

여기까지 읽고 나서 이요르가 말했어.

"누구든 박수를 치고 싶으면 바로 지금이 그때야."

모두들 박수를 쳤어.

"고마워, 비록 짝짝 소리가 약간 부족했지만, 전혀 예상하지 못해서 뿌듯하네."

푸가 감탄하면서 말했어.

"내 시보다 훨씬 훌륭해."

푸는 정말 그렇게 생각했단다.

이요르가 겸손하게 말했어.

"음, 그럴 의도였어."

래빗이 말했어.

"다 같이 이 결의안에 서명해서 크리스토퍼 로빈에게 가져다주자."

그래서 모두들 서명했어.

푸, 우알, 피글렛, 이요르, 래빗, 캥거 그리고 점과 얼룩까지.

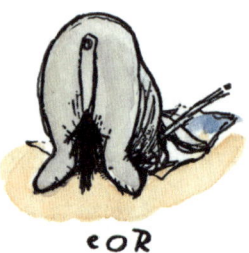

다 같이 그 종이를 들고 크리스토퍼 로빈네 집으로 갔어. 크리스토퍼 로빈이 말했어.

"안녕, 모두들. 안녕, 푸."

모두들 "안녕" 하고 인사를 했는데, 갑자기 어색하고 슬퍼졌어. 지금 한 인사는 일종의 작별 인사였고, 누구도 거기에 대해서 떠올리고 싶지 않았으니까. 그래서 모두들 빙 둘러서서 다른 누군가가 먼저 말을 꺼내주기를 기다렸어. 서로의 옆구리를 찌르면서 "빨리"라고 재촉했지. 옆구리를 계속 찔린 이요르가 결국 앞으로 밀려 나왔고, 다른 친구들은 모두 이요르의 뒤에 바짝 붙어 복작거렸어.

크리스토퍼 로빈이 물었어.

"그건 뭐야, 이요르?"

이요르는 용기를 내려고 꼬리를 이리저리 흔들어대다가 입을 열었어.

"크리스토퍼 로빈, 우리는 너한테 할 말이 있어서…… 아니, 줄 게 있어서 왔어…… 이게 뭐냐면…… 누가 쓴 건데…… 우리가 다…… 내 말은, 우리가 다 들어서 알고 있거든…… 글쎄, 너도 알겠지만…… 우리는…… 너를…… 그러니까, 최대한 간단하게 말하자면, 이게 바로 그거야."

이요르는 홱 돌아서며 화난 듯이 말했어.

"이 숲속엔 왜 이렇게 바글바글 모여 있는 거야? 여유가 없어. 평생 동안 살면서 이렇게 많은 동물들이 한곳에 늘어서 있는 건 처음 보는군. 게다가 장소를 잘못 골랐고 말이

야. 너희들은 크리스토퍼 로빈이 혼자 있고 싶어 하는 거 안 보여? 난 가겠어."

이요르는 등을 한껏 구부리고 쿵쾅대며 가버렸어.

왜 그러는지는 잘 몰랐지만 다른 친구들도 하나둘 슬며

시 자리를 떴어. 크리스토퍼 로빈이 시를 다 읽고 나서 "고마워"라고 말하려고 고개를 들었을 때는 푸만 남아 있었지.

"이걸 가지고 있으면 안심이 될 거야."

크리스토퍼 로빈은 그렇게 말하고 종이를 접어서 주머니에 집어넣었어.

"가자, 푸."

크리스토퍼 로빈이 빠르게 걷기 시작했어.

푸는 서둘러 그 뒤를 따라갔어. 탐험을 떠나는 건지, 뭘 해야 할지 궁금해하면서 말이야.

푸가 물었어.

"우리 어디 가는 거야?"

"아무 데도."

둘은 함께 걷기 시작했고, 조금 걷다가 크리스토퍼 로빈이 물었어.

"푸, 이 세상에서 네가 가장 좋아하는 건 뭐야?"

"음, 내가 가장 좋아하는 건……."

푸는 대답을 생각하느라 잠시 멈추어 서야 했어. 꿀을 먹는 게 좋긴 하지만, 막 먹기 직전의 바로 그 순간을 더 좋아했거든. 하지만 푸는 그런 순간을 뭐라고 표현해야 할지 몰랐어. 푸는 크리스토퍼 로빈과 같이 있는 것도 아주 좋아하는 일이고, 피글렛과 친하게 지내는 것도 아주 다정한 일이라고 생각했지.

푸는 찬찬히 다 생각하고 나서 대답했어.

"내가 세상에서 가장 좋아하는 건, 나랑 피글렛이 너를 만나러 가면, 네가 '뭔가 좀 먹을래?'라고 말하고 내가 '글쎄, 난 괜찮은데. 피글렛, 너는 어때?'라고 대답하는 거야. 바깥은 콧노래가 저절로 나올 것 같은 날씨고, 새들은 노래를 하는 그런 날 말이야."

크리스토퍼 로빈이 말했어.

"나도 그런 거 좋아해. 그렇지만 내가 가장 좋아하는 건 아무것도 하지 않는 거야."

푸는 오랫동안 생각해보고 나서 물었어.

"아무것도 안 하는 건 어떻게 하는 거야?"

"글쎄, 그건 내가 막 어디로 가려고 할 때 사람들이 나를 부르면서 '크리스토퍼 로빈, 어디 가?'라고 물으면, '아무 데도'라고 말하고, 그러고 나서 아무 데도 가지 않는 거야."

"아, 알겠다."

"우리가 지금 하려고 하는 일이 아무것도 하지 않는 거랑

비슷해."

"아!"

"그건 그냥 말이야, 천천히 길을 걷는 거야. 들리지 않는 소리들을 귀 기울여 듣고 아무것도 신경 쓰지 않는 거지."

"아!"

둘은 이런저런 생각을 하며 걷고 또 걷다가 숲 꼭대기에 있는 마법의 장소, 갤리언 골짜기에 이르렀어. 그곳에는 나무 예순 몇 그루가 둥글게 원을 그리며 서 있었단다. 크리스토퍼 로빈은 이곳이 마법에 걸렸다는 사실을 알고 있었어. 나무가 예순세 그루인지 예순네 그루인지 아무도 알 수 없었거든. 크리스토퍼 로빈조차 나무를 셀 때마다 하나하나 끈으로 묶어보았지만 숫자는 늘 헷갈렸어. 마법에 걸린 장소답게 그곳은 가시금작화나 고사리 덤불, 히스 꽃이 뒤덮인 숲의 다른 곳과는 전혀 달랐어. 잔잔하고 부드럽고 푸른 잔디들이 오밀조밀 깔려 있었지. 무심코 주저앉았다가 벌떡 일어나서 다른 곳을 찾지 않아도 되는 곳은 오직 그곳뿐이었단다. 그곳에 앉으면 세상이 끝나는 지평선까지 볼 수 있었고, 어디에 있든 무슨 일이 일어나든 그 모든 것은 크리스토퍼 로빈과 푸의 곁으로 돌아와 갤리언 골짜기에서 끝이 났지.

 문득 크리스토퍼 로빈이 푸에게 여러 가지 이야기를 들려주기 시작했어. 왕과 여왕이라는 사람들에 대해, 인수분해라고 하는 것에 대해, 유럽이라는 곳에 대해, 어떤 배도 가본 적 없는 바다 한가운데에 있는 섬에 대해, 흡입펌프를 만드는 법에 대해(네가 만들고 싶다면 말이야), 기사가 작위를 받는 모습에 대해, 브라질에서 건너온 것들에 대해.

 푸는 예순 몇 그루의 나무 중 하나에 등을 기대고 앉아 두 발을 포개고 "아!", "난 몰랐어"라고 말하면서, 자기도 진짜 머리가 있어서 그런 이야기를 들려줄 수 있다면 얼마나 좋을까 하고 생각했어. 크리스토퍼 로빈의 이야기가 끝나자

침묵이 흘렀어. 크리스토퍼 로빈은 세상이 끝나는 곳까지 펼쳐진 풍경을 바라보며 그 순간이 멈추지 않기를 바랐어.

푸도 한참을 생각하다가, 문득 크리스토퍼 로빈에게 물었어.

"그거 말이야…… 네가 말한 간식˙이 된다는 건 아주 으리으리한 일이야?"

크리스토퍼 로빈이 느긋하게 되물었어.

"뭐라고?"

푸가 설명했어.

"말을 타는 거."

"기사 말이야?"

"아, 그거였어? 난 또 그게…… 그게 왕이나 인수분해나 네가 말한 다른 것들만큼 대단해?"

"글쎄, 왕만큼 대단하지는 않아."

크리스토퍼 로빈은 푸가 실망할까 봐 재빨리 덧붙였어.

"하지만 인수분해보다는 대단해."

---

* 푸가 크리스토퍼 로빈이 "기사knight"라고 말한 것을 영어 발음이 비슷한 '밤night'으로 잘못 알아들은 데다가 밤과 '오후afternoon'까지 헷갈려서 '오후의 간식'을 떠올렸다.

"곰돌이도 그게 될 수 있어?"

"물론이지! 내가 너를 기사로 만들어줄게."

크리스토퍼 로빈이 나뭇가지 하나를
주워서 푸의 한쪽 어깨에 가져다댔어.

"일어서시오, 푸 드 베어 경. 나의
가장 충성스러운 기사여."

푸는 자리에서 일어났다
가 다시 앉으면서 "감사합
니다"라고 말했어. 누가 너
를 기사로 만들어주면 이렇게 말해야 하거든.

푸는 다시 꿈속으로 빠져들었어. 푸와 펌프 경과 브라질 경과 인수분해가 말 한 마리와 함께 살고 있었고, 모두가 (말을 돌보는 인수분해만 빼고) 훌륭한 크리스토퍼 로빈 왕을 모시는 충성스러운 기사였는데…… 가끔씩 푸는 고개를 가로저으며 "그게 아냐"라고 중얼거렸어. 그리고 나서 푸는 크리스토퍼 로빈이 어디론가 갔다가 돌아왔을 때 말해주고 싶어 했던 모든 것들을 떠올리면서, 머리가 아주 나쁜 곰이 그 이야기들을 기억하기란 얼마나 헷갈리는지 생각했어.

그러다 푸는 서글프게 혼잣말했어.

"그러니까, 아마, 크리스토퍼 로빈은 이제 더는 나한테 이야기를 들려주지 않을지도 몰라."

푸는 충성스러운 기사가 되는 일이 더 이상 아무런 이야기를 듣지 못해도 계속 충성스러워야 한다는 뜻인지 궁금해졌어.

그때 다시 한번 갑자기, 여전히 턱을 괸 채 세상을 바라보고 있던 크리스토퍼 로빈이 "푸!" 하고 소리를 질렀어.

"응?"

"나는 이제…… 내가 말이야…… 푸!"

"왜, 크리스토퍼 로빈?"

"난 이제 더 이상 아무것도 하지 않는 걸 못할 거야."

"두 번 다시 절대로?"

"글쎄, 아마도. 다들 나를 가만 두지 않을 거거든."

푸는 크리스토퍼 로빈이 계속 말해주기를 기다렸지만, 로빈은 다시 입을 다물었어.

푸가 다시 말해달라는 듯이 거들었어.

"응, 크리스토퍼 로빈?"

"푸, 내가 말이야…… 그러니까…… 만약 내가 더 이상 아무것도 하지 않는 걸 못 하게 되면 네가 가끔씩 여기로 올라와줄래?"

"나 혼자?"

"그래, 푸."

"너도 여기에 있을 거야?"

"그럼, 푸. 여기에 있을게. 약속할게, 푸."

"그럼 좋아."

"푸, 나를 절대로 잊지 않겠다고 약속해줘, 내가 백 살이 된다 해도."

푸가 잠깐 생각했어.

"그럼 그때 난 몇 살이 되는데?"

"아흔아홉 살."

푸가 고개를 끄덕였어.

"약속할게."

크리스토퍼 로빈은 여전히 세상에서 눈을 떼지 않고서 더듬더듬 손을 뻗어 푸의 앞발을 찾았어.

로빈이 진지하게 말했어.

"푸, 만약에 내가…… 만약에 내가 잘……."

크리스토퍼 로빈은 잠시 말을 멈추었다가 다시 말했어.

"푸, 어떤 일이 있어도 날 이해해줄 거지?"

"뭘 이해하는데?"

"아무것도 아니야."

크리스토퍼 로빈은 크게 웃음을 터뜨리고 나서 벌떡 일어섰어.

"가자!"

"어디로?"

"어디든지."

그렇게 둘은 함께 떠났어. 하지만 푸와 크리스토퍼 로빈이 어디를 가든, 가는 길에 어떤 일이 생기든, 숲 꼭대기에 있는 마법의 장소에서는 작은 남자아이와 곰돌이 친구가 언제나 다정하게 놀고 있을 거야.

◆◆ 지은이 소개 ◆◆

어리석지만 사랑스러운 푸를 탄생시키다
앨런 알렉산더 밀른

앨런 알렉산더 밀른Alan Alexander Milne, 1882-1956은 런던에서 태어난 영국의 대표적인 아동문학가이자 극작가, 소설가이다. 교사였던 부모 밑에서 세 형제 중 막내로 태어나, 고작 두 살이었을 때부터 글을 읽기 시작했다. 아버지가 헨리 하우스라는 작은 사립학교를 운영한 덕분에 어렸을 때부터 체계적인 교육을 받고, 책을 많이 읽는 아이로 자랐다. 헨리 하우스 재학 시절, 근현대 SF 소설의 창시자라고 칭송받은 허버트 조지 웰스가 교사로 부임해서 그에게 많은 영향을 받았다. 이후 밀른은 웨스트민스터 스쿨과 케임브리지대학교 트리니티 칼리지에 진학했다. 케임브리지대학교에서는 수학을 공부했지만 글쓰기에 더 관심이 많아서 영국의 문학잡지 『그랜타Granta』의 편집 및 기고를 맡았다. 일찍이 글쓰기가 자신의 진정한 소명이라는 것을 깨달은 그는 1903년 학교를 졸업하고 바로 런던으로 이사해 1906년부터 유머 잡지 『펀치Punch』에 글을 쓰기 시작했다. 처음에는 기고만 했지만, 나중에는 정식으로 일자리를 제안받아 보조 편집자로서 8년 동안 일했다. 그동안 첫 번째 책을 썼으며, 잡지에 실은 글을 모아 세 권을 더 출판했다.

밀른은 평화주의자였지만 제1차세계대전이 발발하자 1915년에 영국 육군에 입대해 장교로 복무했다. 군 복무 중에 첫 희곡인 『워즐 플러머리Wurzel-Flummery』를 썼고, 이 희곡은 1917년 런던에서 처음 단막극으로 공연되었다.

극작가로서 일찍이 명성을 얻은 밀른은 1920년에 아들 크리스토퍼 로빈이 태어나자 자연스럽게 아동문학에 관심을 기울였다. 1924년 어니스트 하워드 셰퍼드가 삽화를 그린 동시집 『우리가 아주 어렸을 때When We Were Young』를 출간했고, 1926년에는 '곰돌이 푸'로 잘 알려진 『위니 더 푸Winnie-the-Pooh』를 출간했다. 이듬해인 1927년에는 두 번째 동시집 『우린 이제 여섯 살이야*Now We Are Six*』를, 1928년에는 연달아 『푸 모퉁이에 있는 집 *The House at Pooh Corner*』을 출간했다. 이 작품들은 아동문학사에 길이 남을 명작이 되었다.

  1930년대에 들어서자 밀른은 아동이 아닌 성인 독자를 대상으로 한 글을 쓰고 싶어 했다. 그는 소설과 비문학, 자서전을 비롯한 여러 권의 책을 출간하며 죽기 직전까지 집필에 전념했다. 그리고 1956년 1월 31일 영국 이스트서식스주 하트필드에서 74세의 나이로 숨을 거두었다.

그린이 소개

미워할 수 없는 배불뚝이 곰으로 완성하다
어니스트 하워드 셰퍼드

어니스트 하워드 셰퍼드Ernest Howard Shepard, 1879-1976는 영국의 예술가이자 삽화가다. 건축가인 헨리 돈킨 셰퍼드와 수채화가인 윌리엄 리의 딸인 제시 헤리엇의 아들로 태어났다. 예술적 소양을 물려받은 그는 어려서부터 그림에 재능을 보였다. 그의 어머니도 아들이 그림을 그리도록 적극 장려했다. 셰퍼드가 열 살 때 어머니가 돌아가시고 런던의 해머스미스로 이사하기 전까지 이모와 함께 살았다. 해머스미스에 살기 시작하면서 셰퍼드는 삼촌이 교장으로 있던 세인트 폴 스쿨을 다녔다. 이곳에서 그의 재능을 알아본 선생님들의 격려에 힘입어 헤더리 미술 학교에 입학해 1년을 다녔다. 이후 왕립 미술 아카데미 학교에 장학생으로 진학했고, 그곳에서 미래의 아내가 될 플로렌스 채플린을 만났다.

처음에 셰퍼드는 주로 유화를 그렸다. 그러나 스스로 재능이 없다고 생각해서 왕립 미술 아카데미 학교를 졸업할 때 연 전시회를 마지막으로 다시는 대중 앞에 작품을 선보이지 않았다. 대신 삽화가로서 활동에 전념했고, 유머 잡지 『펀치』에 정기적으로 그림을 기고했다. 그러는 와중에 틈틈이 찰스 디킨스의 『데이비드 코퍼필드』, 토머스 휴즈의 『톰 브라운의 학창 시절 Tom Brown's School Days』, 『이솝 우화』 등의 삽화 작업도 하면서 경력을 쌓았다.

1914년에 제1차세계대전이 시작되었을 때에는 왕립 포병대에 입대해 참전했다. 4년간의 복무가 끝나자 전쟁에서 공로를 인정받아 전공 십자훈장을 수여받고 소령 계급으로 퇴역했다. 그는 전쟁 중에도 유럽의 시골 풍경을 그려 『펀치』에 그림을 보냈다. 이로 인해 전쟁이 끝나자 정규직 제안을 받으며 만화가로 고용되었다. 그곳에서 앨런 알렉산더 밀른을 만나 『펀치』에 실린 밀른의 시 11편에 삽화를 그렸고, 이 인연이 훗날 '곰돌이 푸'까지 이어졌다.

셰퍼드와 아내 플로렌스 사이에는 두 명의 자녀가 있었다. 그중 메리(1909년생)는 '메리 포핀스' 시리즈의 그림 작가로 잘 알려져 있다.

플로렌스는 1927년 먼저 세상을 떠났고, 아들 그레이엄(1907년생)도 1943년 제2차세계대전이 끝나갈 무렵 함선이 침몰하는 바람에 사망했다. 그 무렵 셰퍼드는 65세의 나이로 재혼했다. 동시에 40년이 넘도록 일한 『펀치』에서 새로운 편집자로 부임한 말콤 머그릿지에 의해 해고당하고 만다.

그럼에도 불구하고 셰퍼드는 사망하기 직전까지 왕성하게 활동했고, 삽화가로서 업적을 인정받아 1972년에는 대영 제국 훈장을 받았다. 그리고 1976년, 곰돌이 푸가 탄생한 지 50년이 되는 해에 96세의 나이로 눈을 감았다.

작품 해설

곰돌이 '위니 더 푸'의 탄생

빨간 티셔츠를 입고 꿀단지를 안고 있는 디즈니 애니메이션의 캐릭터로 잘 알려진 곰돌이 푸는 사실 약 100년 전, 영국의 고즈넉한 시골 농장에서 앨런 알렉산더 밀른에 의해 탄생했다.

앨런 알렉산더 밀른은 1913년에 결혼한 뒤, 1920년 아들 크리스토퍼 로빈이 태어나자 1925년에 런던 조금 아래에 위치한 이스트서식스주 하트필드 지역의 시골집 '코치포드 팜'을 구입했다. 밀른의 가족은 주말이나 휴일, 방학이 되면 이곳에서 휴가를 보내곤 했다. 코치포드 팜은 밀른이 묘사했듯이 "작은 오두막과 정원, 곳곳에 널린 정글, 두 개의 들판, 하나의 강 그리

앨런 알렉산더 밀른이 아들 크리스토퍼 로빈과 함께 산책한 애시다운 숲의 전경.

고 그 너머로 푸르고 언덕진 시골 풍경이 펼쳐지고, 초원과 숲으로 가득하며, 탐험이 기다리고 있는" 장소였다. 이곳에서 밀른은 사랑하는 아들을 위해 곰돌이 푸 이야기를 썼다.

곰돌이 푸의 시작은 밀른이 1921년 런던의 해롯 백화점에서 아들에게 줄 선물로 곰 인형을 사면서부터다. 훗날 '에드워드'라고 이름을 붙인 18인치 크기의 곰 인형을 로빈이 다른 동물 인형들과 함께 가지고 노는 모습에서 영감을 받아 이야기를 집필했다.

크리스토퍼 로빈이 "푸의 숲과 애시다운 숲이 똑같다"라고 회상했듯이, 밀른 가족이 코치포드 팜 근처에서 자주 산책했던 애시다운 숲은 그대로 이야기에 반영되었다. 1권에서 푸와 피글렛이 헤팔럼을 잡기 위해 함정을 판 장소와 이요르가 사는 우울한 장소, 2권에서 크리스토퍼 로빈이 친구들을 떠나는 갤리온 골짜기, 푸가 막대기 놀이를 발명한 다리 등은 실제 애시다운 숲에 존재하며 현재는 유명 관광명소가 되었다. 밀른 또한 책에 등장하는 여러 장소가 애시다운 숲의 실제 장소와 동일하고, 다만 100에이커 숲은 실제로는 500에이커였다는 점만 다르다고 자서전에서 밝혔다. 그래서일까? 삽화가 어니스트 하워드 셰퍼드도 곰돌이 푸 삽화를 그리기 전에 코치포드 팜을 방문해 작업에 필요한 영감을 얻었다고 한다.

이름에 숨겨진 이야기

곰돌이 푸의 원래 이름인 '위니 더 푸'도 크리스토퍼 로빈의 실제 경험에 기반한 것이다. 로빈은 동물원에 가는 것을 좋아했는데, 동물원에서 만나는 여러 동물 중에서도 캐나다에서 온 흑곰을 가장 좋아했다. 이 흑곰은 제1차세계대전 당시 캐나다의 군인이었던 해리 콜번이 유럽으로 가던 길에 어미를 죽인

크리스토퍼 로빈이 흑곰 위니를 보러 갔던 런던동물원에는 곰 조각상이 설치되어 있다.

사냥꾼에게 20달러를 지불하고 영국으로 데려온 암컷 새끼곰이다. 해리 콜번은 자신의 고향 이름을 따서 곰의 이름을 '위니펙'이라고 지었고, 줄여서 '위니'라고 불렀다. 여단의 마스코트 역할을 하던 위니는 부대가 프랑스에 파견되자 콜번에 의해 런던동물원에 맡겨졌다. 처음에는 장기 임대 형식으로 맡겨졌지만 전쟁이 끝난 뒤에 정식으로 동물원에 기증되었다. 이후 위니는 동물원을 찾은 사람들의 사랑을 듬뿍 받았고, 1934년까지

작품 해설 … 539

살았다.

원래 에드워드로 불리던 로빈의 곰 인형은 바로 이 흑곰의 이름인 '위니'와 로빈이 좋아했던 또 다른 동물인 백조의 이름 '푸'를 빌려와 '위니 더 푸'라는 새로운 이름이 붙여졌다. 그리고 밀른은 로빈의 다른 동물 인형과 실제 코치포드 팜 근처에 살았던 동물들을 바탕으로 이요르, 피글렛, 티거, 캥거, 루와 같은 캐릭터를 창작했다. 다만 셰퍼드가 그린 푸는 로빈의 인형이 아닌 자신의 아들이 가지고 놀던 곰 인형을 토대로 그린 것이라고 한다.

세상에서 가장 사랑받는 곰

1960년대에 디즈니가 푸를 애니메이션으로 제작하면서 푸는 전 세계적으로 유명해졌다. 창업주 월트 디즈니의 딸들이 밀른의 푸 시리즈를 무척 좋아했던 것이 곰돌이 푸 애니메이션을 제작하는 계기가 되었다. 1977년 푸의 첫 장편 애니메이션 영화인 《곰돌이 푸》가 개봉했으며, 1997년에는 푸의 두 번째 장편 애니메이션 영화 《곰돌이 푸의 대모험》이 발표되었다.

유럽을 제외한 지역에서 무명이나 다름 없었던 곰돌이 푸는 디즈니에 의해 알려지면서 세계에서 가장 사랑받는 캐릭터 중

하나가 되었다. 푸와 동물 친구들은 각기 다른 개성을 지녔지만 매일 흥미진진한 사건이 벌어지는 숲속에서 조화를 이루면서 살아간다. 그들의 이야기는 단순한 동화적 요소를 넘어서서 전 연령대가 공감할 수 있으면서 사람들에게 우정과 사랑에 대한 깊은 통찰을 전한다.

1926년에 처음 등장한 곰돌이 푸는 약 100년이 지난 현재까지도 그 위상에 변함이 없다. 2003년 영국 BBC 방송이 진행한 '영국에서 가장 사랑받는 소설' 투표에서 7위를 차지했고, 2016년 '영국인이 가장 좋아하는 아동 문학 캐릭터' 설문조사에서 1위를 차지했을 정도다.

곰돌이 푸가 만들어내는 경제적 가치도 놀랍다. 2011년 기준, 『포브스』는 푸의 매출이 매년 약 6조 6,000억 원에 달한다고 분석했으며, 곰돌이 푸를 세계에서 가장 가치 있는 캐릭터 2위로 꼽았다.

한편, 2008년 영국 소더비 경매에서 셰퍼드의 삽화 원본은 각각 약 2억 3,200만 원, 약 1억 9,600만 원에 낙찰되기도 했다. 특히 이 책의 첫 페이지에 등장하는 '100에이커 숲' 지도 원본은 2018년 소더비에서 책 삽화 분야 세계 기록을 세우며 약 6억 원에 판매되었다.

화려한 성공에 가려진 쓸쓸한 개인사

푸는 그 자체로 대중문화의 상징이 되었고 많은 상업적 성공을 거두었지만 시리즈 출간 이후 밀른과 그의 가족, 삽화가 셰퍼드의 인생은 밝고 유쾌한 작품과는 대조적인 양상을 띤다.

곰돌이 푸 시리즈를 출간한 이전부터 성인 독자를 대상으로 한 소설과 희곡을 여러 편 집필했던 밀른은, 곰돌이 푸가 그에게 가져다준 큰 명성과 성공에도 불구하고 "7만 단어들에 작별 인사를 한다"라고 언급하면서 아동문학의 집필을 공개적으로 중단한다(밀른이 집필한 아동문학 4권의 단어 수를 모두 합하면 약 7만 단어다―편집자). 그는 오랫동안 자신의 문학적 명성이 자신이 추구하는 분야와 작품이 아닌 아동 도서에 기반을 두고 있다는 사실에 분개했었다. 그런가 하면 셰퍼드 또한 자신의 다른 작품 대부분이 곰돌이 푸에 가려졌다고 생각해 말년에는 밀른의 책과 밀접하게 언급되는 것을 꺼렸다.

한편 밀른은 크리스토퍼 로빈이 본의 아니게 유명세를 치르게 되면서 아들과의 관계도 소원해졌다. 크리스토퍼 로빈이 성인이 되고 나서 쓴 자서전에서 "어린 시절에는 유명해지는 것을 꽤 좋아했다. 사실 흥미진진하고 위대하고 중요한 존재가 된 것 같다고 느꼈을 때가 있었다"라고 회고했듯이, 그가 처음

앨런 알렉산더 밀른과 아들 크리스토퍼 로빈이 곰돌이 푸의 모티브가 된 봉제 인형과 함께 찍은 사진.

부터 아버지의 책을 싫어한 것은 아니었다. 곰돌이 푸가 전국적인 베스트셀러가 되고, 로빈이 세계에서 가장 유명한 아이가 되어 다른 학급 동무들에게 괴롭힘의 표적이 되기 전까지는 말이다. 일을 하느라 바쁜 부모로 인해 생일날에도 외롭게 지내야 했던 로빈은 급기야 "아버지가 어린 시절 내 어깨에 올라타 지금의 자리에 오른 것 같았고, 내 이름을 훔쳐 그의 아들이라는 헛된 명예만 남겼다"라는 말을 남기기에 이른다. 어린 시절 소중한 추억이었던 푸와의 모험은 이제 더 이상 아름다운 이야기가 아니라, 자기 자신과의 힘겨운 싸움처럼 느껴졌다.

로빈은 대중의 관심을 벗어나고자 내내 노력하는 인생을 살았으며, 결국 이 과정에서 부모와도 소원해졌다. 아버지의 말년에는 가끔 얼굴을 보러 갔지만, 밀른이 세상을 떠난 후에는 코치포드 팜에 발길을 완전히 끊었다. 이후 갈등의 골은 더욱 깊어져 로빈의 어머니는 생애 마지막 15년 동안 아들과 만나지 않았고, 임종 직전에도 아들 보기를 거부했다고 한다.

후일 로빈은 푸 캐릭터에 영감을 준 자신의 낡은 인형들이 상업적으로 팔려나가길 바라지 않는 마음에서 밀른의 책을 담당했던 미국 출판사의 편집자에게 선물했다고 한다. 편집자는 이를 다시 뉴욕 공립도서관에 기부했고, 봉제 인형들은 1987년부터 현재까지 그곳에서 수많은 사람들을 만나고 있다.

숲속 친구들의 모험은 계속된다

비록 실제 크리스토퍼 로빈의 인생은 동화 속의 모습과는 상당히 달랐지만, 곰돌이 푸 이야기가 사랑하는 아들을 위해 아버지 밀른이 쓴 작품이라는 사실은 변하지 않는다. 밀른은 푸, 피글렛, 이요르, 캥거와 루, 아울, 래빗, 티거 등 동화 속 캐릭터를 빌려 아들에게 인생의 진리를 전하고자 했다.

크리스토퍼 밀른이 기증한 봉제 인형들이 뉴욕 공립도서관에 전시되어 있다. 왼쪽부터 시계 방향으로 이요르, 푸, 티거, 아기 루, 캥거 캐릭터에 영감을 준 인형이다.

 엉뚱하고 머리 나쁜 푸가 세상을 단순하게 받아들이고 자신을 긍정하는 모습에서 우리는 행복이 그다지 멀리 있지 않다는 사실을 알게 된다. 또한 겁 많은 피글렛이 용기를 내는 순간을 따라가다 보면 삶에 대한 작은 희망도 슬며시 피어오른다. 염세주의 이요르가 한없이 우울해하며 인생을 비관할 때는 어떤

작품 해설 … 545

가? 이요르를 탓하지 않고 그저 그 곁을 지키는 친구들의 모습에서 진실된 관계란 무엇인지 성찰하게 된다. 모두가 다른 외형과 성향을 지녔지만 서로의 부족한 부분을 채우며 다정하게 어울려 살아가는 이야기는 마치 우리의 평범한 인생을 연상시킨다. 탄생된 지 100년이 지났어도 곰돌이 푸 이야기가 생명력을 잃지 않고 전 세계인들에게 사랑받는 이유도 바로 그것일 것이다. 이들의 모험을 통해 삶을 더 풍요롭게 하는 가치는 무엇인지, 진정한 행복은 무엇인지 깊이 깨닫게 되었으면 한다.

옮긴이의 글

이 책은 영국의 작가 앨런 알렉산더 밀른이 1926년에 펴낸 동화 『위니 더 푸』와 두 번째 책 『푸 모퉁이에 있는 집』를 완역한 것이다. 밀른은 런던의 웨스트민스터 스쿨과 케임브리지대학교의 트리니티 칼리지를 다녔으며, 1906년에 유명한 유머 잡지인 『펀치』지의 편집자가 되어 글을 쓰기 시작했다.

밀른은 1926년에 『위니 더 푸』를 내놓아 크리스토퍼 로빈이나 푸, 피글렛 같은 인상적인 캐릭터를 만들었는데, 이는 어린이들 사이에서 폭발적인 인기를 끌었다. 여기에 힘을 얻은 밀른이 2년 뒤인 1928년에 발표한 작품이 『푸 모퉁이에 있는 집』이다.

이 책에는 크리스토퍼 로빈과 곰 인형 위니 더 푸가 등장한다. 주인공인 푸는 꿀과 친구와 모험을 좋아하지만 약간 모자라는 듯한 같은 곰이다. 그런 푸와 숲속에 사는 동물 친구들을 둘러싸고 여러 가지 사건과 모험이 벌어진다.

  이 작품을 읽으면 우선 작가의 무한한 상상력에 놀라게 된다. 당나귀 이요르의 꼬리를 올빼미 아울의 집 문 앞에서 찾았다는 이야기나 피글렛이 루 대신에 캥거의 주머니 속으로 들어간 이야기는 어린이들이 좋아하는, 빠르게 바뀌는 상상의 세계를 잘 드러낸다.

  숲은 비유적으로 인간의 세상을 나타낸다. 우둔하지만 자기 자신에게 충실한 푸, 겁이 많은 피글렛, 우울한 이요르, 잘난 척하는 래빗, 루를 극진히 사랑하는 캥거 등은 우리가 인간 세상에서 만날 수 있는 다양한 인간상을 빗대어 보여준다. 그런데 어느 날 숲에 홍수가 일어난다. 이 홍수는 전쟁 같은 인위적인 재난에 빗댄 것이 아닌가 여겨진다. 홍수 속에서도 침착하게 처신하면서 작은 지혜를 짜내어 친구를 살리는 곰돌이 푸 이야기는 우리가 살아가다가 위기를 만나면 어떻게 대처해야 하는지를 우회해 제시하고 있다.

  특히나 이 작품은 아버지가 아들에게 이야기를 들려주는 형식이므로, 이 세상을 어떻게 살아나가야 하는지를 푸를 통해 보여준다고 할 수 있다. 하지만 직접 교훈을 주는 곳은 단 한 군데도 없다. 이야기를 재미있게 따라가면서 자기도 모르게 그런 교훈을 머릿속에 새기도록 꾸며놓고 있다. 바로 이 점이 이 책의 빛나는 장점이다.

이 책은 1926년에 발표된 이래로 세계 여러 나라에서 대단한 인기를 누려왔다. 실제로 나는 다른 작품에서도 푸나 이요르나 피글렛이 인용되는 경우를 많이 보았다. 그만큼 서양의 어린이들에게는 친숙한 이야기로 널리 알려져 있다.

『푸 모퉁이에 있는 집』은 눈이 내리는 어느 날에 푸가 피글렛을 찾아가는 장면으로 시작된다. 꽃이 피거나 눈이 오거나 하면 그리운 사람이 생각나는 법인데, 아마 푸에게는 피글렛이 가장 가까운 친구인 것 같다. 기쁜 일이 있을 때는 물론이고, 어렵고 무서운 일이 일어나면 푸와 피글렛은 서로 도와주고 격려해주는 다정한 사이다.

눈 내리는 풍경 묘사로 시작되어서 그런지, 『위니 더 푸』에 견주어 자연 묘사가 훨씬 더 많게 느껴진다. 눈 내리는 숲의 풍경, 너무 천천히 흘러가서 마치 정지한 듯한 강, 숲속을 환히 내리비치는 햇살 그리고 따뜻한 햇볕을 받으며 다정하게 걸어가는 푸와 피글렛. 이처럼 아름다운 숲속에서 동물들은 어떻게 살고 있을까?

꿀을 좋아하는 푸, 겁이 많은 피글렛, 늘 우울한 이요르, 『푸 모퉁이에 있는 집』에서 처음 선보이는 티거. 이들은 모두 자기가 살고 싶은 대로 살아나가면서 남에게 피해를 주지 않으려고 노력한다. 그런데 너무 튀는 티거를 래빗이 혼내주려고 하다가 오히려 자기가 길을 잃어버리는 7장의 에피소드는 평화로운 숲속에서도 조그마한 부딪힘들이 있음을 보여준다. 티거의 튀어 대는 본성을 억지로 억누르려고 하다가 오히려 피해를 보게 되는 것이다.

『위니 더 푸』에서도 헤팔럼의 이야기가 나왔는데, 제2권 『푸 모퉁이에 있는 집』에서도 푸와 피글렛이 헤팔럼 때문에 놀라는 장면이 나온다. 헤팔럼의 정체는 다름 아닌 그림자다. 대개 우리가 두려워하는 것들은 '나 자신'이라는 알 수 없는 그림자가 만들어낸 것이다. 살아가면서 부딪히게 되는 많은 문제를 어린이들에게 직접 말하지는 않지만, 이 작품처럼 구체적이고도 쉬운 사례를 통해 일러주는 작품은 아마도 다시 없을 것이다. 비유해서 말한다면, 이 책을 읽는 어린이들은 "망고밭에 들어가 망고를 따먹는 사람"과도 같다. 그런 다음에 망고밭을 둘러싼

환경이 어떠한지, 망고밭은 무슨 특징을 가지고 있는지를 천천히 알아나가게 된다.

나는 이 작품이 수많은 어린이의 사랑을 받으며 고전으로 남게 된 까닭이 그런 깊은 함축 덕분이라고 생각한다. 위니 더 푸, 피글렛, 이요르, 크리스토퍼 로빈 같은 이름은 이제 영미권에서는 익숙한 생활어가 되었다. 그것은 이 작품이 갖는 영원한 현재성 때문일 것이다.

이종인

이미지 출처
537쪽 ⓒSimon Carey/Wikimedia commons(CC-BY-SA-2.0)
539쪽 ⓒMatt Brown/Wikimedia commons(CC-BY-SA-2.0)
543쪽 ⓒNational Portrait Gallery, London
545쪽 ⓒN100a/Wikimedia commons(CC-BY-SA-4.0)

옮긴이 이종인

고려대학교 영어영문학과를 졸업하고 한국 브리태니커 편집국장과 성균관대학교 전문 번역가 양성 과정 겸임 교수를 역임했다. 지금까지 250여 권의 책을 옮겼다. 옮긴 책으로 『리비우스 로마사 세트(전4권)』, 『월든·시민 불복종』, 『자기 신뢰』, 『걸리버 여행기』, 『숨결이 바람 될 때』 등이 있고, 지은 책으로 『번역은 글쓰기다』, 『살면서 마주한 고전』 등이 있다.

곰돌이 푸 전집

1판 1쇄 발행 2025년 7월 8일
1판 2쇄 발행 2025년 8월 12일

지은이 앨런 알렉산더 밀른
그린이 어니스트 하워드 셰퍼드
옮긴이 이종인
발행인 박명곤 **CEO** 박지성 **CFO** 김영은
기획편집1팀 채대광, 백환희, 이상지, 김진호
기획편집2팀 박일귀, 이은빈, 강민형, 박고은
기획편집3팀 이승미, 김윤아, 이지은
디자인팀 구경표, 유채민, 윤신혜, 권지혜
마케팅팀 임우열, 김은지, 전상미, 이호, 최고은

펴낸곳 (주)현대지성
출판등록 제406-2014-000124호
전화 070-7791-2136 **팩스** 0303-3444-2136
주소 서울시 강서구 마곡중앙6로 40, 장흥빌딩 10층
홈페이지 www.hdjisung.com **이메일** support@hdjisung.com
제작처 영신사

ⓒ 현대지성 2025

※ 이 책은 저작권법에 따라 보호받는 저작물이므로 무단 전재와 복제를 금합니다.
※ 잘못 만들어진 책은 구입하신 서점에서 교환해드립니다.

"Curious and Creative people make Inspiring Contents"
현대지성은 여러분의 의견 하나하나를 소중히 받고 있습니다.
원고 투고, 오탈자 제보, 제휴 제안은 support@hdjisung.com으로 보내주세요.

이 책을 만든 사람들
편집 이지은, 이승미 **본문 디자인** 임지선 **표지 디자인** 구경표